Charles Lewinsky

Rauch und Schall

ROMAN

Diogenes

Der Diogenes Verlag wird vom Bundesamt für Kultur
für die Jahre 2021–2024 unterstützt

www.diogenes.ch
200/23/852/1
ISBN 978 3 257 07259 4

»Niemand will ein Schuster sein, jedermann ein Dichter.«

Johann Wolfgang von Goethe

»Dichter: eine Menschengattung, die sich des Hungers nicht erwehren kann und doch von Göttermahlen, von Nektar und Ambrosia spricht.«

Christian August Vulpius

Goethe hatte Hämorrhoiden.

Auf der Rückkehr nach Weimar plagte ihn sein juckender Hintern jeden Tag mehr, die Kutschenfahrt wurde zur endlosen Odyssee, und immer öfter musste er einen Zwischenhalt befehlen, um der fraglichen Körperöffnung mit Ringelblumensalbe eine vorübergehende Erleichterung zu verschaffen. Am meisten litt er, wenn während dieser Aufenthalte die Natur ihr Recht verlangte, denn das bedeutete jedes Mal die nächste blutige Pein, als ob man, dachte er jedes Mal, wie bei manchen vom Hof bestellten Festgedichten etwas aus sich herauspressen müsse, dem die Natur das *ius vivendi* verweigert. Einmal hatte er, um den eigenen Körper mit scheinbarer Nichtbeachtung zu überlisten, während der schmerzhaften Prozedur ein Distichon erdacht, in dem er den unangenehmen Vorgang mit sehr viel deutscheren Worten beschrieb, als er sie in den *Xenien* verwendet hätte. Es war bedauerlich, dass er seine Freude über die Brillanz der skatologischen Formulierung mit niemandem würde teilen können. Er hatte die zwei Zeilen nicht einmal, wie er es sonst mit allen erhaltenswerten

Einfällen tat, dem mitreisenden Secretarius Geist diktiert; dessen unbewegtes Dienergesicht ließ jeden Gedankenblitz verpuffen wie feuchtes Pulver auf der Pfanne.

Dass Goethes Laune während der Fahrt immer schlechter und seine Galle immer schwärzer wurde, lag nicht allein an den Sitzbeschwerden. Christianen hatte er erklärt, dass solche Reisen für ihn so notwendig seien wie der Ausflug einer Biene aus ihrem Stock, nicht des Vergnügens wegen unternommen, sondern um aus dem dabei gesammelten Nektar neuen Honig zu generieren, aber diesmal hatte sich, um im Bild zu bleiben, nur spärliche Ernte finden lassen, alles schon längst abgegrast und abgeerntet, die Ideen aus zweiter Hand und die Gedanken schon tausendmal von anderen gedacht. Kurz: Die anstrengende Schweizerreise hatte nicht die erhoffte Inspiration für neue Werke gebracht. Die einzige magere Ausbeute war ein vager Plan für ein dramatisches Gedicht, in dem er die Sage um den Armbrustschützen Tell im Stil von *Hermann und Dorothea* in Hexametern neu erzählen wollte, aber das Projekt begeisterte ihn nicht wirklich. Vielleicht war der Stoff doch eher etwas für Schiller.

Und dann – die Götter sind einfallsreich in ihren Plagen – hatte auch noch der seit Tagen immer wieder neu einsetzende Regen den Fahrweg so durchweicht, dass die Räder beim Anstieg zu einem kleinen Hügel im Schlamm stecken blieben und sich die Kutsche auch mit den vereinten Kräften ihrer Fahrgäste nicht mehr von der Stelle bewegen ließ. Es blieb keine andere Wahl, als sich zu Fuß auf den Weg zurück zu einem vor wenigen Minuten durchfahrenen Dorf zu machen, in der Hoffnung, dort einen Bauern zu finden, der ihnen mit einem Ochsengespann zu Hilfe kommen konnte. Der Kutscher wurde beim Wagen zurückgelassen, nicht nur der Pferde wegen, sondern weil nach einer langen Zeit kriegerischer Unruhen auch in so einer gottverlassenen Gegend jederzeit mit Dieben zu rechnen war. Goethe sorgte sich vor allem um die in den Schweizer Bergen gesammelten Quarzite, die seine Mineraliensammlung so vortrefflich ergänzen würden, und selbst Geists Einwand, dass sich auch die gierigste Räuberbande wohl kaum für Steine interessieren dürfte, konnte ihn nicht wirklich beruhigen.

Während sie am Rand der schlammigen Straße nach einem gangbaren Pfad suchten und dabei mehr als einmal bis über die Waden im Dreck einsanken, brach auch noch das nächste Gewitter los – an einem Tag, an dem sich die kichernden Kerkopen immer neue Streiche einfallen ließen, konnte es gar nicht anders sein –, und trotz seines Reisemantels, der ihm in den Alpen so gute Dienste geleistet hatte, war Goethe, als sie endlich das Dorf erreichten, bis auf die Haut durchnässt. Ein Gasthaus, in dem man Aufnahme hätte finden können, gab es hier nicht, nur eine enge Stube, in der sich ein alter Bauer mit selbstgebrautem Schnaps etwas zu seinem Deputat dazuverdiente. Der seltsame Wirt stellte ungefragt eine Steingutflasche und zwei Gläser vor die beiden schlotternden Männer hin, und wenn der Branntwein auch von der Art war, wie ihn Christiane mit Schmierseife vermischt als Mittel gegen Blattläuse zu verwenden pflegte, so wärmte er doch ein bisschen.

Auf die Frage nach einem Teller Suppe murmelte der alte Bauer etwas Unverständliches und humpelte hinaus, vielleicht um eine Köchin zu instruieren, aber wohl eher, um sich selber ans Werk zu machen.

Bevor er Geist auf der Suche nach einem Zuggespann wieder in den Regen hinausschickte, ließ sich Goethe von ihm noch die verdreckten Stiefel ausziehen und befahl, sie vor den Kamin zu stellen, was mehr der Gewohnheit als der Hoffnung geschuldet war, denn ein Feuer brannte hier nicht.

Er blieb nicht lang allein, denn wenig später betrat ein weiterer Gast die Stube, ein junger Mann, der trotz des schlechten Wetters bester Laune zu sein schien. Er stellte seinen ledernen Ranzen in eine Ecke, ließ Mantel und Schlapphut einfach zu Boden fallen, schüttelte sich wie ein Hund, der ein Stöckchen aus einem Weiher apportiert hat, und setzte sich dann mit einem kurzen »Es ist doch gestattet?« Goethe gegenüber an den einzigen Tisch. Die Schnapsflasche, die der ihm hinschob, wies er mit einer abwehrenden Handbewegung zurück, zog stattdessen ein flaches metallenes Gefäß aus der Tasche, schraubte es auf und nahm einen tiefen Schluck. Sein Getränk schien von besserer Qualität zu sein als der Rachenputzer, mit dem sich Goethe hatte zufriedengeben müssen, denn der neue Gast seufzte zufrieden und meinte: »Das Sprichwort hat schon recht: *Im Krieg und auf Reisen kommt es auf gute Vorbereitung an.*« Und fügte, während er die wieder verschlossene Flasche einsteckte, hinzu: »Die Höflichkeit würde verlangen, dass ich auch Ihnen einen Schluck anbiete, aber mein Vorrat geht zur Neige, und ich weiß nicht, wann es mir mein leerer Beutel erlauben wird, ihn wieder aufzufüllen. Nun ja«, fügte er mit dramatischer Betonung hinzu, *»auch der Mangel ist ein Lehrmeister, und des Lebens Mühe lehrt uns allein des Lebens Güter schätzen.«*

Goethe fand den Satz auffallend wohlformuliert und merkte erst nach einigen Augenblicken, dass er ihn ja einmal selber geschrieben hatte. Aber sosehr es ihn überraschte, in so unpassender Umgebung und aus dem Mund eines ihm völlig fremden Menschen eigene Worte zitiert zu bekommen, so wenig war er in der Stimmung, sich auf ein Gespräch einzulassen. Er beschloss deshalb, so zu tun, als gehörte seine ganze Aufmerksamkeit der Frage, ob er sich noch ein weiteres Glas von dem hausgebrannten Schnaps einschenken solle, nahm zu diesem Zweck die Steingutflasche in die Hand und wiegte den Kopf nachdenklich hin und her. Sein Gegenüber ließ sich aber durch das stumme Spiel nicht zum Schweigen bringen; der Neuankömmling schien zu der Menschensorte zu gehören, die sich selber so gern reden hört, dass sie sich durch das Ausbleiben eines Echos nicht davon abhalten lässt.

»*Torquato Tasso*«, sagte der junge Mann freundlich erklärend, »vielleicht kennen Sie das Schauspiel. Kein wirklich gutes Stück, wenn Sie mich fragen, zu viel Dialog und zu wenig Handlung, aber wenn man nur in gänzlich gelungenen Dramen auftreten wollte, man hätte wenig zu tun. In Neustrelitz habe ich einmal den Antonio gespielt. Eigentlich der falsche Part für mich, der Tasso hätte meinen Talenten besser entsprochen, aber ich war nie bereit, einer Rolle wegen an höherer Stelle den Buckel krumm zu machen. Immerhin sagte man mir hinterher, ich hätte die Aufgabe mit Anstand gelöst. Interessieren Sie sich für das Theater?«

Goethe hätte sich am liebsten, wie Ben Jonsons Volpone, schwerhörig gestellt, aber so, wie er sein geschwätziges Gegenüber einschätzte, hätte der Mann dann nur lauter gesprochen, und so beschloss er, wenigstens sein Incognito zu wahren und das Gespräch, wenn es sich schon ohne grobe Unhöflichkeit nicht ganz vermeiden ließ, im Unverbindlichen versanden zu lassen.

»Er ist also Schauspieler?« Wenn er gehofft hatte, der kühle Ton würde dem anderen deutlich machen, dass die Frage nur aus Höflichkeit und nicht aus wirklichem Interesse gestellt worden war, so wurde diese Hoffnung enttäuscht. Der junge Mann lachte ein Bühnenlachen, das Goethe jedem seiner Schauspieler verboten haben würde, und erklärte: »Genau diese Frage hat mir mein Vater gestellt, als ich ihm anvertraute, zu welchem Beruf ich vom Schicksal bestimmt zu sein glaubte. ›Er ist also Schauspieler?‹, fragte er mich, und als ich bejahte, gab er mir ein Jahr Zeit, um reumütig in den Schoß der Familie und des väterlichen Geschäfts zurückzukehren, was für mich bedeutet hätte, den Rest meines Lebens mit dem Brennen von Dachziegeln zu verbringen. Wir haben uns seither nie wieder gesehen. Nun ja, seine Enttäuschung lässt sich begreifen. Er hatte geglaubt, in mir seinen Nachfolger zu finden. *Zürne nicht auf einen Vater, der sich in seinen Plänen betrogen findet,* wie der alte Moor in den *Räubern* zu Franz sagt – eine Rolle, die ich übrigens auch schon zum Gefallen des Publikums gespielt habe.«

Goethe konnte sich des Eindrucks nicht erwehren, dass sein Gegenüber dieselbe Geschichte in genau diesen Worten schon des Öfteren vorgetragen haben musste und dass ihr eigentlicher Zweck darin bestand, den Erzähler als Träger von Hauptrollen wichtiger zu machen, als er es war.

»Und so«, fuhr der Schauspieler fort, »bin ich wieder einmal unterwegs zu einem neuen Engagement oder doch zu einem Ort, wo ich ein solches zu finden hoffe. Das Schicksal hat mir das Gerücht zugetragen, einer nicht ganz unbedeutenden Truppe sei der Inhaber meines Faches abhandengekommen, und ich hoffe der Erste zu sein, der seine Dienste anbietet, um die Lücke zu füllen. Der Abtrünnige hat übrigens, wie man hört, den genau umgekehrten Weg eingeschlagen als den von mir für mein Leben erwählten: Er hat Thalien verlassen, um die Tochter eines Bierbrauers zu heiraten.«

»Er ist sich dieses Engagements also nicht sicher?«

Der junge Mann hob die Schultern, breitete die

Arme aus und rezitierte: »*Hoffnung ist oft ein Jagdhund ohne Spur.* Shakespeare. Aber solang mich meine Beine tragen, werde ich dem Ruf der Muse folgen.«

Einen Augenblick lang fühlte sich Goethe versucht, den *deus ex machina* zu spielen, sich als Leiter des weimarischen Hoftheaters zu erkennen zu geben und dem arbeitslosen Schauspieler hier und jetzt einen Platz in dessen Ensemble anzubieten, aber er schob den Gedanken gleich wieder beiseite. Das kurze Vergnügen, einen ihm völlig fremden Menschen gleichzeitig überrascht und glücklich gemacht zu machen, würde durch die unvermeidlich daraus folgenden Auseinandersetzungen mehr als aufgewogen. Hofkammerrat Kirms, der nicht nur die Taler, sondern auch die Groschen zählte, würde ihm in seiner pedantischen Art vorrechnen, um wie viel das unvorhergesehene Engagement das vom Hofamt vorgegebene Budget überschreiten würde, und ihm anhand des Personaltableaus nachweisen, dass ein weiterer Vertreter dieses Rollenfachs nicht benötigt würde, dass sich im Gegenteil Friktionen zwischen den Acteurs, die auf dieselben Rollen aspirierten, nicht würden vermeiden lassen – kurz, das schnelle Gefühl der Allmacht würde durch krämerische Debatten allzu teuer bezahlt werden müssen.

Außerdem hatte der Schnösel seinen *Tasso* kritisiert.

»Dann wünsche ich Ihm Glück bei seinem Unterfangen«, sagte Goethe also nur. »Da der Regen aufgehört hat, wird Er die letzten Stunden des Tageslichts nutzen wollen, um seinem Ziel näher zu kommen.«

Der junge Mann sprang so hektisch auf, als habe er in einem Theaterstück sein Stichwort versäumt, suchte seine Sachen zusammen und verabschiedete sich, nicht ohne unter der Tür noch einmal dramatisch auszurufen: *»Ich eil, ich eil, sieh, wie ich eil, so fliegt vom Bogen des Tataren Pfeil.«* Er ging hinaus, kam aber gleich wieder zurück, sagte erklärend: *»Sommernachtstraum«*, und war dann endlich, endlich tatsächlich verschwunden.

Als Geist zurückkam, um zu melden, dass die Ochsen gefunden und bereits auf dem Weg zur Kutsche seien, fand er seinen Arbeitgeber schlafend vor, den Kopf auf den Tisch gelegt und die Wange in einer Schnapspfütze neben der umgekippten Steingutflasche.

*

Christiane hockte auf dem Boden und halbierte Schnecken.

Sie benutzte dazu ein Wiegemesser, das sonst in der Küche zum Zerteilen von Zwiebeln seinen Dienst tat, und sie erledigte ihre mörderische Arbeit ganz sachlich, *sine ira et studio,* wie Goethe das genannt haben würde. Die Gewohnheit ihres Lebenspartners, alltäglichen Dingen durch lateinische Formulierungen den Anschein tieferer Bedeutung zu geben, mochte den meisten seiner Gesprächspartner beeindruckend oder sogar ehrfurchtsgebietend erscheinen, für Christiane war es nur eine weitere seiner liebenswerten Marotten, über die sie sich in vertrauten Momenten gern lustig machte. So hatte sie einmal, als Goethe hinter dem geschlossenen Bettvorhang einen besonders intimen Wunsch äußerte, mit dem ernstesten Gesicht, das sie zustande brachte, geantwortet: *»Caritas omnia tolerat«,* worauf er, nach einem Moment des Staunens über ihre unvermuteten Lateinkenntnisse, so laut gelacht hatte wie sonst nur an seinen Herrenabenden nach der dritten Kanne Blauer Portugieser. Natürlich hatte sie nie Latein gelernt, verstand auch meistens nicht, wovon die Rede war, aber ein paar von Goethes oft gebrauchten Formulierungen hatte sie sich durch Christian August übersetzen lassen. Bloß weil man eine Frau war, musste man nicht sein Leben lang dumm bleiben.

Überhaupt nutzte sie ihren Bruder gern als persönliches Vocabularium und Lexikon. Er wusste über die erstaunlichsten Dinge Bescheid, sammelte Fakten und Geschichten, wie ein Eichhörnchen Haselnüsse sammelt, um dann die Stapel vollgeschriebener Notizzettel zu Büchern zu verarbeiten. Sogar für die Gartenarbeit, die ja nun wirklich nicht Sache eines Bibliotheksregistrators war, hatte er ihr Rat gewusst. Als die Schnecken unter ihren Gurkensetzlingen gehaust hatten wie die Vandalen, hatte er gemeint, eine breite Straße aus Salz, rund um die zu schützenden Pflanzen ausgestreut, würde die schleimigen Räuber wohl fernhalten, doch sei dieses Remedium eher theoretischer Natur, wo sich doch auf dem Wochenmarkt für den Preis eines einzigen Lotes Salz ein ganzer Korb mit Gurken erwerben ließe. Mit obskuren Fakten besser vertraut als mit praktischen Dingen, hatte er nicht bedacht, dass Goethe, neben seinen vielen anderen Ämtern, auch für die Saline von Creuzburg zuständig war und dafür ein so reichhaltiges Deputat erhielt, dass das Salz, zur Gänze in der Küche verwendet, jede Suppe verdorben haben würde.

Christiane hatte den brüderlichen Ratschlag – in welchem alten Folianten hatte er den wohl aufgestöbert? – ausprobiert, und tatsächlich hatte sich der weißkörnige Sperrgürtel als wirksam erwiesen. Obwohl die Schnecken nach diesen verregneten

Tagen aus dem Boden zu sprießen schienen wie Unkraut, hatte kein einziger der Angreifer das gelobte Land der Gurkensetzlinge und jungen Salate erreicht; die schleimigen Briganten waren so elendiglich zugrunde gegangen wie die preußischen Infanteristen bei der Kanonade von Valmy, deren blutige Einzelheiten ihr Goethe mehr als einmal in aller Scheußlichkeit – und, wie sie meinte, mit gehöriger Übertreibung – geschildert hatte.

Nur eben: Der Abwehrwall hatte den Biestern nicht endgültig den Garaus gemacht. Weil das Salz ihnen die Säfte aus dem Körper gezogen hatte, wanden sie sich jetzt auf höchst bemitleidenswerte Weise im Todeskampf, und wenn Christiane ihnen auch den Krieg erklärt hatte, so wollte sie ihnen doch kein unnötiges Leid zufügen, schließlich waren auch die ekelhaftesten Schädlinge Geschöpfe Gottes. In Frankreich – auch das hatte ihr Christian August erzählt – wurden Kapitalverbrecher seit dem Sturz des Königs nicht mehr gehängt oder gevierteilt, sondern man brachte sie mit einer Maschine vom Leben zum Tode. Die Beschreibung dieser Guillotine war es gewesen, die sie auf den Gedanken mit dem Wiegemesser gebracht hatte. Wer in seinem Gemüsegarten Herrin über Leben und Tod war, musste auch bereit sein, das Amt des Henkers zu übernehmen.

Wie immer, wenn sie sich auf etwas konzentrierte, hatte Christiane die Zungenspitze herausgestreckt, eine liebenswerte Gewohnheit aus Kindertagen, die Goethe sogar einmal in einer Bleistiftskizze festgehalten hatte. Wäre er nicht verreist gewesen, sondern hätte ihr, hinter dem Vorhang des Gartenzimmers verborgen, bei ihrer unappetitlichen Tätigkeit zugesehen – so wie er sie, auch nach all den gemeinsamen Jahren, gern unbemerkt beobachtete und sich dabei immer neu in sie verliebte –, so hätte er wohl in Gedanken die wenig damenhafte Körperhaltung ebenso getadelt, wie er sich gleichzeitig über Christianes jugendlichen Eifer gefreut haben würde. Nur eben: Goethe war auf Reisen, und auch wenn er in seinem letzten Brief seine baldige Rückkehr angekündigt hatte, mochte eine solche Formulierung ebenso »in den nächsten Tagen« wie »in ein paar Wochen« bedeuten, sie hatte das schon mehr als einmal erlebt. Wenn er sich, wie es seine Gewohnheit war, zum ungestörten Arbeiten nach Jena zurückzog, kam es immer wieder vor, dass aus einem versprochenen Samstag zuerst ein Dienstag und dann ein noch viel späterer Termin wurde. Goethe schob die Schuld dann jedes Mal auf die Musen, die ihn zu immer fleißigerer Arbeit angetrieben hätten, und obwohl Christiane stets Verständnis zeigte, so wäre es ihr doch lieber gewesen, wenn diese Töchter des Zeus ein bisschen mehr Rücksicht auf die organisatorischen Bedürfnisse ihres Haushalts genommen hätten.

Aber egal. Wann auch immer Goethe zurückkam, sie wollte ihm ihren Garten in voller Schönheit präsentieren. »*Ihren* Garten«, ja, denn die Blumen und das Gemüse gehörten zu den wenigen Aspekten des Hauses am Frauenplan, deren Attraktionen dem Fleiß der Hausherrin und nicht den Einkünften des Hausherrn geschuldet waren. Was hier in den gepflegten Beeten heranwuchs, verdankte seine Perfektion Christianes eigener Hände Arbeit, und so war sie gar nicht auf den Gedanken gekommen, die Hinrichtung der Schnecken an jemand anderen zu delegieren. Überhaupt hatte sie sich, auch nach all den Jahren, noch immer nicht wirklich daran gewöhnt, über Bedienstete zu verfügen; von Stand zu sein, schien ihr, war etwas, mit dem man aufgewachsen sein musste und das sich nicht erlernen ließ.

Und wenn sie diese Einsicht einmal vergaß – es konnte vorkommen, dass man an der Seite des Herrn Geheimrats die eigene Wichtigkeit überschätzte –, dann hatte sich im kleinen Weimar noch immer jemand gefunden, der sie daran erinnerte, welcher Platz ihr in der gesellschaftlichen Hierarchie zustand, nämlich gar keiner.

Die nächste Schnecke zerhackte Christiane mit so viel Zorn, dass sich die Klinge tief in die weiche Erde bohrte. Und dabei hatte sie sich doch vorgenommen, nicht an die Freifrau von Stein zu denken.

Da hatte sie der eine Freude machen wollen, hatte sich dafür erkenntlich zeigen wollen, dass der kleine August im Hause Stein ein gern gesehener Gast war, hatte ihr also – auch das mit eigenen Händen – zum Geburtstag einen Kuchen gebacken, eine Eierschecke, wie sie auch der Hofbäckerei nicht besser hätte gelingen können, und hatte die Magd Ernestine mit dem Präsent losgeschickt. Die war dann ganz verweint zurückgekommen, denn man hatte sie im Haus an der Ackerwand sehr unfreundlich empfangen, hatte sie noch nicht einmal das eingeübte Kompliment aufsagen lassen, und den Kuchen hatte man nicht etwa zu den anderen auf den für die Geburtstagsgesellschaft reich gedeckten Tisch gestellt, sondern ein Lakai hatte ihn hinaustragen müssen wie etwas Schmutziges.

Zum nächsten Geburtstag, nahm sich Christiane vor, würde sie der Frau von Stein einen ganz besonderen Kuchen backen, bei dem würden sich unter der Ditsche keine Apfelstücke verbergen, sondern kleingeschnittene, mit Mohn bestreute Waldschnecken. Die Vorstellung, was für ein Gesicht die eingebildete Gans beim ersten Bissen machen würde, wie sie vergeblich versuchen würde, sich den Ekel nicht anmerken zu lassen, um dann doch ihre Stickerei vollzukotzen, dieses erfreuliche Phantasiebild ließ Christianes Ärger gleich wieder verfliegen; schlechte Laune war bei ihr ohnehin nie von Dauer. Sie machte sich wieder an ihre Arbeit und war bald so eifrig bei der Sache, dass sich der kleine August unbemerkt nähern und ihr eine ganze Weile bei ihrer mörderischen Tätigkeit zusehen konnte.

»Was macht Sie da?«

»Ich töte die Schnecken.«

»Warum?«

»Sie leiden sonst zu sehr.«

August, der das Debattieren ebenso sehr liebte wie sein Vater, ließ dieses Argument nicht gelten. »Das darf man nicht«, sagte er und fügte in dem leiernden Ton, in dem er beim Hauslehrer Eisert seine Lektionen aufzusagen pflegte, hinzu: »Du sollst nicht töten. Du sollst nicht ehebrechen. Du sollst nicht stehlen.«

»Brav, Gustel«, sagte Christiane. »Aber bei Schnecken ist das etwas anderes.«

»Wieso?«

»Weil sie unseren Salat fressen.«

»Aber wir essen den Salat doch auch, und niemand schneidet uns in Stücke.«

Christiane suchte vergeblich nach einer Erklärung, die auch ein Siebenjähriger verstehen würde. Sie hätte sich die Mühe sparen können, denn August – »Bei einer Sache zu bleiben, wird er noch lernen müssen«, hatte Goethe schon mehr als einmal gesagt – hatte das Interesse am Thema gleich wieder verloren und stellte schon die nächste Frage: »Was bedeutet ehebrechen?«

»Dafür bist du noch zu jung«, versuchte sich Christiane herauszureden. »Und außerdem ist das eine Sache, über die man unter feinen Leuten nicht spricht.«

»Sind wir feine Leute?«

»Das will ich doch hoffen.«

»Das ist gut«, sagte August mit der altklugen Miene, die er immer aufsetzte, wenn er meinte, einen Erwachsenen überlistet zu haben. »Dann muss ich keine Aufgaben machen.«

»Was hat das eine mit dem anderen zu tun?«

»Feine Leute arbeiten nicht, sagt Onkel Christian. Weil sie sich nicht die Hände schmutzig machen wollen.« Er betrachtete die von Erde und Schneckenschleim verschmierten Hände seiner Mutter und fügte triumphierend hinzu: »Sie ist keine feine Frau.«

Es war nicht einfach, einen intelligenten Sohn zu haben. Aber bei einem Vater, der allgemein als Genie bezeichnet wurde, konnte es wohl nicht anders sein. Natürlich, August spielte auch gern mal mit seinen Zinnsoldaten oder ritt auf seinem Steckenpferd durch ausgedachte Landschaften, aber am liebsten führte er Debatten und konnte sich über einen vermeintlichen Sieg seiner Argumente freuen, als habe er dem andern gerade beim *Hasenrennen* die Verliererkarte zugeschoben. Goethe war der Meinung, man müsse geduldig auf seine Einwände eingehen, so kindisch sie auch sein mochten; der Verstand wolle geübt sein wie die Geschicklichkeit eines Fechters, und wer als Erwachsener in solchen Duellen bestehen wolle, könne Quart und Terz gar nicht früh genug erlernen. Aber wenn Goethe die Nachfragen seines Sohnes zu viel wurden, gab es immer einen Auftrag, der dringend erledigt, oder einen Gedanken, der noch dringender festgehalten werden musste, er konnte sich jederzeit in seinem Arbeitszimmer verschanzen, das ohne besondere Einladung von niemandem außer ihr betreten werden durfte. Und wer musste dann die Disputation weiterführen? Sie natürlich.

»Nein«, sagte sie jetzt, »ich bin keine feine Frau. Ich möchte auch keine sein. Weil eine feine Frau nämlich einen kleinen Jungen, der seine Aufgaben nicht gemacht hat, nicht am Ohr fassen und in sein Zimmer schleppen kann, um ihn dort so lang einzusperren, bis seine Pflichten erfüllt sind.«

»Und warum kann eine feine Frau das nicht?« August wollte immer das letzte Wort oder doch die letzte Frage haben.

»Weil sie dafür einen eigenen Diener hat. Mehrere sogar. Einen Am-Ohr-zieh-Diener, einen Freche-kleine-Buben-einsperr-Diener und …«

»… und einen Schnecken-totschlag-Diener«, sagte August, »mit einem ganz großen Schwert, wie ein richtiger Scharfrichter.«

Die absurde Vorstellung ließ das Gespräch in gemeinsamem Gelächter enden. Den frühreifen Verstand mochte August von seinem Vater haben, die Fähigkeit zur ausgelassenen Fröhlichkeit hatte er von ihr geerbt.

»Was wolltest du eigentlich?«, fragte Christiane.

»Ach ja«, sagte August, »das habe ich ganz vergessen. Es ist ein Bote gekommen und hat ausrichten lassen: Heute Abend kommt der Herr Vater nach Hause.«

*

»Die Schwierigkeiten wachsen, je näher man dem Ziele kommt«, diktierte Goethe. Secretarius Geist notierte den Satz mit so unbewegter Miene, als handle es sich nicht um eine kleine sprachliche Perle, sondern nur um die Erinnerung, dass ein zu

lang liegengelassener Brief zu beantworten oder bei der Hofkanzlei eine Akte anzufordern sei. Nicht dass Goethe für jeden seiner Einfälle begeisterten Beifall erwartet hätte – obwohl er auch nach all den Jahren des Erfolgs immer noch nach Anerkennung gierte –, aber irgendeine Reaktion hätte Geist schon zeigen dürfen. Nun ja, es war keine große Erkenntnis gewesen, die waren auf dieser Reise leider ausgeblieben, aber es war doch immerhin ein kleiner Beitrag für den Zettelkasten hübsch geschliffener Formulierungen, die sich später einmal, wenn gar keine neuen Ideen kommen wollten, in einem noch zu findenden Zusammenhang würden verwenden lassen.

Es war seltsam, er hatte das schon oft gedacht, was alles so einen Einfall auslösen konnte; diesmal hatte ein Blick auf den Ärmel seiner Reisejoppe den Anstoß gegeben. Auf diesem Ärmel hatte nämlich, irgendwo in den Schweizer Bergen, ein Vogel ein Andenken hinterlassen, aber keines von der Sorte, mit der er Christianen oder August hätte eine Freude bereiten können. Solang man unterwegs war, brauchte einen ein solch rustikaler Fleck nicht zu kümmern, im Gegenteil: Wenn man, wie er, in einer privaten Kutsche reiste, war es durchaus angebracht, sich die Strapazen der langen Fahrt durch legere Kleidung so gut wie möglich zu erleichtern, so wie er auch zu Hause, wenn keine Dienstgeschäfte anstanden, gern den ganzen Tag in dem Déshabillé verblieb, dem er in *Hermann und Dorothea* einen eigenen Hexameter gewidmet hatte: *Ungern vermiss ich ihn doch, den alten kattunenen Schlafrock.*

Aber jetzt, wo sie bereits herzogliches Gebiet erreicht hatten und in wenig mehr als einer Stunde zu Hause ankommen würden, musste die Freiheit allmählich wieder den Repräsentationspflichten des Ministers weichen, kurz: In so staubiger Reisekleidung konnte und wollte er nicht in Weimar eintreffen. Die Titel und Ämter, die ihm der Herzog verliehen hatte, brachten nicht nur Privilegien mit sich, sondern auch Verpflichtungen; man repräsentierte den Staat nicht unrasiert.

»Anhalten«, befahl Goethe.

Das Gehöft stand etwas abseits der Landstraße und hatte nichts Bemerkenswertes an sich, war so gebaut, wie arme Leute eben bauen müssen, mehr Kate als Haus, die Streben des Fachwerks aus krumm gewachsenem Holz und die Gefache mit kaum faustgroßen Steinen gefüllt, von denen der Lehmputz schon wieder abbröckelte. Doch da war immerhin ein Brunnen, man würde sich also waschen können. Das Sitzbad aus Eichenrindensud, nach dem er sich wegen seiner Beschwerden so sehr sehnte, würde bis zur Ankunft am Frauenplan warten müssen, aber der Rauch aus dem Kamin versprach doch zumindest warmes Wasser. Wer reist, lernt sich bescheiden.

Als Herold der Gesellschaft wurde der Kutscher losgeschickt, mit dem Auftrag, ihnen Einlass und die Benutzung eines Zimmers zu verschaffen. Er musste mehrmals anklopfen und sogar den Stiel seiner Peitsche zu Hilfe nehmen, bis die Tür endlich eine Handbreit geöffnet wurde. Durch den schmalen, mit einer Kette gesicherten Spalt ließen sich, wie auf den Caravaggio-Gemälden, die Goethe in römischen Kirchen bewundert hatte, im Chiaroscuro des Flurs nur gerade ein Arm und eine Hand erkennen, während die Person selber im Schatten verborgen blieb. Aus dem Klang ihrer Stimme zu schließen, musste es sich um ein junges Mädchen handeln. Es tue ihr leid, sagte die Stimme, sie dürfe, wenn sie allein im Haus sei, niemanden einlassen, schon gar keine Unbekannten, der Vater habe es streng verboten. Aber allzu lang könne es bis zum Angelusläuten nicht mehr dauern, dann würden die Eltern vom Feld zurückkommen und den Fremden bestimmt gern zu Diensten sein. Wenn die Herrschaften also warten wollten?

Goethe, der sich in einiger Entfernung die vom langen Sitzen schmerzenden Beine vertrat, konnte nicht hören, auf welche Weise der Kutscher die Unbekannte zu überzeugen versuchte, nur einzelne Worte wie »Minister« und »lange Reise« drangen zu ihm. Schließlich hörte er den eigenen Namen, aber auch der schien hier nicht der Sesam-öffne-Dich zu sein, der magische Türöffner, als der er sich auf der Reise so oft bewährt hatte. Bis in die Bauernhäuser war sein Ruf noch nicht vorgedrungen; wer nicht liest, kennt auch keine Dichter.

Goethe wollte schon aufgeben und die Fahrt fortsetzen lassen, als Secretarius Geist den Kutscher zur Seite schob, um auch seinerseits einen Überzeugungsversuch zu unternehmen. Er hatte kaum zu reden begonnen, als die Kette auch schon ausgeklinkt und die Tür geöffnet wurde. Im Hintergrund des Flurs sah man eine weibliche Gestalt verschwinden.

»Sie macht Wasser heiß«, sagte Geist.

»Mit welchem Argument hat Er sie denn überzeugt?«

Der Secretarius konnte, auch wenn das seiner seriösen Art nicht entsprach, ein triumphierendes Lächeln nicht ganz verbergen. »Ich habe ihr im Namen Eurer Exzellenz einen halben Taler versprochen.«

Die Kammer, die ihnen schließlich angewiesen wurde, war ärmlich, aber nicht auf die gleiche, durch sorgfältige Reinlichkeit einladende Weise, die manchen Berghütten trotz der Kargheit ihrer Einrichtung eine gewisse unbeholfene Eleganz verliehen hatte. Man nahm dankbar zur Kenntnis, dass die Spinnweben an dem winzigen Fenster für eine natürliche Verdunkelung sorgten, auch wenn das mangelnde Licht das Rasieren nicht gerade erleichtern würde. Zwar hatte Goethe die Devise des Dichters Terenz *humani nihil a me alienum puto* auch zu seiner eigenen gemacht, aber manche Dinge wollte man trotzdem nicht allzu genau sehen. Zu seinem Bedauern ließ sich das Fenster nicht öffnen, auch wenn der unverkennbare Geruch nach Mäusekot eine gründliche Durchlüftung erstrebenswert hätte erscheinen lassen; ganz allgemein schien man hier Sauberkeit für eine überzüchtete städtische Mode zu halten.

Und doch: Wenn sich Goethe später an den kurzen Aufenthalt in dem armseligen Bauernhaus erinnerte, tat er es mit einem Lächeln. Denn da war nicht nur Armut und Schmutz, sondern auch – eine Rose, auf einem Misthaufen erblüht – die Tochter des Hauses, eine etwa sechzehnjährige thüringische Venus, die als Modell vielleicht keinen Cranach, aber mit ihrer breithüftigen Gestalt bestimmt einen Rubens hätte inspirieren können. Sie trug ein einfaches Kleid aus billigem Wollstoff, das aber durch ihr ebenmäßiges Gesicht mit einer Eleganz geadelt wurde, wie sie der teuerste Aufputz mancher Dame der Gesellschaft nicht hätte verleihen können. In ihrer bodenständig direkten Art erinnerte sie Goethe an jene Faustina, die ihm damals den Aufenthalt in Rom auf so unvergessliche Weise angenehm gemacht hatte, und selbst der doch recht grobe Dialekt konnte die Illusion nicht ganz zerstören.

Nachdem sie sich die Befolgung des elterlichen Verbots für den Judaslohn eines halben Talers hatte abkaufen lassen, zeigte sie keinerlei Scheu vor den fremden Männern, versuchte sich zum Glück auch nicht an der ungeschickten Höflichkeit, deren sich Leute, die selber nie an einem Hof gewesen waren, im Umgang mit Höhergestellten gern befleißigten. Als sie Goethe den Eimer mit dem heißen Wasser hinstellte, sagte sie: »Ich brauche ihn sonst für das Schweinefutter, aber ich habe ihn natürlich ausgewaschen.« Und kam dann gar nicht auf den Gedanken, ihn während seiner Ablutionen allein zu lassen, sondern blieb einfach stehen, wie sie wohl auf dem Jahrmarkt vor einem Tanzbären stehen geblieben wäre, und schaute ihm so aufmerksam bei seiner Reinigung zu, als habe sich in der Geschichte der Menschheit noch nie ein Mann das Gesicht gewaschen. »Es gibt auch eine Schamlosigkeit, die aus der Unschuld erwächst«, dachte Goethe, und nahm sich vor, auch diesen Satz von Geist festhalten zu lassen. In einem kleinen Experiment veränderte er seine Stellung, sodass er dem Mädchen jetzt den Rücken zukehrte, aber die Zuschauerin wollte von dem für sie offenbar so ungewöhnlichen Schauspiel nicht das Geringste versäumen und folgte mit ein paar Schritten seiner Bewegung. Schiller hatte schon recht mit dem, was er in einem seiner letzten Briefe geschrieben hatte: Die Neugier des Publikums war das Einzige, wovon etwas zu hoffen war.

Die naive Neugier der jungen Frau war Goethe so überraschend angenehm, dass er seine Waschungen über das notwendige Maß hinaus verlängerte, bis schließlich der Secretarius mit Rasierzeug und Kleidersack hereinkam. Geist verscheuchte die hübsche Zuschauerin und berichtete diensteifrig, er habe einen des Weges kommenden Bauernburschen nach Weimar vorausgeschickt, um dort Goethes baldige Ankunft zu melden. Wie ein Schauspieler, der in verschiedenen Akten einer Komödie ganz unterschiedliche Charaktere verkörpern muss, zeigte Geist jetzt wieder jene Unterwürfigkeit, die er auf der gemeinsamen Reise fast vollständig abgelegt hatte; man hätte meinen können, Secretarius und Kammerdiener seien zwei verschiedene Personen, deren Rollen sich nur den Namen teilten. Beide wurden mit »Carl« angesprochen, obwohl Geist doch eigentlich Johann Ludwig hieß. Aber Goethes allerersterster Sekretär hatte Carl geheißen, und warum sollte er sich der Mühe unterziehen, sich an einen neuen Namen zu gewöhnen?

Als er gewaschen, rasiert und umgekleidet war, hätte Goethe die wiederhergestellte Respektabilität gern in einem Spiegel überprüft. Er rief nach dem Mädchen, das daraufhin so überraschend schnell erschien, dass es wohl direkt vor der Tür auf die Fortsetzung seiner Privatvorstellung gewartet hatte. Goethes Verwandlung vom verschmutzten Reisenden zum elegant gekleideten Minister rief keine Reaktion hervor, so wenig wie sich Faustina beeindruckt gezeigt hatte, als er ihr einmal von seinen Ämtern am Hof erzählte. Auf den gewünschten Spiegel musste er allerdings verzichten, sie hätten keinen im Haus, sagte das Mädchen. »Mein Vater meint, dass er mich nur eitel machen würde, und außerdem … Wenn einer zerbricht, bringt das sieben Jahre Unglück.«

»Selbst der Aberglaube steht ihr gut«, dachte Goethe, »so wie er bei einer Gleichaltrigen höheren Standes nur lächerlich wirken würde.« Um den Abschied von der ländlichen Schönen um ein paar Minuten zu verlängern, schickte er Geist auf den Hof hinaus, hieß ihn, den Kleidersack zu verstauen und zu überprüfen, ob der Kutscher die Zeit auch wirklich genutzt habe, um ihr Gefährt von den schlimmsten Reisespuren zu befreien. Die Erinnerung an Faustina hatte ihn verjüngt, und als er jetzt mit dem Mädchen wieder allein war, fragte er: »Wenn ich dir statt des halben Talers einen ganzen gebe – bekomme ich dann einen Kuss?«

Sie überlegte einen Augenblick, zuckte dann die Schultern und sagte: »Warum nicht? Schlimmer als bei meinem Kuno kann es auch nicht sein.« Und fügte auf Goethes fragenden Blick hinzu: »Unser Hund. Er will mich auch immer abschlabbern.«

Ihre Lippen schmeckten nach Brot, und – auch das erinnerte ihn an Faustina – sie schloss beim Küssen nicht die Augen. Den Taler nahm sie, ohne sich zu bedanken; hätte ihr auf dem Markt jemand einen Kohlkopf oder ein halbes Dutzend Eier abgekauft, würde sie sich auch nicht bedankt haben.

Als sich die kleine Gesellschaft wieder auf den Weg machte, erinnerte nichts an die erzwungene Nähe der gemeinsamen Reise. Geist saß nicht mehr im Wagen, sondern neben dem Kutscher auf dem Bock, und in Weimar riss er den Schlag mit einer so tiefen Verbeugung auf, wie sich das gehörte, wenn es galt, eine echte Exzellenz zu Hause zu begrüßen.

*

Goethe kam gern nach Hause, auch wenn er schon bei der Ankunft ahnte, dass ihn in der vertrauten Umgebung bald wieder jene Unruhe erfassen würde, die ihm immer aufs Neue versprach, an einem anderen Ort, und sei es nur in Jena, würden ihm die Ideen und die Worte, um sie festzuhalten, leichter zufliegen als in den eigenen vier Wänden. Allerdings: Nach den kaum überstandenen Strapazen der endlosen Kutschenfahrt lagen ihm solche Gedanken erst einmal fern; die Unannehmlichkeiten des Reisens, die er als junger Mann so leichthin in Kauf genommen hatte, wurden ihm mit jedem Jahr beschwerlicher, und als die Kutsche endlich vor dem Haus am Frauenplan vorfuhr, schien ihm die Behaglichkeit des eigenen Bettes, das er in all den fremden Gasthäusern so schmerzlich vermisst hatte, das erstrebenswerteste aller Ziele zu sein.

Beim Aussteigen hatte er das Gefühl, die eigenen Glieder neu ordnen zu müssen, als seien sie von den schlechten Straßen so durcheinandergerüttelt wie der Inhalt seiner Reisetaschen. Der kleine August lachte, als er seinen Vater sich so mühsam bewegen sah, hielt dessen staksigen Gang für ein zu seinem Vergnügen erdachtes Schauspiel und versuchte, es ihm nachzumachen. Goethe spielte mit; man raubt einem kleinen Jungen, der seinen Erzeuger für allwissend und allmächtig hält, nicht die Illusionen, indem man ihm von einer schmerzenden Geschwulst am After erzählt.

Christiane wartete unter der Haustür, nickte ihm aber nur kurz zu; Zärtlichkeiten hatten zu warten, bis sie allein waren. Für die Öffentlichkeit war Demoiselle Vulpius nach wie vor nur seine Haushälterin, und wenn auch ganz Weimar über ihre Beziehung Bescheid wusste, mussten die Rollen doch so gespielt werden, wie das Publikum es erwartete. Erst im Gartenzimmer küsste sie ihn, nicht flüchtig und geschäftsmäßig, wie die schon beinah wieder vergessene Bauerntochter, sondern mit jener erprobten Zärtlichkeit, die gemeinsam erlebte Freuden zitiert und gleichzeitig neue verspricht. *Die Liebe nennet sich zuerst Vertraulichkeit* – dass er diesen Satz damals als so junger und unerfahrener Mensch hatte hinschreiben können, mutete ihn im Rückblick fast prophetisch an. Er erwiderte ihren Kuss noch mal und noch mal und hätte dieser Vorspeise am liebsten auf der Stelle ein mehrgängiges Mahl folgen lassen, aber der Drang nach einem Bad und dem lindernden Senfpflaster für die Furunkel an seinem Rücken gewann dann doch die Oberhand.

Danach, erfrischt und gepflegt, mussten natürlich als Erstes die aus der Schweiz mitgebrachten Geschenke ausgepackt werden; August schlich schon um die Reisetaschen herum wie ein hungriger Kater, der auf sein Schälchen Milch lauert. Für den Buben hatte Goethe eine kleine Armbrust mitgebracht, mit der sich – »nur im Garten, und nur wenn ein Erwachsener dabei ist!« – richtige Pfeile würden verschießen lassen, und für Christiane ein mit Blumenmotiven besticktes Brusttuch nach ländlicher Art. Sie verbarg ihre Enttäuschung über ein Kleidungsstück, das sie nie würde tragen können, hinter wortreichem Lob für dessen Schönheit; sie wollte Goethe nicht gleich nach seiner Ankunft verstimmen, schon gar nicht, wo sie ihm noch etwas Unangenehmes zu gestehen hatte.

Die Sache war die: Da die Nachricht von seiner Ankunft so spät bei ihr eingetroffen war, hatte sie, in der Annahme, an diesem Tag sei Goethe bestimmt nicht mehr zu erwarten, ihren Bruder zum Abendessen eingeladen, und Goethe, sie machte sich da nichts vor, mochte Christian August nicht, verachtete ihn sogar, obwohl sich die zwei, das war schon immer ihre Überzeugung gewesen, eigentlich gut hätten verstehen müssen, wo sie doch beide, jeder auf seine Art, Tag für Tag mit Büchern befasst waren. Goethe hielt Christian August zwar für einen tüchtigen Bibliotheksregistrator, lobte auch dessen Fleiß beim Schreiben der Bücherzettel, aber was die Literatur anbelangte, war dieser Beinah-Verwandte für ihn nicht mehr als ein zu wahrer Kunst nicht berufener Vielschreiber. Einmal, ihre Anwesenheit nicht bemerkend, hatte er dessen Verse im Gespräch mit dem Oberhofprediger Herder sogar als *Exkremente der weimarischen Armut* bezeichnet. Und, was die Sache noch schwieriger machte: Eines der vielen Ämter, die der Herzog ihm zugeteilt hatte, war seit Kurzem auch die Verantwortung für die herzogliche Bibliothek, was Goethe zum Vorgesetzten ihres Bruders gemacht hatte. Ein über das Dienstliche hinausgehender gesellschaftlicher Umgang war damit ausgeschlossen; in einer Stadt wie Weimar mischte sich ein Stand so wenig mit dem andern wie die zu Stein gewordenen Schichten eines Sediments.

»Ich werde die Magd hinschicken und ihn ausladen«, sagte Christiane. »Er wird Verständnis haben, wo du doch gerade erst von dieser anstrengenden Reise zurückgekommen bist.« Und fügte erst nach einer Pause ein leises »Andererseits ...« hinzu. Sie ließ das Wort in der Luft hängen, Goethe mochte es auffangen oder nicht. Eigene Wünsche, das war ihre Erfahrung, ließen sich bei ihm umso leichter durchsetzen, je weniger man sie aussprach.

Und tatsächlich, in der milden Entspannung des Augenblicks meinte Goethe: »So lass ihn halt kommen. Er wird ja nicht ewig bleiben.«

Dass seine gute Laune bald wieder verschwand, so wie im Gebirge die Sonne manchmal von einem Augenblick auf den anderen hinter plötzlich aufziehenden Wolken unsichtbar geworden war, daran traf Christiane keine Schuld. Goethe zog sich – »nur für ein paar Minuten« – in sein Arbeitszimmer zurück, um die in den Wochen seiner Abwesenheit eingegangene Post einer ersten oberflächlichen Sichtung zu unterziehen, und zuoberst auf dem bedrohlich sich türmenden Stapel lag ein Brief mit dem wohlbekannten Siegel des Hofmarschallamts, ein Schreiben, das er natürlich nicht, wie er sich das eigentlich vorgenommen hatte, bis zum nächsten Tag liegen lassen konnte. Der Sekretär des Hofmarschalls teilte ihm darin mit, die Namen der Darstellerinnen, die an dem kleinen Redoutenaufzug zu Ehren des Geburtstags Ihrer Hoheit, der regierenden Herzogin, mitzuwirken die Ehre haben würden, stünden nunmehr fest, es handle sich um die Damen von Wolfskeel, von Egloffstein, von Seckendorff, von Werthern, von Beust und von Seebach. Serenissimus habe anzuordnen geruht, dass die vorgenannten Personen ihre Rollen bis spätestens drei Wochen vor der Aufführung in Händen haben sollten und dass mit ihnen mehrmals probiert werden müsse, damit nicht wieder, wie es beim letzten Geburtstagsfest leider der Fall gewesen sei, die Peinlichkeit mangelnder Vorbereitung erduldet werden müsse. Seine Exzellenz der Herr Geheimrat werde gebeten, das Entsprechende zu veranlassen. In der Hoffnung, dass die Reise seiner Exzellenz erfreulich und befruchtend gewesen sein möge …

»Man sollte überhaupt nicht nach Hause kommen«, dachte Goethe und hätte den Brief zerrissen, wenn er nicht vom Hofmarschallamt gekommen wäre. »Man sollte einfach wegbleiben, all den lästigen Alltagskram hinter sich lassen und irgendwo, wo einen keiner kennt und niemand etwas von einem will, ein neues Leben anfangen. Eremit sollte man werden, in der Einsamkeit leben und sich von Raben ernähren lassen.«

Der Grund für seinen Ärger war, dass er dieses Festgedicht, schon ewig bestellt und ebenso ewig vor sich hergeschoben, auf der Reise schlicht vergessen hatte. Die Schönheiten von Rhein und Reuss bewundernd, hatte er tief aus den Wassern der Lethe getrunken und Mnemosyne in den Orkus verbannt, oder doch nach Weimar. Aber der Traum der Freiheit, so war die Welt nun einmal eingerichtet, blieb immer nur ein Traum, und sobald man ins Reich der Pflichten zurückkehrte, stand das, was man aus seinem Gedächtnis gestrichen hatte, doppelt bedrohlich wieder vor der Tür. Der Geburtstag der Herzogin war eines jener höfischen Ereignisse, auf die der Herzog besonderen Wert legte, nicht weil er seine Frau so sehr liebte – es war kein Geheimnis, dass das nicht der Fall war –, sondern im Gegenteil, weil sich mit einer solch pompösen Gratulationscour beweisen ließ, dass er sich seiner Verpflichtungen als Ehegatte und Landesherr durchaus bewusst war. Er hatte, wie auch schon in den letzten Jahren, zu diesem Anlass bei seinem Hoflieferanten für Geistiges eine festliche Inszenierung bestellt und hatte das so nachlässig und nebenher getan, wie man bei einem Schneider, der einen schon immer zuverlässig bedient hat, neue Hemden ordert. Goethe hatte die Bestellung mit einer Verbeugung quittiert, hatte sogar noch gesagt, es werde ihm eine Ehre und ein Vergnügen sein, ihrer herzoglichen Hoheit eine kleine Freude bereiten zu dürfen.

Und hatte das Ganze dann einfach vergessen.

Die »Rollen bis spätestens drei Wochen vor der Aufführung in Händen haben« – wie sollte das gehen, wo der geforderte Termin keine zweiundsiebzig Stunden mehr entfernt und noch keine einzige Zeile erdacht, geschweige denn zu Papier gebracht war? Aber wenn Serenissimus etwas wünschte, verfing auch die besterdachte Ausrede nicht; seine Huld strahlte nicht *in aeternitate*, und wenn man ihn enttäuschte, konnte sich seine Gnade sehr schnell in ihr gefürchtetes Gegenteil verwandeln.

Um das Ganze noch dringender und, ja, auch bedrohlicher zu machen, gab es da jene Peinlichkeit, an die ihn der Hofmarschall, wohl auf ausdrücklichen Befehl des Herzogs, in dem offiziellen Schreiben hatte erinnern lassen: jenen Zwischenfall beim letzten Geburtstag der Herzogin, auf dessen Wiederholung die ganze Festgesellschaft lauern würde. Auch damals waren die huldigenden Worte Goethes Werk gewesen, und auch damals hatte er den ungeliebten Auftrag, wenn auch nicht wie dieses Mal völlig vergessen, so doch bis zum letzten Moment hinausgezögert. Damals hatte er die neun Musen zum Thema genommen, was ein Fehler gewesen war, denn unter den adligen Familien Weimars neun auch nur einigermaßen begabte Damen zu finden, hatte sich als unmöglich herausgestellt. Mit ausführlichem Probieren hätte sich bestimmt noch einiges verbessern lassen, aber weil Goethe mit dem gereimten Jubel so spät fertig geworden war, hatte die Zeit nicht mehr gereicht, um die Rollen ausreichend einzuüben. Vor allem hatte er nicht gemerkt, dass das ältliche Fräulein von Herda – ein Name, der auf der diesjährigen Liste fehlte und wohl auch in künftigen Jahren nicht mehr auftauchen würde – ihren Part als Melpomene völlig falsch interpretiert hatte und der irrigen Meinung gewesen war, als Muse des Trauergesangs werde von ihr erwartet, den zugeteilten Text nicht nur zu rezitieren, sondern zu singen. Nun hatte sie aber schon als junges Mädchen über keine wie auch immer geartete musikalische Begabung verfügt, und das Einzige, was sich im Lauf der Jahre daran geändert hatte, war die Tatsache, dass sie die falschen Töne mit zunehmender Schwerhörigkeit immer lauter vortrug. Das enge Korsett des höfischen Protokolls hatte es nicht erlaubt, ihren Vortrag zu unterbrechen, aber die Herzogin hatte mit leidendem Gesicht die Augen geschlossen, und alle Geburtstagsgäste wären glücklich gewesen, wenn sie sich, wie die Matrosen des Odysseus, ihre Ohren rechtzeitig mit Wachs verstopft hätten, wobei der Gesang der Sirene bestimmt sehr viel melodiöser gewesen war als jener des Fräuleins von Herda. Hinterher hatte ihn der Herzog mit ironischer Freundlichkeit gebeten, in Zukunft doch bitte die Zustimmung des geheimen Consiliums einzuholen, bevor er im Lande Sachsen-Weimar-Eisenach neue Foltermethoden einführe.

Noch einmal durfte ein solch peinliches Missgeschick auf gar keinen Fall passieren, aber eben: Das bestellte Festgedicht war nicht nur nicht geschrieben, Goethe hatte auch noch nicht die geringste Idee für dessen Gestaltung. Es würde ihm also bei aller Reisemüdigkeit nichts anderes übrig bleiben, als die Nacht zum Tage zu machen und sich an seinem Stehpult die notwendigen Verse abzuquälen. Zwar würde an dieser Geburtstagsfeier niemand anwesend sein, vor dessen kritischem Urteil er sich hätte fürchten müssen – wirklichen Geschmack hatte am Hof nur die Herzoginmutter Anna Amalia, die sich aber aus der Öffentlichkeit völlig zurückgezogen hatte –, und dennoch: Die Reime mussten klingeln und die Worte einen Sinn ergeben, es musste kein bedeutender sein.

»Du kannst deinen Bruder wieder ausladen«, sagte er deshalb zu Christianen. »Soll er halt morgen kommen. Ich selber werde mich mit einem Stück Brot begnügen müssen. Ich habe zu arbeiten.«

*

Es war die Hölle.

Dass ihm die Musen, die doch all die Jahre seine treuen Gefährtinnen gewesen waren, auf einmal jede Unterstützung verweigerten, dass sie so unerreichbar fern schienen, als seien sie ihrerseits auf Reisen und vergnügten sich, jeder Verpflichtung ledig, im Gebirge oder am Meer, dass ihm die Worte, mit denen er sonst spielen konnte wie ein Gaukler mit seinen Bällen, wie tonnenschwere Steinquader erschienen, aus denen er, angetrieben von den

Peitschenhieben mitleidsloser Aufseher, mit bloßen Händen ein Haus errichten sollte, einen Turm, eine Pyramide, dass es sich anfühlte, als halte ihm ein Dämon – ach was: als hielten ihm tausend Dämonen die Hand fest und hinderten ihn daran, auch nur einen Buchstaben zu Papier zu bringen, dass die Gedanken schneller vor ihm flohen, als er sie erspähen konnte, Rehe, die schon bei der leisesten Ahnung einer Annäherung im Unterholz verschwanden, dass er sich fühlte wie ein Blinder, von dem verlangt wird, dass er eine Landschaft beschreibe, wie ein Stummer, der eine Rede halten soll, dass sein Verstand eingetrocknet schien, zu Staub zerfallen, mumifiziert, dass er sich kaum mehr daran erinnern konnte, wie es einmal gewesen war, als ihm die Formulierungen wie zahme Vögel von selber zugeflogen waren und sich die Reime, magnetisch voneinander angezogen, fast ohne sein Zutun zu Paaren zusammenfügten, dass ihm das Schreiben, das er doch immer so geliebt hatte, heute vorkam wie die Fron eines Galeerensklaven, mit schweren Eisen an seine Ruderbank gekettet, dass er sich selber verloren hatte, kein Dichter mehr, nur noch ein Wechselbalg mit schwerer Zunge – all das war noch nicht das Schlimmste.

Auch die Angst, ein enttäuschter Herzog könne ihm seine Gunst entziehen, könne ihn fallen lassen, wie er ihn durch seine Gnade erhoben hatte, könne ihm seine Ämter wegnehmen und die Ehrungen aberkennen, auch die Befürchtung, durch den nicht ausgeführten Auftrag von einem Besonderen wieder zu einem Gewöhnlichen zu werden, ein Handwerker, der in seinem Handwerk versagt hat, den Stoff nicht richtig zugeschnitten und das Holz nicht auf das gewünschte Maß zurechtgesägt, auch die Panik, die ihn packte, wenn er sich die möglichen Folgen seines Versagens ausmalte, Lächerlichkeit, Schande, vielleicht sogar Exil – seine Phantasie, die bei den bestellten Versen vor dem kleinsten Hindernis bockte, kam beim Ausmalen solcher Schreckensbilder ins immer schnellere Galoppieren – auch diese apokalyptischen Visionen waren noch nicht das Schlimmste.

Das Schlimmste, das er nicht zu denken versuchte und das doch seine Gedanken beherrschte, war die Angst, dass dieser Zustand ein dauernder werden könnte, eine Krankheit ohne Antidot, dass er die Fähigkeit, mit Worten Welten zu erschaffen, ein für alle Mal verloren haben könnte, so wie er von Menschen gelesen hatte, die von einem Tag auf den andern ihre Nächsten nicht mehr erkannten oder sich im eigenen Haus verirrten. Dass ihm auf seiner Reise in die Schweiz außer der einen oder anderen brauchbaren Formulierung nichts Neues eingefallen war, weniger als nichts, dass er mit leeren Händen und leerem Verstand zurückgekommen war, ohne einen Plan für ein neues Werk, waren das – er wollte es nicht denken und dachte es doch – die ersten Symptome einer Krankheit gewesen, die jetzt ihren Höhepunkt erreicht hatte? »Die Musen saugen einen aus«, hatte ihm Schiller einmal geschrieben, konnte es sein, dass sie ihn leergesaugt hatten, dass sie ihn aufgegeben hatten, weil sie sich von ihm keinen Honigseim mehr erhofften, so wie der kleine August das Stück Süßholz, an dem er stundenlang herumgekaut hatte, wegwarf, weil nur noch zähe Fasern ohne jeden Geschmack davon übrig waren? Sollte er, Johann Wolfgang von Goethe, dazu verurteilt sein, im Serail der Künste künftig nur noch als Eunuch geduldet zu werden, unfruchtbar wie ein Ochse? War jener Keim von Verwegenheit, ohne den kein Talent etwas Großes schaffen kann, in ihm vertrocknet, abgestorben, verfault, und zwar nicht nur für den Moment, sondern für den Rest seines Lebens?

Je mehr er sich anstrengte, von diesen Ängsten nicht überwältigt zu werden, je hektischer er nach Gründen suchte, die sein Unvermögen zu einem vorübergehenden machen sollten – die Müdigkeit, die späte Stunde, die fehlende Stimmung –, je mehr er sich einredete, morgen, ausgeschlafen und erfrischt, werde ihm das aufgetragene Werk schon gelingen, desto weniger wollte sich auch nur ein Wort von ihm formulieren lassen. Wenn Leute, die nie Lesen und Schreiben gelernt hatten, wegen einer Erbschaft oder aus anderem Grunde ein amtliches Dokument zu bestätigen hatten, taten sie das manchmal mit einem ungelenken X. Er würde sich zu ihnen gesellen müssen.

Als er den hoffnungslosen Kampf schließlich aufgab und in sein Schlafzimmer schlich, war das der Rückzug eines geschlagenen Heeres.

Am nächsten Morgen, nach zu wenig Schlaf und nach Träumen, die ihn immer noch plagten, obwohl er sich nicht an sie erinnern konnte, nach einem Frühstück, für das er sich keine Zeit nahm, nach einer Frage Christianes, die er nicht gehört und trotzdem beantwortet hatte, machte er sich wieder an die Arbeit, ein Sisyphus des Schreibens, der vergeblich versuchte, den Felsblock dieses gottverdammten Festgedichts einen viel zu steilen Berg hinaufzustemmen. Natürlich war es auch schon früher einmal vorgekommen, dass eine Arbeit bei allem Bemühen nicht auf Anhieb gelingen wollte, dass der künstlerischen Geburt lange und schmerzhafte Wehen vorausgingen, aber einen so grundsätzlichen Zweifel an sich selber hatte er noch nie empfunden, hatte immer gewusst, dass seine Anstrengungen irgendwann mit einem vorzeigbaren Ergebnis belohnt werden würden. Diesmal war es anders, und die Angst, die Befähigung zu seinem Beruf für immer verloren zu haben, lag wie ein schwarzer Schatten über seinem Gemüt und vernebelte ihm die Gedanken. Einmal – wen die Götter strafen wollen, verblenden sie zuerst – hatte er ganz schnell vier Zeilen hingeschrieben, kunstvoll gedrechselt und sauber gereimt, hatte schon geglaubt, der Fluch sei von ihm genommen, aber dann hatte er gemerkt, dass die Worte aus dem letztjährigen Festspiel stammten, dass er kein Dichter gewesen war, sondern nur ein Kopist seiner selbst, und hatte das Papier mit einer so heftigen Bewegung zerrissen, dass er dabei das Tintenfass umwarf.

In Dantes *Göttlicher Komödie,* diesem widerwärtigen Meisterwerk, war jedem Sünder als *contrapasso* eine dem Verbrechen angemessene Strafe bestimmt, die Wollüstigen wurden von einem ewigen Sturm herumgeschleudert wie im Leben von ihren Begierden, und den Vielfraßen wurde der Schlund mit fauligem Schlamm gestopft, jede Qual von einer höheren Gerechtigkeit zugeteilt. Aber womit hatte er sich die Verbannung in den untersten Kreis der Hölle verdient, wo einem nicht nur alle Begabungen weggenommen wurden, sondern wo man sich zur Verschärfung der Strafe *ad infini-*

tum daran erinnern musste, dass man sie einst besessen hatte?

Einmal brachte ihm Christiane ein Schüsselchen mit den ersten Erdbeeren des Jahres und einmal eine Tasse Tee, sie erkundigte sich auch, was ihm die Laune so verhagelt habe, bekam aber keine Antwort. Erst als sie zum dritten Mal hereinkam, brach es plötzlich aus ihm heraus, er beklagte das ganze Elend dieses Festgedichts zur sinnlosen Feier eines herzoglichen Geburtstags, dieses vermaledeite Gedicht, das sich so gar nicht schreiben lassen wollte und doch in zwei Tagen abgeliefert werden musste, die Zumutung, dass man die Rollen, die ihm in aller Teufel Namen nicht einfallen wollten, schon verteilt hatte, sechs Damen des Hofes, eine so unbegabt wie die andere, mit wohlgesetzten Worten seien sie zu bedienen, und noch nicht ein einziges habe er gefunden, und dazu die Angst, die schreckliche Angst, dass sein Talent, auf das er sich doch immer hatte verlassen können, sich verloren habe und vielleicht – nein, bestimmt – nie wieder aufzufinden sei. Seine Verzweiflung war so deutlich zu spüren, dass Christiane die Arme um ihn legte, so wie sie es auch bei Gustel getan haben würde, und seinen Kopf an ihren Busen drückte. Es habe sich noch immer eine Lösung gefunden, sagte sie beruhigend, Goethe solle sich noch einmal hinlegen und den versäumten Schlaf nachholen, bis zum Abend werde ihm die Lösung bestimmt eingefallen sein, und wenn nicht ihm, dann eben ihr.

Goethe ließ sich nur zu gern überreden, und tatsächlich: Hypnos war ihm gnädig und Morpheus woanders beschäftigt. Er schlief ohne Träume, und als er – es ging schon auf den Abend zu – erfrischt aufwachte, spürte er sogar wieder so etwas wie eine ferne Hoffnung, so wie damals, als er als Bergbauminister in Ilmenau den Schacht »Neuer Johannes« hatte eröffnen lassen. Vielleicht, hatte er damals gedacht und dachte er jetzt wieder, musste man nur an der richtigen Stelle graben, um doch noch fündig zu werden, und dass wenig später ein Wassereinbruch den neuen Schacht rettungslos hatte absaufen lassen, damit war nun wirklich nicht zu rechnen gewesen.

Bestimmt, überlegte er, war es nur eine unnötige Panik, die ihm die Einfälle verscheucht und die Hand gelähmt hatte, er durfte sich von dem nahenden Termin einfach nicht hetzen lassen und musste nur die Ruhe der Seele wiederfinden, *dieses herrliche Ding,* wie er sie im *Werther* genannt hatte, dann würden sich die Ideen einstellen und die Verse fließen. Er würde also, nahm er sich vor, für die nächste Stunde das Festspiel Festspiel sein lassen, würde ohne Eile den Schöpsenbraten genießen, den Christiane wie keine andere zuzubereiten verstand – nur schon der Gedanke daran ließ ihn angenehmen Hunger verspüren –, er würde am Esstisch mit ihr plaudern und, ja, auch schäkern, und die vertraute Zweisamkeit würde ihm jenes Gleichgewicht zurückbringen, das für ihn beim Schreiben so unerlässlich war wie für einen Seiltänzer die Balancierstange.

Aber dann war der Tisch im grünen Zimmer gedeckt, wo man nur speiste, wenn Gäste zu empfangen waren, und es war auch tatsächlich ein Gast gekommen, kein willkommener, aber einer, dem er den Empfang nicht verweigern konnte. Erst jetzt, wie ein verspätetes Echo, hörte er, was ihn Christiane beim Frühstück gefragt hatte: Sie hatte wissen wollen, ob ihr Bruder, trotz Goethes so dringend zu erledigender Arbeit, heute, wie besprochen, zum Essen kommen solle, und er, mit den Gedanken schon wieder bei diesem vom Satan erfundenen Gedicht, hatte mit einem unüberlegten »Ja« geantwortet. Jetzt steckte er in der selbst gestellten Falle.

Vulpius verhielt sich so unterwürfig, wie sich ein kleiner Registrator gegenüber seinem Minister zu verhalten hatte, und Goethe – was hätte er in der unangenehmen Situation sonst tun sollen? – gab sich entgegen seiner Neigung so gnädig, wie er es Christianen schuldig zu sein glaubte. Ein wirkliches Gespräch zwischen Gastgeber und Gast kam dabei nicht zustande, sie lobten das schöne Frühlingswetter und bedauerten den Krieg in Italien, was man sich eben so hin und her sagt, wenn man sich eigentlich nichts zu sagen hat. Dann erschien endlich die Hausherrin – ja, Hausherrin, nicht Haushälterin! –, und die Magd brachte die Schüssel mit dem köstlich duftenden Braten, der Christiane auch diesmal wieder meisterlich gelungen war.

Außer bei Hof, wo die Manieren wichtiger waren als die Speisen, hatte so ein gemeinsames Essen immer etwas Verbindendes, die Herzen und die Münder Öffnendes, vielleicht lag es ja auch an dem alten Rotwein, den Christiane zur Feier von Goethes Heimkehr aus dem Keller geholt hatte, wie auch immer: Vulpius legte seine unterwürfige Höflichkeit immer mehr ab, schob schließlich seinen Teller zur Seite und sagte zu Goethes Überraschung: »Ich höre von meiner Schwester, dass Eure Exzellenz sich mit einem Festgedicht plagen, das, obwohl noch nicht geschrieben, bereits abgeliefert sein sollte.«

Goethe warf Christianen einen ärgerlichen Blick zu, aber sie schien damit beschäftigt, die übrig gebliebenen Klöße in der Schüssel zu zählen.

»Wenn Eure Exzellenz gestatten« fuhr Vulpius fort, »hätte ich in dieser Angelegenheit einen Vorschlag zu machen, der vielleicht betreffs dieses Problems Erleichterung bringen könnte.«

»Und der wäre?«, fragte Goethe ungnädig und hatte die Milde, die er sich vorgenommen hatte, ob dieser zudringlichen Einmischung in seine Angelegenheiten ganz vergessen.

»Wenn es Eurer Exzellenz dienlich ist«, sagte Vulpius, »würde ich mich anerbieten, die notwendige Anzahl Verse bis morgen zu verfassen.«

*

Goethe hätte am liebsten laut gelacht und damit unmissverständlich gezeigt, wie absurd er die Vorstellung fand, ein anderer als er selber könne in der Lage sein, jene Verse zu formulieren, die der Herzog nicht bei irgendjemandem, sondern bei ihm, dem Geheimrat Johann Wolfgang von Goethe, bestellt hatte. Nur allzu gern hätte er deutlich gemacht, wie verrückt es war, dass ausgerechnet dieser schwachbrüstige Polygraph sich zutraute, ihn zu ersetzen, ein Esel, der einen Araberhengst vertreten will. Christianen zuliebe versuchte er, sich seinen Ärger nicht allzu deutlich anmerken zu lassen, sagte nur mit spitzen Lippen, er danke für das sicherlich gut gemeinte Anerbieten, das er aber leider, leider nicht annehmen könne.

Doch Goethe war Theaterdirektor und nicht Schauspieler; man merkte ihm die Verstimmung nur allzu deutlich an, und als er dann, mit der Erklärung, er habe zu arbeiten, den Tisch verließ, ohne von den schwarzen Nüssen, die es zum Nachtisch gab, auch nur gekostet zu haben, blieben die Geschwister recht betreten zurück.

»Das war wohl kein guter Einfall von mir«, sagte Christiane.

»Warten wir's ab«, sagte ihr Bruder. »Wenn ihm bis morgen immer noch nichts eingefallen ist ...«

Goethe fiel tatsächlich nichts ein. Zwar hatte ihn der durchschlafene Nachmittag erfrischt, aber der allzu reichlich genossene Schöpsenbraten hatte ihn schon wieder müde gemacht, und die Musen dachten gar nicht daran, ihm das Leben mit inspirierenden Küssen zu erleichtern. Die zweite Nacht am Stehpult war nicht ergiebiger als die erste, und als die Kerze heruntergebrannt und das Blatt immer noch leer war, musste er sich wohl oder übel eingestehen, dass er das Festgedicht für die Herzogin auch dann nicht zustande bringen würde, wenn ihm, wie im arabischen Märchen, tausendundeine Nacht dafür zur Verfügung stünde. Die Quelle der Inspiration, die, seit er sich erinnern konnte, für ihn immer gesprudelt hatte, die ihm oft mehr Einfälle geliefert hatte, als sich zu Papier bringen ließen, die ihn mit seinen Ideen so verschwenderisch hatte umgehen lassen wie König Midas mit seinem Gold, diese Quelle war anscheinend für immer versiegt, und mit Midas hatte er nicht mehr gemeinsam als die Eselsohren, die sich nicht für alle Zeit würden unter einer phrygischen Mütze verstecken lassen. »Früher hat dieser Goethe ganz nette Sachen geschrieben«, würden die Leute sagen, »aber damals war er auch noch jung.« Nicht wie ein besiegter Kämpfer schlich er diesmal in sein Bett, sondern wie ein Schwerverwundeter, der jede Hoffnung aufgegeben hat, noch einmal wieder gesund zu werden.

In dieser Nacht träumte Goethe vom Schützen Tell, über dessen Geschichte er auf seiner Schweizerreise so viel nachgedacht hatte, sah den Freiheitskämpfer ein endloses Duell mit dem Landvogt Gessler ausfechten, Tell erschoss den Gessler und Gessler den Tell, aber wer tot war, blieb nicht tot, sondern stand auf und setzte den Kampf fort, sodass es nie zu einer Entscheidung kam. Als Goethe, viel zu früh und ohne jede Erholung, aufwachte, brauchte er keinen Artemidor, um den Traum zu deuten. Es war der Widerstreit zweier Meinungen gewesen, für den etwas in ihm dieses Bild gefunden hatte, auf der einen Seite die Verlockung, den ungeliebten Auftrag für das Festgedicht in fremde Hände zu legen und die eigenen in Unschuld zu waschen, das Versprechen einer Befreiung, wie sie kein Kerkerhäftling in seinem Verlies sehnsüchtiger herbeiwünschen konnte, aber gleichzeitig, das war die andere Seite, empfand er auch Angst, nicht davor, durch die Hofgesellschaft, von der wohl niemand die Substitution bemerken würde, entlarvt zu werden, sondern davor, sich eingestehen zu müssen, dass er noch nicht einmal einen so lächerlichen Auftrag auszuführen imstande war. Zwei Seelen wohnten, ach, in seiner Brust – eine Formulierung, die er Secretarius Geist unbedingt zur späteren Verwendung diktieren musste –, und Goethe hätte beim besten Willen nicht sagen können, welche der beiden sich am Schluss durchsetzen würde. Aber als Christiane mit dem Morgenkaffee in sein Schlafzimmer trat, war die Entscheidung, ohne dass er sie bewusst getroffen hätte, schon gefallen, und er sagte zu ihr: »Dein Bruder soll noch einmal bei mir vorbeikommen. Ich habe wegen der Bibliothek etwas mit ihm zu besprechen.«

Christiane war eine kluge Frau und ließ sich mit keinem Lächeln anmerken, dass sie seine Ausrede durchschaute.

Als Vulpius dann kam, hatte sich Goethe – bei diesem Thema funktionierte seine Phantasie – gleich mehrere gesichtswahrende Begründungen für seinen Sinneswandel einfallen lassen. Nur um

Christianes Bruder einen Gefallen zu erweisen, wollte er sagen, nur um einen tüchtigen Mitarbeiter der Bibliothek für seinen Fleiß zu belohnen, nur um Vulpius am eigenen Leibe erfahren zu lassen, dass Schreiben mehr sei als ein bloßes Aneinanderreihen von Buchstaben, kurz: aus diesen und mancherlei anderen Überlegungen sei er bereit, einen von seinem Besucher für die Geburtstagsfeier der Herzogin verfassten Text mit kritischen Augen zu lesen, falls sich Vulpius tatsächlich der wahrscheinlich ja doch fruchtlosen Mühe unterziehen wolle, einen solchen in Angriff zu nehmen.

Er kam nicht dazu, seine Argumente auszubreiten, weil Vulpius gleich nach der Begrüßung ein zusammengefaltetes Papier aus der Innentasche seines Gehrocks zog und sagte: »Nach dem köstlichen Mahl, das ich gestern die Ehre hatte, bei Eurer Exzellenz genießen zu dürfen, habe ich mir erlaubt, mich zur späten Stunde noch einmal in meiner Küche an den Tisch zu setzen – über ein Arbeitszimmer verfüge ich nicht – und ein paar Verse zu skizzieren, von denen ich hoffe, dass Eure Exzellenz sie bei aller gerechten Strenge nicht als völlig missraten verdammen werden. Wenn Eure Exzellenz gestatten, werde ich sie vorlesen.«

Was konnte Goethe anderes tun, als gnädig zu nicken?

Vulpius faltete sein Manuskript auseinander, begann aber nicht gleich zu lesen, sondern machte erst noch eine Vorbemerkung. »Nach dem Friedensschluss von Campo Formio bot es sich meiner bescheidenen Meinung nach an, die bestimmt auch von ihrer herzoglichen Hoheit geteilte Sehnsucht nach einer Welt ohne Krieg zum Thema zu nehmen. Der Begriff des Friedens, scheint mir, eignet sich nicht nur für das zu verfassende Gedicht, sondern ist gleichzeitig auch ein ergiebiges Thema für die Darstellung durch symbolische Figuren. Und da sechs Damen der Gesellschaft für die Mitwirkung an diesem Redoutenaufzug vorgesehen sind …«

»Woher weiß Er das?«, unterbrach ihn Goethe.

»Man erzählt es sich allgemein. Die vom Hofmarschallamt bestimmten Darstellerinnen haben es sich angelegen sein lassen, ihre besten Freundinnen über diese Auszeichnung zu informieren – unter dem Siegel strengster Verschwiegenheit natürlich, was ja immer das beste Mittel ist, um eine Sache in der ganzen Stadt bekannt werden zu lassen.«

Vulpius lachte ein Lachen, das Goethe nicht gefiel. Er mochte Christianes Bruder nicht, schon gar nicht in diesem Moment, wo dieser, vom Stolz auf die eigene Schlauheit beseelt, jene Unterwürfigkeit vermissen ließ, auf die Goethe zwar leicht verzichten konnte, die aber dem Rangunterschied zwischen ihnen beiden angemessen gewesen wäre.

»Und da wir schon von den Darstellerinnen sprechen«, sagte Vulpius und redete sich immer mehr in eine unbescheidene Begeisterung hinein, »bei der Kostümierung würde ich zu weiten, wallenden Gewändern raten, etwa in der Art eines griechischen Peplos. Zwei der Damen – ich will jetzt keine Namen nennen – sind den Freuden der Tafel so sichtbarlich zugetan, dass es sich empfiehlt, sie eher zu verhüllen als zu bekleiden.«

»Das stimmt«, sagte Christiane. »Vor allem die Wolfskeel. Meine Schneiderin sagt, sie braucht bei ihr mehr Stoff als bei jeder anderen und muss jedes Mal darum streiten, dass er auch bezahlt wird.« Sie hatte sich dazugesellt, ohne dass Goethe es bemerkt hätte. Als Bewohnerin der *terra nullius* zwischen gesellschaftlichem Dazugehören und Nichtdazugehören hatte sie viel Gelegenheit gehabt, diese Fähigkeit einzuüben.

»Der Friede selber muss natürlich in Weiß auftreten«, sagte Vulpius, »vielleicht mit einem Palmzweig in der Hand. Und im Weiteren …«

»Er ist nicht der Regisseur«, unterbrach ihn Goethe. »Halte Er sich an die Dinge, die seinem Stand und seiner Aufgabe angemessen sind.«

Vulpius knickte sofort zusammen. »Ich bitte

Eure Exzellenz untertänigst um Vergebung, wenn mich der Übereifer, Eurer Exzellenz zu dienen, zu sehr mit sich fortgerissen hat. Es war allein dieses Bemühen, das mich dazu bewogen hat …«

»Damit solltet ihr aufhören«, unterbrach ihn Christiane. »In jedem Satz der volle Titel, Exzellenz hier, Geheimrat dort, damit verschwendet ihr nur Zeit. Jetzt, wo ihr zusammenarbeitet …«

»Wir arbeiten nicht zusammen«, unterbrach sie Goethe. »Ich habe mich bereiterklärt, mir einige Vorschläge anzuhören, die dein Bruder mir zu unterbreiten wünscht.«

»Trotzdem«, sagte Christiane. »Wenn andere Leute dabei sind, sehe ich das natürlich ein, aber wenn ihr beide allein seid, *in privatis,* wie man wohl sagt …« Sie wusste, dass Goethe ihre lateinischen Brocken charmant fand. Man konnte viel bei ihm erreichen, wenn man sich naiver gab, als man eigentlich war.

»Ich weiß nicht«, sagte Goethe.

»Probiert es doch einfach«, sagte Christiane.

»Aber wirklich nur unter vier Augen«, sagte Goethe.

»Eure Exzellenz können sich darauf verlassen …«, begann Vulpius einen Satz und änderte ihn nach einem mahnenden Blick seiner Schwester auf halbem Wege ab. »Sie können sich darauf verlassen, dass ich Sie niemals in der Öffentlichkeit in Verlegenheit bringen würde.«

»Das will ich hoffen«, sagte Goethe. »Und jetzt reden Sie nicht länger drum herum, und lesen Sie mir Ihr Geschreibsel vor.«

Es war kein Geschreibsel. Es waren durchaus brauchbare Verse.

Der lang ersehnte Friede nahet wieder / und alles scheint umkränzet und umlaubt.

Man konnte das besser sagen, natürlich, aber so schlecht war es gar nicht.

Hier legt die Wut die scharfen Waffen nieder / dem Sieger ist sogar der Helm geraubt.

Da hatte Vulpius wohl schon an die Inszenierung gedacht, an die sechs symbolischen Gestalten.

Das nahe Glück erreget frohe Lieder / und Scherz und laute Freude sind erlaubt.

Ein doppelter Dreifachreim? Ganz schön mutig, wenn man das dann durch alle Strophen durchhalten musste.

Und wir, als ein Gebild aus höhern Sphären / erscheinen heute, Deinen Tag zu ehren.

Vulpius blickte von seinem Manuskript auf. »Ich habe mich bemüht, das Ganze in goetheschem Ton zu verfassen«, sagte er.

»Goethescher Ton?«

»Ich meine, wie Eure Exzellenz … wie Sie es –

natürlich tausendmal besser – vielleicht geschrieben haben würden.«

»Ein Affe, der in eine Uniform schlüpft, ist noch lang kein Soldat«, hätte Goethe gern gesagt, aber solang Christiane dabeisaß, ging das natürlich nicht. Also streckte er nur die Hand aus und sagte: »Geben Sie her. Ich werde den Rest selber lesen.«

Nein, wirklich schlecht waren die Verse nicht. Natürlich auch nicht wirklich gut, aber wenn man sie noch ein bisschen abänderte und verbesserte, würden sie ihren Zweck durchaus erfüllen. Nur die Überschrift ging natürlich überhaupt nicht: »*Stanzen* – von Johann Wolfgang von Goethe«.

»Was haben Sie sich dabei gedacht, Herr Registrator?«

»Nun ja«, sagte Vulpius, »ich wollte Ihnen bei Hofe die Verlegenheit ersparen.«

*

Schlussendlich änderte und verbesserte Goethe kein einziges Wort.

Und das, obwohl sich in den Versen, die Christianes Bruder in einer Nacht hingeschludert hatte, so manches fand, das einer kritischen Betrachtung nicht wirklich standhielt. Gleich in der ersten Stanze – es war ihm schon beim ersten Vorlesen störend aufgefallen – hatte der Sieger seinen Helm verloren, was überhaupt keinen Sinn ergab. Ohne Helm war man kein Sieger, das hatte schon in der Antike gegolten, er musste da nur an die griechischen Krater denken, die er auf seiner Italienreise in manchen Sammlungen bewundert hatte und auf denen immer nur die gefallenen Krieger mit bloßem Haupt dargestellt wurden. Aber bei aller oberflächlichen Bildung konnte ein Mann wie Vulpius mit solchen Dingen eben nicht vertraut sein. Er hatte die Zeile vom geraubten Helm auch bestimmt nicht aus einer tiefgründigen Überlegung hingeschrieben, sondern nur, weil ihm auf »umlaubt« und »erlaubt« kein anderer Reim eingefallen war. Goethe hatte eine Weile über eine bessere Lösung nachgedacht, aber außer »verstaubt« und »er glaubt« hatte auch er keine weiteren Reime gefunden, und die beiden ließen sich noch schwerer in einen einigermaßen vernünftigen Zusammenhang zwingen.

Ähnliches galt für die zweite Stanze, in der sich die Eintracht des Reimes wegen selbst umschloss – eine Verrenkung, wie sie höchstens ein Kontortionist zustande gebracht hätte. Aber die Vulpiusse dieser Welt verrenkten eben auch bedenkenlos die deutsche Sprache und zwangen sie mit roher Gewalt ins Prokrustesbett ihrer Verse.

Auch in der dritten Stanze hätte es etwas zu korrigieren gegeben. Da hatte ein Reim auf »trägt« und »schlägt« gefunden werden müssen, was den Verfasser – *und bist du nicht willig, so brauch ich Gewalt* – dazu gebracht hatte, zu behaupten, dass *Ceres froh die gold'nen Ähren regt,* was im Kopf jedes Zuhörers das Bild einer mit Getreide bewachsenen Ackergöttin hervorrufen musste.

Man hätte noch vieles ändern müssen, aber warum stundenlang an einem Stück Bleiglas herumschleifen? Es wurde doch kein Diamant daraus. Und Goethe hatte ja auch die bittere Erfahrung machen müssen, dass ihm das Dichten im Augenblick nur mühselig oder sogar überhaupt nicht von der Hand ging. Außerdem, redete er sich ein, wollte er Christianen, die so stolz auf ihren schreibenden Bruder war, ihre Illusionen nicht zerstören, und überhaupt: Wenn man es recht überlegte, kam es auf ein genaueres oder ungenaueres Wort gar nicht an. Die Hofgesellschaft bestand ja nun wirklich nicht aus lauter feinsinnigen Freunden der Dichtung, bei der Redoute würde weder Wieland, dieser unerbittliche *arbiter elegantiarum* der deutschen Sprache, anwesend sein, noch der Pastor Fulda aus Halle, der es doch tatsächlich gewagt hatte, sich in einem Spottgedicht über das Versmaß der *Xenien* lustig zu machen. Nein, das Publikum würde, wie eigentlich immer bei Hofe, aus adligen Einfallspinseln bestehen, lauter Abderiten, denen feingeschliffene Sprachkunstwerke vorzusetzen nicht sinnvoller wäre, als wenn man Mastschweine mit getrüffelten Pasteten oder, wie das Sprichwort sagte, mit Perlen füttern wollte. Solang ein paar hübsche Kostüme von dem bisschen Reimgeklingel ablenkten, würde niemand auf einzelne Worte achten.

Und so machte sich Goethe daran, den Text, so wie er war, abzuschreiben. Wenn er ihn in einer fremden Handschrift weitergab, würde das nur zu Fragen führen, die sich nicht leicht beantworten ließen. Erst als er mit dieser Arbeit fertig war, fiel ihm auf, dass er, ohne sich dabei etwas zu denken, auch jene Zeile kopiert hatte, in der er selbst als Verfasser der Verse genannt wurde, ein Lapsus, den zu korrigieren mehr Zeit und Mühe gekostet hätte, als die Sache wert war. »Dein Bruder hat es ja selber vorgeschlagen«, sagte er zu Christianen, »und er hatte recht damit. Man müsste sonst zu viel erklären.«

Den Text hatte er jetzt, aber allein damit war die Scharte noch nicht ausgewetzt, die im vergangenen Jahr durch den unvorhergesehenen Gesang – wenn man das Gesang nennen konnte – des Fräuleins von Herda geschlagen worden war. Um ganz sicherzugehen, dass diesmal nichts den geregelten Ablauf stören würde, gab er sich bei der Vorbereitung der Akteurinnen doppelte Mühe und setzte gleich mehrere Proben an, obwohl es ja nun wirklich nicht um ein großes Drama in mehreren Aufzügen ging. Das vom Hofmarschallamt bestimmte Ensemble ergänzte er noch durch einige Kinder, nicht nur, um das Tableau durch diese lebendigen Versatzstücke zu bereichern, sondern vor allem in der Hoffnung, dass deren niedliche Unbeholfenheit dazu beitragen würde, das bedeutend weniger niedliche Ungeschick der adligen Darstellerinnen vergessen zu machen.

Schönheit kommt von Schauen, und so kümmerte er sich mit besonderer Sorgfalt um die Kostüme. Das Fräulein von Wolfskeel, ihrem Rang in der höfischen Gesellschaft entsprechend mit der Hauptrolle des Friedens besetzt, bekam, wie von Vulpius angeregt, ein wallendes, antik wirkendes Unterkleid aus weißem Atlas, darüber einen mit Silberfäden bestickten Leibrock aus weißem Flor und natürlich geschnürte Sandalen, wie sich das für Figuren aus dem Olymp gehörte. Zusätzlich verordnete er ihr noch ein Paar große weiße Flügel aus Schwanenfedern, um damit ihren allzu üppigen Körperbau zumindest in der Rückenansicht effektvoll zu kaschieren. Für das Geschenk, das sie huldigend vor der Herzogin niederlegen sollte, ließ er einen Palmzweig aus der Orangerie des Hofes mit Blumengewinden verzieren. Bei ihrem Auftritt würde sie von zwei ebenfalls altgriechisch verkleideten Knaben begleitet werden, von denen der eine den durch den Reim erzwungenen Helm – gefüllt mit Blüten und Früchten –, der andere ein blumengeschmücktes Schwert tragen sollte, in der Scheide natürlich, wie es sich für einen symbolischen Friedensbringer ziemte.

Bei der Dame von Egloffstein, die für die Rolle der Eintracht vorgesehen war, galt es zunächst, eine Schwierigkeit aus dem Weg zu räumen, wie sie wirklich nur in einer kleinen Stadt wie Weimar vorkommen konnte; in einer großen Residenz, wo niemand daran dachte, private Wünsche über gesellschaftliche Formen zu stellen, wäre so etwas undenkbar gewesen. Das Fräulein hatte eine jüngere Schwester, die auch gern die Ehre eines kostümierten Auftritts am Hofe genossen hätte, sich wegen der vermeintlichen Zurücksetzung aufführte wie eine Megäre und sich strikt weigerte, ohne eigene Rolle an der Gratulationscour teilzunehmen, was einen schweren Affront gegenüber der Herzogin, wenn nicht einen ausgewachsenen Skandal bedeutet hätte. Goethe löste den Konflikt diplomatisch, indem er Concordia gleich mit beiden bis aufs Blut zerstrittenen Schwestern besetzte. Was konnte die Eintracht schließlich besser verkörpern als zwei eng umschlungene Figuren in identischen hellblauen und silbernen Kostümen, die Doppelfigur durch eine von kindlichen Genien getragene Blumengirlande umkränzt?

Auf so einen Gedanken, lobte Goethe sich selber, wäre ein Vulpius nie gekommen. Er mochte vielleicht ein ganz brauchbarer Verseschmied sein, aber vom diskreten gesellschaftlichen Geschick, das nun einmal auch zum Leben am Hofe gehörte, hatte er keine Ahnung.

Fräulein von Seckendorff als Hoffnung ließ er von zwei Nixen begleiten, die einen Anker aus Pappmaché vor ihr hertrugen, auch wenn er sich keine Illusionen darüber machte, dass kaum jemand in der Hofgesellschaft das Symbol erkennen oder es gar mit der entsprechenden Stelle im Hebräerbrief – *die Hoffnung, welche wir haben als einen sichern und festen Anker unsrer Seele* – in Verbindung bringen würde. Seine Wirkung würde das Bild trotzdem tun; als Freimaurer hatte er die Erfahrung gemacht, dass Symbole, die niemand verstand, die Menschen oft besonders tief berührten.

Der Überfluss, aber das sagte Goethe nur zu Christianen, war mit Freifrau von Werthern perfekt besetzt, denn was den Überfluss ihrer Leiblichkeit anbelangte, übertraf sie sogar noch das Fräulein von Wolfskeel. Ihr Requisit, ein überquellendes Füllhorn, war aus demselben Grunde ironisch passend. Ihre Familie war – nach der des Herzogs natürlich – die wohlhabendste am Ort, und um ihren gesellschaftlichen Konkurrentinnen zu demonstrieren, dass sie keinen Aufwand zu scheuen brauche, bestand Frau von Werthern darauf, ihr Kostüm mit reicher Gold- und Silberstickerei zu verzieren, was ihre Gestalt noch massiger wirken ließ, als sie ohnehin schon war. Aber die Eitelkeit, so hatte Vulpius ohne jede Rücksicht auf Standesunterschiede kommentiert, war nun mal die Gemeinwiese aller Adamskinder. Der Mann war für die bessere Gesellschaft wirklich nicht geeignet.

Fräulein von Beust in der Rolle der Kunst bekam eine Strahlenkrone und eine blumengeschmückte Lyra zugeteilt, während Fräulein von Seebach als Ackerbau mit einer Sense vorliebnehmen musste, zwar mit Girlanden umwunden, aber eben doch nur ein gewöhnliches Werkzeug. Sie war als Einzige mit ihrer Rolle nicht zufrieden und betonte das auch mehrmals; das ländlich einfache Gewand und der Ährenkranz als einziger Schmuck erschienen ihr, verglichen mit den anderen Damen, doch sehr bescheiden. Aber die Seebachs waren junger Adel und hatten mit dem vorliebzunehmen, was die anderen für sie übrig ließen.

Zur letzten Probe für den Einmarsch bestellte Goethe eigens den Geiger, der am nächsten Tag den Auftritt der symbolischen Figuren untermalen würde; er hoffte, die Damen damit in die erwünschte feierlich elegante Stimmung zu versetzen. Das lebende Bild, das sie vor der Herzogin bilden sollten, arrangierte er mit großer Sorgfalt, zeichnete sogar eine Skizze mit den Positionen. Die Komposition von Gruppenbildern war eine Aufgabe, die er auch im Theater keinem anderen überließ. »Man muss immer suchen«, predigte er den Damen, »das vorzustellende Bild durch keine widrige Stellung zu verunstalten.« Sie hörten ihm nicht mit der gebührenden Aufmerksamkeit zu, aber das war nun mal das Vorrecht des Adels.

Ein Problem, das vom Hofmarschallamt bei der Zuteilung der Aufgaben nicht berücksichtigt worden war, ergab sich daraus, dass das Fräulein von Wolfskeel einen Sprachfehler hatte, den man bei einer Person von weniger hohem Stande wohl als Lispeln bezeichnet haben würde. Als Trägerin der Hauptrolle war es ihr Vorrecht, die von Vulpius unter Goethes Namen verfassten Verse zu rezitieren, und besonders in der zweiten Stanze, in der sich »zu Füßen« auf »umschließen« und »genießen« reimte, war der Makel nicht zu überhören. Goethe musste sich mit dieser Unvollkommenheit abfinden und konnte nur den Geiger diskret bitten, sein Instrument bei den betreffenden Stellen entgegen der Absprache nicht *con sordino* zu spielen.

Am Tag der Redoute, aber so war es immer, fiel einer der griechischen Knaben wegen Keuchhustens aus, was die Symmetrie des so sorgfältig gestalteten Bildes empfindlich gestört hätte. Schnell entschlossen steckte Goethe den kleinen August in dessen Kostüm, und der spielte seine Rolle als Schwertträger ganz ohne Probe so gut, dass Goethe Christianen gern unter den Zuschauern gewusst hätte. Aber das war natürlich nicht möglich; am Hofe würde sie nie empfangen werden.

Abgesehen von dieser Umbesetzung in letzter Minute verlief der Auftritt ohne Pannen, niemand stolperte über sein Kostüm, und dass der Friede lispelte, störte den Gesamteindruck kaum. Im Theater wären die Zuschauer auf die Bänke gestiegen und hätten »Bravo!« gerufen. Am Hofe äußerte sich die Begeisterung diskreter, aber das Ganze war ohne Zweifel ein voller Erfolg.

Nachdem die Lakaien die vor der Herzogin aufgehäuften Gaben vom Boden aufgesammelt und auf einem eigens zu diesem Zweck vorbereiteten Tisch – auch daran hatte Goethe gedacht – deponiert hatten, winkte Serenissimus ihn gnädig zu sich und sagte: »Er hat sich wieder einmal selbst übertroffen. Solche Verse schreibt sonst niemand.«

*

Der Erfolg des Redouten-Aufzugs, wenn auch unter falscher Flagge errungen, hatte Goethes Gemüt aufgeheitert. Mit dem kleinen Gustel spielte er noch vor dem Frühstück im Garten Wilhelm Tell und ging als erschossener Landvogt so dramatisch zu Boden, dass der Bub die Szene gern noch ein paarmal wiederholt hätte.

Beim Frühstück blieb er länger sitzen, als es seine Gewohnheit war, und sah Christiane über seine Kaffeetasse hinweg minutenlang so gedankenverloren an, dass sie schließlich fragte: »Was hast du denn?«

»Was hältst du davon«, fragte Goethe, »wenn wir dem Schlossermeister Spangenberg mal wieder etwas zu verdienen geben?«

Christiane errötete.

Der Schlossermeister Spangenberg, das war das Geheimnis, das die beiden miteinander teilten, hatte schon zweimal ihr gemeinsames Bett reparieren müssen, weil es sich für die nächtlichen Exerzitien, die sie, *suaviter in modo, fortiter in re,* so gern pflegten, als nicht ausreichend stoßfest erwiesen hatte. Beim letzten Mal hatte er sechs Paar zerbrochene Bänder in Rechnung gestellt, eine Faktur, die Goethe mit Stolz beglichen hatte, »denn«, hatte er zu Christianen gesagt, »jedes dieser Bänder ist ein Ordensband für meine Männlichkeit«.

Das Wichtigste an so einem Tag war, dass man für einmal seinen Phantasien *in puncto puncti* freien Auslauf gewährte und sich dazu viel Zeit nahm, ohne eine Unterbrechung befürchten zu müssen. Sich dieser Ungestörtheit zu versichern war nicht ganz einfach, aber die dafür zu treffenden Vorkehrungen, so umständlich sie auch sein mochten, steigerten auch wieder die Vorfreude, weil man ja wusste, dass sie einen Schritt für Schritt den erwarteten Freuden näher brachten, so wie Schiller nach einer Prise Schnupftabak das erlösende Niesen so lang wie möglich hinauszuzögern pflegte.

Störungen waren am ehesten vom kleinen August zu befürchten, aber heute, das traf sich gut, würde er ohnehin nicht zu Hause sein, denn einmal im Monat verbrachte er einen Tag im Haus des Pageninformanten Kästner, um dort, zusammen mit anderen Kindern aus den besseren Familien Weimars, auf spielerische Weise das korrekte Benehmen in der Gesellschaft einzuüben. August liebte diese Tage, nicht nur, weil sie ihm den Unterricht beim strengen Hauslehrer Eisert ersparten, sondern vor allem, weil er bei diesen Lektionen seinen Hang zu theatralischem Verhalten ausleben konnte. Wenn er abends – heute hoffentlich nicht zu früh! – wieder nach Hause kam, demonstrierte er seinen Eltern gern einen eleganten Kratzfuß oder erklärte ihnen mit der Begeisterung eines Naturforschers, der auf derselben Expedition gleich zwei neue Tierarten entdeckt hat, den Unterschied zwischen einer wohlgeborenen und einer hochwohlgeborenen Person.

August würde sie also nicht stören. Schwieriger war es, sich des Personals auf eine Weise zu entledigen, die den stets neugierigen Domestiken keine Gelegenheit zu Klatsch und Tratsch bot. Um im eigenen Heim ein paar Stunden allein sein zu können, war jedes Mal ein regelrechter Schlachtplan zu entwerfen, als ginge es nicht um das friedliche Tête-à-Tête zweier Liebenden, sondern um die sorgfältig vorzubereitende Erstürmung einer Festung. »Ich freue mich darauf, deine Festung zu erstürmen«, sagte Goethe, und Christiane errötete ein zweites Mal.

Wie es sich für so einen spielerischen Feldzug gehörte, hatten die beiden für dieses unumgängliche Vorgeplänkel eine eigene geheime Losung, die jedem zufälligen Zuhörer rätselhaft vorgekommen wäre. »Unsere Bediensteten müssen heute wohl Hanswursts Hochzeit feiern«, sagte Goethe, und Christiane antwortete: »Dann lass dir etwas Kluges für sie einfallen, mein geliebter Hanswurst.«

Der Ausdruck bezog sich auf den Titel eines zu Recht unvollendet gebliebenen grobianischen Theaterstücks, mit dessen zotiger Sprache nach dem Vorbild Rabelais' sich Goethe vor fast einem Vierteljahrhundert einmal amüsiert hatte. Christiane hatte zwar nie eines seiner Werke gelesen, ihre Liebe gehörte dem Mann und nicht dem Dichter, aber die paar Zeilen hatte ihr Goethe so oft rezitiert, dass auch sie sie auswendig hersagen konnte: *Ich möcht wohl meine Pritsche schmieren / und sie zur Tür hinaus formieren.* Im Stück sagte das Hanswurst, aus Ärger darüber, dass ihn die Anwesenheit der Hochzeitsgäste daran hinderte, endlich zur Hochzeitsnacht zu kommen, eine Ungeduld, die Goethe an diesem Morgen aus vollem Herzen teilte. Der nächste Vers, den zu wiederholen Christiane sich standhaft weigerte, machte dann endgültig klar, um was es ging: *Indes, was hab ich mit den Flegeln? / Sie mögen fressen, und ich will vögeln.*

Die heutige Hanswurstiade begann damit, dass Goethe einen Brief an den Verwalter des herzoglichen Jagdhauses in Zottelstedt bei Apolda verfasste, in dem er den pensionierten Soldaten daran erinnerte, dass jetzt, wo der Winter zu Ende war, alle notwendigen Vorbereitungen für einen möglichen Besuch des Landesherrn zu treffen seien. Zwar hatte Serenissimus seines Wissens keinerlei Absicht, in der nächsten Zeit auf Jagd zu gehen, aber möglich war alles, und ein Minister muss sich um jede Eventualität kümmern. Der treue Jagdhausverwalter Rösselmann hätte dieser Ermahnung nicht bedurft, und der höchst amtlich formulierte Brief wurde auch nur geschrieben, weil man von Weimar bis Zottelstedt gute drei Stunden zu Fuß ging. Weil die Nachricht aber eilig war oder weil man doch behaupten konnte, sie sei eilig, musste die Magd Ernestine losgeschickt werden, um sie persönlich beim Adressaten abzuliefern. Ernestine, ein einfaches ländliches Gemüt, stammte aus Niederroßla bei Apolda und zeigte sich äußerst dankbar für die großzügige Erlaubnis, bei der Gelegenheit dieses Botengangs ihre Familie zu besuchen. Goethe gestattete ihr sogar gnädig, den mühseligen Fußmarsch zurück nach Weimar erst am nächsten Tag in Angriff zu nehmen.

Jetzt musste nur noch Secretarius Geist aus dem Weg geschafft werden, der in seinem Diensteifer wie ein Schachtelteufel an den unvermutetsten Stellen des Hauses aufzutauchen pflegte. Er wurde per Kutsche nach Jena losgeschickt, mit dem Auftrag, in jenem Zimmer des dortigen Schlosses, das immer für Goethe bereitgehalten wurde, nach einem angefangenen Manuskript mit dem Titel *Zum Problem der Antizipation in der Metamorphose* zu suchen, einer wissenschaftlichen Studie zur Pflanzenkunde, an der Goethe dringend weiterarbeiten wolle. Der Auftrag würde Geist eine ganze Weile vom Haus fernhalten, nicht nur wegen der Distanz zwischen Weimar und Jena, sondern vor allem, weil ein solches Manuskript nicht existierte und deshalb die Suche danach längere Zeit in Anspruch nehmen würde.

Nachdem die beiden Domestiken sich auf den Weg gemacht hatten, musste Goethe nur noch überprüfen, ob die Tür auf der Frauenplan-Seite des Hauses gut verschlossen und der Garteneingang auf der anderen Seite sicher verriegelt war. Dann stand den intimen Stunden, die er sich auf seiner Reise immer wieder sehnsüchtig ausgemalt hatte, nichts mehr im Wege.

Bei vollem Tageslicht seine Kleider abzulegen, fühlte sich angenehm sündig an. Goethe war mit seinem Körper nicht glücklich, nicht nur wegen der Hämorrhoiden und der Furunkel, sondern weil er – er machte sich da nichts vor – mit den Jahren eine immer offensichtlichere Fehlbesetzung für die Rolle des Liebhabers geworden war. Christianen, soweit er das beurteilen konnte, schien die Veränderung nichts auszumachen, aber in dunklen Momenten fragte er sich manchmal, ob das, was sie für ihn empfand, immer noch Liebe war oder nur noch angenehme Gewohnheit.

Als sie das Haus endlich für sich hatten, wollte sie sich nicht gleich von ihm umarmen lassen. »Ich will noch eine Überraschung für dich vorbereiten«, sagte sie und war auch schon in ihrem Zimmer verschwunden. Was das für eine Überraschung war, wollte sie ihm nicht verraten, das seien Frauensachen, die Männer nichts angingen.

Während Goethe, nur mit seinem Schlafrock bekleidet, im gemeinsamen Bett auf sie wartete, stellte er sich vor, dass sie sich heute für ihn besonders schön machen wollte, und dachte: »Das braucht sie gar nicht. Ich werde sie immer schön finden.«

Aber als Christiane endlich hereinkam, präsentierte sie sich zu seiner Überraschung nicht etwa im Negligé, wie Goethe es erwartet und erhofft hatte, sondern war im Gegenteil angezogen, als ob heute im Kirchenkalender der heilige Spangenberg stünde und sie an einem Gottesdienst zu dessen Ehren teilnehmen wolle. Sie hatte ein feierliches dunkles Kleid angezogen, dessen Oberteil – oder bildete sich Goethe das nur ein? – nicht wirklich fest zu sitzen schien, mit einem Rock, der sich unter der schmalen Taille – hatte sie sich etwa eingeschnürt? – so weit nach außen bauschte, als ob sich Christiane die breiten Hüften jener mit offenen Augen küssenden Bauerntochter geliehen hätte. Wie immer, wenn sie besonders elegant aussehen wollte, hatte sie ein kleines Sträußchen künstlicher Blumen am Brustausschnitt ihres Kleides befestigt, eine *fausse gorge*, genau über jener Stelle, die Goethe besonders gern küsste. Sie stellte diese Blumen selber her, schließlich hatte sie damals, als Goethe sie kennenlernte, als Putzmacherin gearbeitet. Auch ihr Hut war mit Blumen geschmückt – aber warum trug sie überhaupt einen Hut? Sie wollten ja nirgends hingehen, im Gegenteil: Das war doch der eigentliche Zweck dieser seltenen Spangenberg-Tage, dass man ungestört zu Hause blieb, um während Stunden die Stoßfestigkeit des wieder instand gestellten Bettes in allen möglichen Verbindungen zweier Körper auf die Probe zu stellen.

Goethe wollte sich aufrichten, wollte etwas fragen, aber Christiane stieß ihn mit der Spitze des mitgebrachten Fächers zurück, legte den Zeigfinger an die Lippen und begann leise zu singen. Goethe erkannte das Lied; sie hatte damit einmal den kleinen Gustel getröstet, als der als Vierjähriger bei einem Waldspaziergang nicht aufhören konnte zu weinen, weil er sich in seiner kindlichen Naivität eingeredet hatte, wenn die Herbstbäume ihre letzten Blätter verloren hätten, seien sie für alle Zeit gestorben und würden nie mehr zum Leben erwachen.

»Wenn die Blätter fallen«, sang Christiane, *»wird der Wald erst schön.«*

Goethe konnte sich nicht erinnern, wie das Lied damals weitergegangen war, bestimmt nicht so, wie Christiane es jetzt sang: *»Dann gibt er uns allen / wirklich was zu sehn.«*

Das Oberteil ihres Kleides war im Rücken nicht geschlossen, konnte es auch gar nicht sein, da ja keine Magd im Hause war, die ihr bei ihrer Verkleidung hätte helfen können, und so konnte Christiane einfach aus den Ärmeln schlüpfen und den schweren Stoff zu Boden fallen lassen. Als Nächstes machte sie dasselbe mit ihrem Rock, sodass sie jetzt im weißen Unterkleid vor ihm stand, das aber auch schon bald zu ihren Füßen lag wie die Muschel der botticellischen Venus.

Immer erregter, so wie wohl Pan erregt gewesen war, als er die Nymphe Syrinx verfolgte, sah ihr Goethe dabei zu, wie sie auch noch die letzten, intimen Kleidungsstücke ablegte, zuerst das Schnürmieder und als Letztes das Hüftkissen, das, unter dem Rock versteckt, ihre Figur so verändert hatte.

Das war also die Überraschung, von der sie gesprochen hatte, und Goethe, dem es sonst in erotischen Momenten nicht an Phantasie mangelte, konnte sich keine schönere vorstellen. Nur mit Strümpfen bekleidet stand sie jetzt vor ihm, fast nur in Strümpfen, denn sie trug immer noch ihren Hut, der als Krönung ihrer Nacktheit gleichzeitig lächerlich und verführerisch wirkte. Im Jahrzehnt ihrer Gemeinsamkeit hatte Christianes Körper seine jugendliche Straffheit verloren, wo ihre Rundungen einmal etwas fast Kindliches gehabt hatten, zeigten sie jetzt eine Neigung zum Dickwerden, die Schwangerschaften, die bis auf die eine so unglücklich geendet hatten, waren auch nicht spurlos an ihr vorübergegangen – und doch … Und doch …

Sie lächelte ihn an, und um das Versprechen, das in diesem Lächeln lag, zu verstehen, brauchte er keinen Übersetzer. Mit einer Kopfbewegung forderte sie ihn auf, vom Zuschauer zum Acteur zu werden, er sprang aus dem Bett, ging auf sie zu – und in diesem Augenblick klopfte jemand an die Tür und eine Stimme rief: »Seid ihr da drin?«

Christian August.

*

Es war ein peinlicher Moment, der dadurch nicht weniger peinlich wurde, dass Vulpius in seiner Verlegenheit versuchte, so zu tun, als habe er nichts gehört und nichts gesehen, als sei ihm überhaupt nichts Ungewöhnliches aufgefallen, und dabei war es doch in Weimar nun wirklich nicht üblich, dass sich ein Hausherr, den nur halb geschlossenen Schlafrock über der nackten Brust, mit ausgebreiteten Armen vor eine Zimmertür stellte, sie bewachend wie Zerberus den Zugang zum Hades.

Goethe hätte den lästigen Störenfried am liebsten gepackt und geschüttelt, hätte ihn gern die Treppe hinuntergeworfen und ihm alle Knochen gebrochen, aber die Gefahr, sich bei einer solchen handgreiflichen Auseinandersetzung im ganz wörtlichen Sinn eine Blöße zu geben, war denn doch zu groß, und er musste sich mit Beschimpfungen begnügen. Nur wollten ihm auch die nicht recht gelingen, das Übermaß seines Zorns machte ihn sprachlos, ausgerechnet ihn, der doch sonst mit Worten zu zaubern verstand wie Prospero. Jetzt war er nur noch ein Caliban, stammelte Flüche, für die sich ein Lastkutscher oder ein Fischweib geschämt haben würden, und dass Vulpius sich vor seinen Beschimpfungen immer tiefer duckte und sich am liebsten im Boden verkrochen hätte, machte ihn nicht milder.

Goethes Furor steigerte sich noch, als er aus dem Zimmer, in dem er mit seinem Bettschatz Stunden der Lust hatte verbringen wollen, ein Schluchzen hörte, so voller Verzweiflung, erschien es ihm, wie nur eine empfindsame weibliche Seele verzweifelt sein konnte, deren intimste Geheimnisse ans Licht der Öffentlichkeit gezerrt zu werden drohten.

Nur dass es gar kein Schluchzen war.

Christiane weinte nicht. Es war nun mal ihre Art, der Welt und ihren Zumutungen mit Fröhlichkeit zu begegnen, und so hatte sie die Komik einer Konstellation erkannt, die alle Verwicklungen, wie sie sie aus den Lustspielen in Goethes Theater kannte, an Absurdität übertraf. Das Gelächter überschwemmte sie förmlich, so wie vor einem Jahrzehnt das Ilmhochwasser Weimar überschwemmt hatte, sodass sie wie eine Ertrinkende nach Luft ringen musste, und ebendiesen hilflosen Höhepunkt ihres Gelächters hatte Goethe als Verzweiflung gedeutet.

Als sie schließlich die Tür öffnete und herauskam, war sie wieder angezogen, aber so, dass man merkte: Sie hatte es in aller Eile tun müssen. Vor allem hatte sie das Hüftkissen vergessen, sodass ihr Rock, statt sich modisch zu bauschen, gerade nach unten hing, und sein Saum dadurch über den Boden schleifte. Sie trug immer noch ihren Hut, sah aber im Übrigen aus, als sei sie gerade aus dem Bett gestiegen, obwohl sie doch bis dahin gar nicht gekommen war.

Sie sah die beiden Männer, Goethe so drohend und kampfbereit wie der Riese Goliath und ihr Bruder so jämmerlich wie ein David, der seine Steinschleuder vergessen hat, und ob dieses Anblicks wurde ihr Gelächter so heftig, dass sie nicht mehr aus eigener Kraft stehen konnte und sich an Goethes Arm festhalten musste. Immer noch lachend zeigte sie auf ihren Bruder und versuchte seinen Namen zu sagen, kam aber über die erste Silbe nicht hinaus, sodass sie nur immer wieder »Christ … Christ …« prustete, was in sinnloser Weise an ein Gebet erinnerte.

Einen Augenblick lang starrten die Männer sie verwirrt an, dann war die Kraft des Gelächters stärker als Zorn und Angst, sie wurden von Christianes Fröhlichkeit angesteckt, und es dauerte nicht lang, bis alle drei nur noch hilflos kicherten. Vulpius beruhigte sich als Erster und versuchte noch einmal zu beteuern, es sei ihm wirklich, wirklich nichts Ungewöhnliches aufgefallen, aber das löste bei den beiden anderen nur weitere Lachstürme aus. Goethe, dessen Humor zurückgekehrt war, drohte ihm sogar scherzhaft mit dem Finger und meinte: »Nichts aufgefallen? Da muss ich Sie ja wegen Unaufmerksamkeit tadeln, Herr Registrator. Selbst dem heiligen Antonius wäre klar gewesen, dass Ihre Schwester und ich nicht damit beschäftigt waren, Psalmen zu singen.«

Wenn man mit jemandem gelacht hat, fällt es schwer, mit ihm zu streiten, und so stellte Goethe, als das Gelächter sich verzogen hatte und nur letzte Gluckser daran erinnerten, ganz ohne Zorn und nur aus Neugier die Frage: »Wie sind Sie überhaupt hereingekommen?«

»Das war meine Schuld«, sagte Christiane schnell. »Ich habe nicht mehr daran gedacht.«

Woran sie nicht gedacht hatte und was sie Goethe auch nie gesagt hatte – oder vielleicht hatte sie es ihm erzählt, aber er war mal wieder in Gedanken gewesen und hatte nicht richtig zugehört –, was alle Bemühungen, an diesem Tag ungestört zu bleiben, zunichte gemacht hatte, war dies: Vulpius hatte von seiner Schwester einen Schlüssel für die Haustür bekommen.

»Er ist schließlich mein Bruder«, sagte sie, »und es muss ja wirklich nicht sein, dass Ernestine jedes Mal laufen muss, wenn er vorbeikommt, um mit mir ein bisschen zu plaudern oder mit August zu spielen.«

Diesen Schlüssel hatte Vulpius heute benutzt, in der Annahme, man habe aus irgendeinem Grund sein Klopfen nicht gehört, ausgerechnet heute, wo er eine Neuigkeit zu berichten hatte, die keinen Aufschub duldete. Selbst ohne Schlüssel wäre er an diesem Tag irgendwie ins Haus eingedrungen, wäre durch ein Fenster eingestiegen oder hätte sich, wie ein Maulwurf, unter den Gartenbeeten hindurch einen Gang in den Keller gegraben, denn die Entdeckung, die er gemacht hatte, war ihm so wichtig erschienen, dass er sein Pult in der Bibliothek verlassen hatte und den ganzen Weg zum Frauenplan gerannt war, als hieße er nicht Vulpius, sondern Pheidippides und habe die Nachricht vom Sieg bei Marathon zu überbringen.

Er wollte auch jetzt gleich mit seinem Bericht loslegen, aber seine Schwester unterbrach ihn. »Jetzt ziehen wir uns alle zuerst einmal an«, sagte sie, »und dann treffen wir uns in der Küche. Du kannst schon einmal versuchen, einen Kaffee zu kochen, du als Hagestolz wirst ja wissen, wie man das macht.«

Goethe hätte es nicht gewusst; die Küche betrat er selten, und ganz bestimmt hätte er niemals Gäste dorthin eingeladen. Wenn Christiane es in diesem Fall doch getan hatte, dann wollte sie ihm damit etwas sagen, und ihre unausgesprochene Botschaft ließ sich nur so verstehen: »Mein Bruder mag nur ein einfacher Bibliotheksregistrator sein, aber er gehört trotzdem zur Familie.« Goethe war über dieses neue Verhältnis zu seinem Untergebenen nicht glücklich, aber solang es in der Öffentlichkeit bei der alten Beziehung blieb, würde er damit leben können.

Als sie dann alle, endlich wieder so gekleidet, wie es sich unter zivilisierten Menschen gehörte, um den großen Tisch saßen – auch die Tassen und den Zucker hatte der Hagestolz gefunden –, zog Vulpius mit der Geste eines Botschafters, der einem Monarchen sein Akkreditierungsschreiben überreicht, ein Zeitungsblatt aus der Tasche.

»Hier«, sagte er. »Der verdiente Lohn für unsere Mühen.«

Was er mit so bedeutender Miene präsentierte, war ein Bericht im *Journal des Luxus und der Moden.* Darin wurden der Redoutenaufzug und die Huldigungsadresse zum Geburtstag der Herzogin in allen Einzelheiten geschildert, das Gedicht war sogar im Ganzen abgedruckt, und – das war der Punkt, der Vulpius so wichtig war – neben allen Beschreibungen von Kostümen und Requisiten der allegorischen Pantomime stand da auch der Satz: *Wer sie gesehen hat, erkannte die ordnende und leitende Hand eines Meisters darin.*

»Und?«, sagte Goethe und zeigte keinerlei Begeisterung.

»Ein Lob! Ein uneingeschränktes Lob!«

»Haben Sie in diesem Journal bei der Beschreibung eines höfischen Ereignisses schon einmal andere als lobende Worte gelesen?«

So leicht wollte sich Vulpius seinen Triumph nicht nehmen lassen. »Der Berichterstatter ist regelrecht begeistert.«

»Ich glaube nicht«, sagte Goethe, »dass überhaupt ein Berichterstatter anwesend war.«

»Aber dieser Artikel ...«

»Den wird eine der mitwirkenden Damen verfasst haben. Oder eher: in Auftrag gegeben. Ich bezweifle, dass auch nur eine von diesen adligen Gänsen wirklich geläufig mit Feder und Tinte umzugehen weiß.«

»Wahrscheinlich war es die Wolfskeel«, sagte Christiane. »Darum wird ihr Kostüm so viel ausführlicher beschrieben als das der anderen.«

»Es wird wohl so sein«, sagte Vulpius nach einer Pause. Er versuchte, sich seine Enttäuschung nicht allzu deutlich anmerken zu lassen, aber der sachliche Tonfall wollte ihm so wenig gelingen wie einem Patienten, dem das Ärztekonsilium gerade mitgeteilt hat, seine Krankheit sei unheilbar. Er war so stolz gewesen, als er die Worte *Hand eines Meisters* gelesen hatte, denn wessen Idee war das Ganze schließlich gewesen? Wer hatte sich die Figuren ausgedacht, Ceres, Concordia und all die anderen? Wer hatte die Verse geschrieben?

Und jetzt …

»Ach ja«, sagte Goethe, »da wir gerade davon reden … Wir haben noch nicht über Ihr Honorar gesprochen. Selbstverständlich sollen Sie für Ihre Bemühungen eine angemessene Remuneration erhalten.«

»Ich brauche kein Honorar«, sagte Vulpius, und aus seinem Mund war das ein Satz, wie ihn kein Held der Antike hätte heroischer formulieren können. Denn selbstverständlich brauchte er jedes Honorar, das er bekommen konnte, brauchte es sogar dringend, denn das Gehalt eines herzoglichen Bibliotheksregistrators war doch eher symbolischer Natur, man konnte damit, wenn man es verstand, sich einzuteilen, vielleicht das tägliche Brot bezahlen, aber die Butter musste man sich anderswo dazuverdienen. Er benutzte deshalb seine Feder wie ein Tagelöhner seine Hacke oder seine Schaufel, verdingte sich bei jedem, der ein Buch geschrieben oder ein Theaterstück bearbeitet haben wollte, und saß oft noch zu später Stunde bei Kerzenlicht, weil zu einem vollen Oktavbogen noch ein paar Sätze fehlten.

»Selbstverständlich werde ich Sie bezahlen«, sagte Goethe.

»Ich wollte nur gefällig sein«, sagte Vulpius.

»Jeder Handwerker verdient seinen Lohn«, sagte Goethe.

»Auch ein Sklave hat seinen Stolz«, antwortete Vulpius. Für eine Diskussion am Küchentisch war der Satz ein bisschen zu dramatisch, aber er hatte ihn einmal für einen seiner Romane erdacht und ihn schon damals für besonders gelungen gehalten. »Wenn Sie sich für meine kleine Gefälligkeit tatsächlich erkenntlich zeigen wollen …«

»Ja?«

»Jeder Rat aus der Fülle Ihrer Erfahrungen wäre für mich ein kostbares Geschenk«, sagte Vulpius. »Wenn Sie mir nur ab und zu erlauben würden, Ihnen Fragen zu stellen oder Ihnen einfach zuzuhören, das wäre mir Lohn genug und würde mich so dankbar machen, wie ein einfacher Anstreicher dankbar wäre, wenn er den großen Apelles in seiner Werkstatt bei der Arbeit beobachten dürfte.«

»Das ist eine gute Idee«, sagte Christiane. »Ihr könntet euch jede Woche einmal treffen, oder jeden Monat, ich koche etwas Gutes, und dann könnt ihr bei einem Glas Wein …«

»Kommt nicht infrage«, sagte Goethe.

Aber auch ein Genie ist gegen die Versuchungen der Eitelkeit nicht gefeit, auch für den stärksten Charakter ist es schwer, nicht schwach zu werden, wenn er mit Shakespeare und Leonardo da Vinci verglichen wird, und so kam es, von niemandem bemerkt und auch von niemandem berichtet, zu den Treffen zweier Schriftsteller, die von Christiane als gemütliches Beisammensein, von Vulpius als Symposion und von Goethe als »diese Wenn's-denn-sein-muss-Abende« bezeichnet wurden.

*

Vulpius fieberte auf das erste Treffen hin wie ein Bräutigam auf den Tag der Hochzeit. Immer wieder legte er sich neu zurecht, was er Goethe von sich erzählen und was er ihn fragen würde, schrieb die Szene ihres gemeinsamen Abends in Gedanken öfter um, als er jemals im Bemühen, ihn perfekt zu machen, einen Dialog in einem seiner Theaterstücke umgeschrieben hatte. Vom großen Dichterfürsten beraten und gefördert, so malte er sich seine literarische Zukunft in den rosigsten Farben aus, würde er bald Werke verfassen, die in jedem Theater gespielt und von jeder Leihbibliothek ins Regal gestellt würden.

Aber seine schönen Träume verblassten täglich mehr, denn der Termin des versprochenen Treffens wurde immer wieder aufs Neue verschoben, manchmal aus guten Gründen, aber immer wieder auch aus solchen, die einfach nur Ausreden waren. Wenn man für etwas keine Zeit haben wollte, ließ sich immer etwas finden, das dringender war, eine Sitzung, die vorbereitet, oder eine Akte, die studiert werden musste.

Und jetzt war auch noch Schiller nach Weimar gekommen, was bedeutete, dass Goethe überhaupt nicht mehr ansprechbar war, weil die beiden fast rund um die Uhr zusammensaßen. Wie Christiane ihrem Bruder berichtete, ging es in ihren Debatten darum, wie das ausufernde Konvolut der *Wallenstein*-Szenen aufzutrennen und neu zusammenzufügen war, um es, wie die *Orestie* des Aischylos, als Trilogie vor das Publikum zu bringen. Die Uraufführung des ersten Teils – das machte die Sache so dringlich – sollte zur Eröffnung des umgebauten Theaters stattfinden, und der Herr Theaterdirektor zeigte für nichts anderes mehr Interesse.

Goethe freute sich jedes Mal auf die Zusammenarbeit mit Schiller, fürchtete sie aber gleichzeitig auch. Einerseits war da der anregende geistige Austausch mit jemandem, den er als gleichberechtigten Gesprächspartner anerkennen konnte, und da war darüber hinaus auch die Hoffnung, mit dem neuen Stück seinem Ziel, aus dem weimarischen Hoftheater ein Vorbild für ganz Deutschland zu machen, einen Schritt näher zu kommen. »Ihr Wallenstein soll nicht nur in die Schlacht bei Lützen ziehen«, sagte er einmal zu Schiller, »sondern auch in den Kampf gegen die Kotzebues dieser Welt, mit den Kanonen wirklicher Sprachgewalt gegen das feuchte Zündkraut billiger Effekte.«

Andererseits – das gestand er aber niemandem ein, nicht einmal sich selbst – verdunkelte ihm die grenzenlose Arbeitslust das Gemüt, mit der Schiller trotz seiner kränklichen Konstitution an das Projekt heranging. Jedes Mal, wenn der wieder eine Änderung, die man im gemeinsamen Gespräch doch gerade erst angedacht hatte, schon am nächsten Morgen in perfekten Jamben fertig ausgeschrieben auf den Tisch legte, erinnerte das Goethe auf unangenehme Weise daran, dass seine eigene Gedankentinte endgültig eingetrocknet schien und dass ihm, bei aller immer wieder neu unternommenen Anstrengung, auch die einfachsten Formulierungen nicht gelingen wollten.

Einmal, als Schiller und er auf dem Weg zum Gartenhaus waren, kam ihnen eiligen Schrittes Vulpius entgegen, zog im Vorbeigehen den Hut und verneigte sich tief – eine sehr korrekte Geste, hinter der Goethe aber doch einen leisen Vorwurf erahnte; schließlich hatte er sich zu einer Verabredung mit Christianes Bruder verpflichtet, und sie hatte immer noch nicht stattgefunden.

»Sie müssen mir helfen, mein lieber Schiller«, sagte er. »Was würden Sie einem Menschen raten, der sich zum Schriftsteller berufen fühlt, ohne wirklich dazu berufen zu sein?«

»Diesen Mangel müssen Sie mir schon näher beschreiben«, sagte Schiller.

»Er reitet den Pegasus wie Bellerophontes und möchte, von dessen Flügeln getragen, den Olymp erstürmen. Er schafft es auch meistens, nicht ganz abgeworfen zu werden, aber am Schluss landet er doch immer im Dornbusch.«

»Also jemand, dem das Schreiben nicht gänzlich fremd ist?«

»Sagen wir: Er versteht es, aus Buchstaben Wörter zu bilden und aus Wörtern Sätze. Manchmal ist das, was am Schluss auf dem Papier steht, sogar ganz hübsch. Aber er tut jedes Mal zu viel Wasser in die Tinte.«

»Dann raten Sie ihm doch einfach, weniger zu schreiben.«

»Ein Rat, den er bestimmt nicht befolgen würde. Die Schreiberei scheint ihm angeboren zu sein wie manchen Menschen das Schielen, er kann so wenig davon lassen wie ein Säufer vom Schnaps und füllt Blatt um Blatt, ohne etwas zu sagen zu haben. Allein im letzten Jahr hat dieser Proteus der Belanglosigkeit drei Romane verfasst, einen Band Anekdoten und das Libretto zu einer Oper. Eine gemeinsame Bekannte …« – Goethe wusste nie so recht, wie er Christianen benennen sollte, ohne sie zu nennen – »… erzählt mir, er habe schon als Gymnasiast eine mehrbändige Abenteuergeschichte produziert.«

»Beneidenswert, wenn die Inspiration so fließt«, meinte Schiller.

»Es ist wohl nicht die Inspiration, die ihm die Feder führt, sondern die Not. Er ist auf jeden Taler angewiesen, den ihm ein Verleger zahlt.«

»Und Sie wollen etwas für ihn tun?«

»Ich weiß nicht recht, ob ich das will«, sagte Goethe. »Aber ich befürchte, ich werde nicht darum herumkommen.«

Vulpius war so eilig unterwegs gewesen, weil, wie das bei ihm oft der Fall war, eine Idee Besitz von ihm ergriffen hatte. Diesmal ging es um eine Neuigkeit, die er gerade erst erfahren hatte und auf der Stelle mit seiner Schwester besprechen wollte. Er traf sie im Garten an und nahm sich kaum die Zeit, sie zu begrüßen, als es auch schon aus ihm herausplatzte: »Ich habe eine wirklich gute Nachricht. Er hustet jetzt Blut.«

»Das kann für dich nur nützlich sein«, sagte Christiane.

Dass sich die beiden so sachlich und sogar erfreut

über die Krankheit eines Dritten unterhielten, war nicht seelischer Empfindungslosigkeit geschuldet, sondern der Tatsache, dass sie in einem Haushalt aufgewachsen waren, in dem der Hunger jeden Tag und die Hoffnung nur alle Jubeljahre zu Besuch kam, und dass sie in dieser harten Schule gelernt hatten, dass das Glück des einen selten ohne das Unglück des anderen zu haben ist.

»In der Bibliothek meinen alle, dass er es wohl nicht mehr lange machen wird.«

»Erfreulich«, sagte Christiane.

Den Namen des Mannes, der da im Sterben lag, mussten sie nicht nennen, weil sie beide auch so wussten, von wem die Rede war; sie hatten sich in den letzten Wochen schon oft über ihn unterhalten und dabei die Hoffnungen, die sich für Vulpius mit diesem allgemein erwarteten Hinschied verbanden, ohne Scheu angesprochen. Es ging um den alten Jänichen – sein Name wurde allgemein mit diesem *epitheton ornans* verbunden, obwohl er so alt noch gar nicht war, nur durch lebenslangen Umgang mit staubigen Folianten selber staubig geworden –, und dieser alte Jänichen, das war in Weimar allgemein bekannt, lag seit Wochen mit einer fortgeschrittenen Phthisis, die auf kein Mittel mehr ansprach, darnieder. Hofmedikus Huschke, auch das wussten die Gerüchte, machte den Angehörigen keine Hoffnung, sondern riet ihnen, statt eines weiteren Arztes, der bei aller Kunstfertigkeit doch nichts ausrichten könne, lieber den Generalsuperintendenten Herder beizuziehen, dessen tröstliche Worte schon manchen Familien einen steinigen Weg leichter gemacht hätten. Der Kranke, der sich da dem Tod entgegenhustete, war seines Zeichens Sekretär der herzoglichen Bibliothek, ein Amt, das zwar auch nicht reichlich, aber doch bedeutend reichlicher dotiert war als das eines Registrators und dessen Aufgaben, wie Vulpius es formulierte, so perfekt auf ihn zugeschnitten waren, als habe der beste Schneider der Welt dafür Maß genommen. Aber Eignung, das war nun mal der Lauf der Welt, war noch lang keine Garantie für eine Berufung, und Vulpius war nicht der Einzige mit dem Traum einer Beförderung in Jänichens Gehaltsklasse. Sobald der seinen letzten Huster getan hätte, daran gab es keinen Zweifel, würde die Hofkanzlei von einer geradezu biblischen Flut untertäniger Bittschreiben überflutet werden, allesamt Bewerbungen um die erledigte Stelle. »Umso wichtiger wäre es«, sage Vulpius, »dass ich mich möglichst bald mit Goethe über diese Sache unterhalten kann. Eine Empfehlung von seiner Seite würde die Waage bestimmt zu meinen Gunsten ausschlagen lassen.«

»Das mag sein«, sagte Christiane. »Aber es wäre falsch, ihn allzu direkt darauf anzusprechen. Wenn du eure Treffen gleich beim ersten Mal dazu benutzt, dir einen Vorteil zu verschaffen …«

»Ein Vorteil, den ich dringend brauche. Wenn einen der Hunger zum Dichter machte, ich wäre der größte Poet dieser Welt.«

»Trotzdem. Bei ihm kann so eine Bitte immer auch das Gegenteil bewirken. Er wird zu oft von allen Seiten um Unterstützung angegangen, und das macht ihn manchmal …«

»Störrisch?«, ergänzte Vulpius.

»Du würdest auch störrisch, wenn alle Leute ständig etwas von dir wollten.«

»Ich bin nicht alle Leute. Ich bin dein Bruder.«

»Eben darum. Du weißt, wie man in Weimar die Medisancen liebt. Es würde heißen, er habe nur meinetwegen …«

»Onkel Christian!«

Der kleine August, der ihr Gespräch unterbrach, war gerade vom Hauslehrer Eisert entlassen worden und begrüßte den unerwarteten Besuch mit so freudiger Überraschung, als habe er in der Königlich-Preußischen Lotterie den Hauptpreis gewonnen, habe aus den neunzig Zahlen alle richtigen ausgewählt, und das erst noch, ohne dafür einen Einsatz geleistet zu haben. Für den Siebenjährigen war sein Onkel eine unerschöpfliche Quelle von Geschichten und Einfällen, jemand, der für den ausgedachten Häuptling einer Südseeinsel nicht nur einen Namen wusste, sondern auch dessen Federkrone im Einzelnen zu beschreiben verstand, und der einem ganz genau erklären konnte, wie man einen Tiger erlegt oder einen wilden Elefanten zähmt.

»Spielst du etwas mit mir, Onkel Christian?«

»Heute fällt mir nichts ein«, sagte Vulpius abwehrend. Aber sein bestes Publikum enttäuscht man nicht, und so fügte er, als er das traurige Gesicht seines Neffen sah, schnell hinzu: »Ich kann ja mal nachdenken.«

Und tatsächlich: Auch heute fiel ihm ein Spiel ein, ein ganz neues Spiel sogar, eines, das dem kleinen August so viel Spaß machte, dass man sein fröhliches Gelächter bis ins Haus hinein hörte, und das für viele Monate sein Lieblingsspiel blieb. *Treffen der Dichter* hieß es und bestand darin, dass der eine einen Satz sagen und der andere darauf mit einem Reim antworten musste, je sinnloser, desto besser. So sagte August etwa: »Ich grüße Euer Wohlgeboren«, worauf Vulpius, ohne auch nur einen Moment nachdenken zu müssen, replizierte: »Hab meine Hosen wohl verloren« – und einen größeren Effekt hätte im weimarischen Hoftheater keine Sentenz aus einem Königsdrama machen können.

Wenn das Spiel in die andere Richtung ging, wenn es also der Erwachsene war, der den zu findenden Reim vorgab, dauerte es meist ein bisschen länger, bis eine passende oder – das machte August immer den größten Spaß – eine völlig unpassende Antwort gefunden war, meistens von der Sorte, die den Hauslehrer dazu bewogen hätte, seinem Schüler den Mund mit Seife auszuwaschen. Als beispielsweise Vulpius den Vers von den verlorenen Hosen mit den Worten »Ich habe sie dabei zerrissen« fortsetzte, reichte schon die Ahnung des einzig möglichen Reims dazu aus, dass sich August vor Lachen im Gras wälzen musste.

»Du bist der beste Onkel, den man haben kann«, keuchte er, und Vulpius dachte für sich: So einen Erfolg müssen mir Goethe und Schiller erst einmal nachmachen.

*

Als die Begegnung dann endlich zustande kam, verlief sie nicht so, wie Vulpius sich das ausgemalt hatte. Und dabei hatte er sich doch wirklich gut vorbereitet.

Vor dem Essen hatte ihm seine Schwester noch

einmal eingeprägt, er solle seinen Widerspruchsgeist, mit dem er sich schon oft die besten Aussichten verbaut habe, für einmal im Zaum halten, solle nicht vergessen, dass nicht jeder Schriftsteller das Glück habe, von einem Goethe Ratschläge zu bekommen, und vor allem: Er solle, ganz gegen seine Art, wenig sagen und viel zuhören. Vulpius hatte sich diese Ermahnungen auch tatsächlich zu Herzen genommen und war voller guter Vorsätze. Wie ein Student zu Füßen seines Lehrers wollte er jedes Wort des Meisters als Geschenk entgegennehmen; es würde bestimmt vieles dabei sein, das einem, richtig angewendet, helfen konnte, das eigene Schreiben zu verbessern.

Und wenn Goethes Wohlwollen durch eifriges Zuhören erst einmal gewonnen war, auch das rechnete sich Vulpius aus, ergab sich, auch wenn Christiane davon abriet, vielleicht doch die Gelegenheit, das Gespräch ganz unauffällig auf den Gesundheitszustand des alten Jänichen zu lenken und diskret anzudeuten, für die Suche nach einem Nachfolger müsse man, nach Goethes eigener Maxime, gar nicht in die Ferne schweifen, *sieh, das Gute liegt so nah.* Dieser Abend war eine Gelegenheit, wie sie einem das Schicksal selten bietet, und Gelegenheiten – *audentes fortuna iuvat* – musste man ergreifen.

Christiane hatte das Ihre für einen gelungenen

Abend getan, hatte Karpfen in Köstritzer Schwarzbier gekocht, eine von Goethe besonders geliebte Spezialität aus dem Rezeptbuch seiner Großmutter, und zum Nachtisch hatte es einen englischen Pudding gegeben, mit so viel jamaikanischem Zuckerrohrschnaps getränkt, dass die Köstlichkeit geeignet war, jeden Feinschmecker mild zu stimmen. Als Christiane die beiden Männer vor ihren Weingläsern alleinließ, schien einem friedlichen Gespräch nichts im Wege zu stehen.

Aber sie hatte nicht bedacht und auch nicht bedenken können, dass Goethe gerade an diesem Nachmittag wieder einmal seinen *Faust* zur Hand genommen hatte, ein altes Projekt, das er neu gestalten wollte, und dass er dabei die Erfahrung hatte machen müssen, dass seine gedankliche Dürre immer noch andauerte; keine zehn Wörter hatte er zu Papier gebracht, und die waren die Tinte nicht wert gewesen, die er dafür verschwendet hatte. Beim Essen hatte er sich die schlechte Laune, die ihm aus diesem vergeblichen Bemühen erwachsen war, noch nicht anmerken lassen, man hatte über Nebensächlichkeiten geplaudert, hatte Konversation gemacht, was seiner Meinung nach das Gegenteil von Konservation war, Gedanken wie Seifenblasen, die das Aufbewahren nicht lohnten.

Aber jetzt sollte er sich über die Kunst des Schreibens unterhalten, und das ausgerechnet mit einem Menschen, dessen Gegenwart ihn bei jeder Begegnung daran erinnerte, dass er sich von ihm einmal hatte helfen lassen müssen, eine Episode, die er am liebsten aus seinem Leben gestrichen hätte, eine so unangenehme Erfahrung, als hätte Praxiteles einen Steinklopfer zu Hilfe holen müssen, damit der für ihn den Meißel führte. Goethe war ungnädig gestimmt, und je untertäniger ihn Christianes Bruder anschaute, desto weniger mochte er ihn.

Und so kam es, dass Vulpius von dem unfreundlichen Ton, in dem Goethe ihr Gespräch eröffnete, so überrascht war, wie Moses auf dem Berg Sinai überrascht gewesen wäre, wenn Gott, statt ihm die Gesetzestafeln zu überreichen, als Erstes gesagt hätte: »Was suchst du hier oben?«

Was Goethe sagte, war: »Warum schreiben Sie eigentlich, Herr Bibliotheksregistrator?«

Vulpius war verwirrt, nicht nur wegen des strengen Tonfalls, sondern wegen der Frage selber. Die Antwort darauf schien ihm so offensichtlich, dass Goethe etwas anderes gemeint haben musste, etwas, dessen tieferer Sinn sich ihm nicht erschließen wollte, und so sagte er ein bisschen verlegen: »Ich schreibe, weil ich das Geld brauche.«

»Das ist falsch.« Goethe sagte es so apodiktisch, als ob es danach nichts mehr zu besprechen gäbe.

Vulpius verstand ihn nicht. Was konnte daran falsch sein, wenn man sich mit der Feder etwas dazuverdiente? Ein Musikant, den der Hunger plagt, stellt sich auch auf die Gasse und versucht, sich ein paar Groschen zu erfiedeln, ein Maler, der kein Brot hat, verhökert auf dem Jahrmarkt Scherenschnitte, ein Schauspieler ohne Engagement verdingt sich als Vorleser, und ein hübsches Mädchen, das nichts als ein gefälliges Gesicht anzubieten hat …

»Von meinem Gehalt allein kann ich nicht leben«, sagte Vulpius und hätte den Satz am liebsten gleich wieder zurückgenommen, denn schließlich war es Goethe, der letzten Endes über seinen Verdienst bestimmte.

Goethe schien keinen Vorwurf gehört zu haben. »Wenn das so ist, könnten Sie nach den Bürostunden als Kopist arbeiten«, sagte er, »so wie Ihr Vater, wenn ich mich recht erinnere, es auch getan hat.«

»Kopistenarbeit ist schlecht bezahlt. Ich würde dabei so wenig zu beißen haben wie er.«

»Immerhin wäre es ein ehrbares Gewerbe.«

»Und das Schreiben ist das nicht?«

»Nicht, wenn man es des Geldes wegen tut.«

»Ist es ehrenwerter, mit hundert Reichstalern im Jahr zu verhungern?«, hätte Vulpius gern gefragt, aber ein so direkter Widerspruch schien ihm nicht angebracht, und so versuchte er, den Einwand, der ihm schon auf der Zunge gelegen hatte, weniger herausfordernd zu formulieren. »Leider ist es nun mal so, wie Lessing seinen Maler Conti sagen lässt: *Die Kunst geht nach Brot.*«

Goethe lächelte kalt. »Aber er lässt ihn auch hinzufügen: *Zu viel arbeiten müssen kann ihn um den Namen Künstler bringen.*«

»Es ist doch nicht die Meinung der anderen, die uns zu Künstlern macht!«

»Uns?« Goethe hatte es nicht so verächtlich sagen wollen, aber dieser Vulpius schien doch tatsächlich zu glauben, er sei ihm ebenbürtig, nur weil auch sein Name schon einmal auf einem Buchtitel gestanden hatte.

»Wir haben doch letzten Endes dasselbe Gewerbe.« Vulpius' Stimme klang jetzt beinahe flehend. »Sie schreiben, und ich schreibe.«

»Mein Sohn August bekommt Unterricht auf dem Pianoforte. Aber das macht ihn nicht zu einem Mozart.« Goethe hielt sein Glas gegen die Lampe und studierte die Färbung des Weins so angelegentlich, als überlegte er gerade, ob er von dem Rotspon noch einmal ein Fässchen kommen lassen solle. Wer ihn kannte, wusste, was diese Geste bedeutete: Für ihn war das Gespräch beendet.

Aber Vulpius hatte so lang auf die Gelegenheit

zu dieser Unterhaltung gewartet, hatte so viele Hoffnungen in sie gesetzt, dass er den abweisenden Ton einfach überhörte. »Sehen Sie, Herr Geheimrat«, sagte er, »wenn ich mich hinsetze und ein Buch schreibe …«

»Was Sie, wie ich höre, alle paar Wochen tun.«

»… dann nicht, weil ich damit die Welt verbessern oder die Menschheit mit meiner Weisheit beglücken will. Ich bin vollauf damit zufrieden, wenn der Käufer meines Romans bei der Lektüre ein paar unterhaltsame Stunden verbringt. Wenn ich ein Theaterstück schreibe, dann genügt es mir, dass die Zuschauer in einer Komödie lachen und in einer Tragödie ein paar angenehme Tränen vergießen können.«

»Und es macht für Sie keinen Unterschied, ob Sie eine Komödie oder eine Tragödie verfassen? Sie schreiben einfach so vor sich hin?«

»Ich muss mich nach dem richten, was nachgefragt wird. Bei meinem Lustspiel *Liebesproben* zum Beispiel, das in Leipzig zum ersten Mal auf die Bühne gebracht wurde, war es so, dass sich die Direktion des großen Erfolges wegen eine Fortsetzung wünschte, und so habe ich das Stück eben zur Trilogie erweitert. Drei Komödien mit demselben Personal – glauben Sie mir, das war keine einfache Aufgabe.«

Goethe lächelte sarkastisch. »Ich bin sicher, dieses Personal hat sich für Sie als mindestens so ergiebig erwiesen wie die Geschichte Wallensteins für meinen Freund Schiller.«

»Nun ja, ich gebe zu, der Stoff kann einem unter den Händen schon einmal dünn werden. Die *Ehestandsproben* schrieben sich noch leicht, aber bei den *Glücksproben* war es nicht einfach, immer noch eine neue, glaubhafte Verwicklung zu finden.«

»Und wenn die Direktion stattdessen eine Tragödie gewünscht hätte, hätten Sie Ihre Liebespaare dann einfach Gift nehmen lassen?«

»Tragödien werden sehr viel weniger nachgefragt, was ich bedaure.«

»Weil Sie lieber traurige Dinge schreiben?«

»Weil Tragödien leichter zu schreiben sind. Man kann dort Fehler der Konstruktion hinter großen Worten verstecken. Wenn man eine Heldin dramatisch sterben lässt, fassen alle Hände nach den Taschentüchern, das ist nicht weiter schwierig. Aber bis man den Zuschauer dazu gebracht hat, Lachtränen zu vergießen …«

»Was mir nicht das höchste Ziel der Literatur zu sein scheint.«

»Natürlich nicht«, sagte Vulpius und wurde immer verzweifelter, weil Goethe ihn so gar nicht verstehen wollte, »aber wer kann denn immer nur

Ernsthaftes schreiben? Sie haben doch selbst … Wenn ich nur an Ihr *Jahrmarktsfest zu Plundersweilern* denke …«

»Gegen ein kleines Capriccio zwischen zwei ernsthaften Arbeiten ist nichts einzuwenden. Aber allein des Mammons wegen …«

»Das ist der Unterschied zwischen uns«, sagte Vulpius. »Sie leben, um zu schreiben, aber ich muss schreiben, um zu leben. Ich brauche jedes kleine Honorar, um mir zu den Kartoffeln auch einmal einen Hering leisten zu können, und Sie kaufen sich ein Gut um mehr als zehntausend Taler.«

»Das geht Sie nichts an«, sagte Goethe streng. »Außerdem hat das eine nichts mit dem anderen zu tun.«

»Natürlich hat es miteinander zu tun! Wenn ich mir erlauben könnte, an einem Absatz tagelang zu feilen …«

»Bleiglas!«, sagte Goethe, und es war ihm egal, dass Vulpius nicht verstehen konnte, was er damit meinte.

»… wenn meine Kunst nicht nach Brot gehen müsste, weil ein gütiges Geschick ihr schon den Braten hingestellt hat …«

»Was soll das heißen?«

»Ich meine ja nur«, sagte Vulpius. »Die Gnade eines Landesfürsten macht einem vieles leichter.

Aber vielleicht macht sie einen auch blind für die Nöte eines Schriftstellers, der den Markt bedienen muss. Was Sie an meiner Art des Schreibens kritisieren, erinnert mich …«

Er hätte den Vergleich nicht aussprechen sollen. Aber wie es Vulpius auch beim Schreiben manchmal erging: Wenn ihm eine Formulierung gelungen schien, konnte er sie gar nicht schnell genug zu Papier bringen und merkte erst hinterher, dass er sie an dieser Stelle besser vermieden hätte.

»Es erinnert mich an jene Anekdote«, sagte Vulpius, »die über die ermordete französische Königin kolportiert wird. Als sie eine aufgebrachte Menge nach Brot schreien hörte, soll sie den Hungrigen geraten haben, stattdessen Kuchen zu essen.«

»Es reicht«, sagte Goethe und stapfte wütend aus dem Zimmer.

Hinterher fragte Christiane ihren Bruder: »Hast du ihn also doch auf die Stelle des alten Jänichen angesprochen?«

Vulpius schüttelte den Kopf. »Ich weiß wirklich nicht, was ihn so wütend gemacht hat. Wir haben uns doch bloß über Literatur unterhalten.«

*

Hofmedikus Huschkes Prophezeiung bewahrheitete sich, und das Leiden des alten Jänichen nahm ein Ende.

Bei seiner Beisetzung ereignete sich etwas so Ungeheuerliches, dass in Weimar noch lange davon geredet wurde, wobei – *fama crescit eundo* – vor allem jene Leute immer neue Einzelheiten zu erzählen wussten, die auf dem Friedhof gar nicht dabei gewesen waren. Im Kreislauf der Geschwätzigkeit veränderte sich die Geschichte bei jeder Wiederholung, sie wurde immer bunter ausgeschmückt, und gerade diejenigen, die das Geschehen nur vom Hörensagen kannten, stritten am heftigsten darüber, ob es nun exakt so oder doch eher so gewesen sei.

Goethe war nur aus Pflichtbewusstsein hingegangen; als Dienstherr hielt er es für angebracht, einem verstorbenen Mitarbeiter auf seinem letzten Weg das Geleit zu geben. Allzu lang, hoffte er, würde die Zeremonie nicht dauern, obwohl Generalsuperintendent Herder, der als Oberpfarrer von St. Peter und Paul die Trauerrede halten würde, sich von seinem Übermaß an Bildung oft zur Geschwätzigkeit verleiten ließ.

Er hatte kaum in der für Familie und Honoratioren reservierten ersten Reihe der Kirche Platz genommen, als seine Sitznachbarin, eine schwarz gekleidete Frau mit Trauerschleier, nach seiner Hand fasste und sie nicht mehr losließ. Weil in der Bibliothek nur immer alle vom »alten Jänichen« gesprochen hatten, glaubte Goethe zunächst, es handle sich bei der aufdringlichen Frau um die Witwe des Verstorbenen, aber dann beugte sie sich zu ihm vor und flüsterte mit verschwörerischer Miene: »Eure Exzellenz brauchen sich keine Sorgen zu machen. Mein Sohn kann die Arbeit jederzeit fortführen. Schon morgen, wenn es gewünscht wird.« Er hatte es also mit Jänichens Mutter zu tun, und die Arme schien nicht nur ihren Sohn, sondern auch den Verstand verloren zu haben.

Mit dieser Einschätzung irrte Goethe, denn die Frau hatte nicht etwa von einem als Wiedergänger aus dem Grab auferstandenen Jänichen gesprochen, hatte ihm den Dahingeschiedenen nicht als Nachfolger für die eigene erledigte Anstellung empfehlen wollen, sondern hatte dessen Bruder gemeint, der jetzt, ein paar Plätze weiter, eine grüßende Bewegung zu Goethe hin machte. Der Mann holte einen Brief aus seiner Rocktasche, der, durch die Reihe der Trauerfamilie weitergereicht, schließlich bei Goethe landete, und dem blieb nichts übrig, als ihn einzustecken.

Er konnte in diesem Augenblick noch nicht wissen, dass dieses Bewerbungsschreiben – denn was konnte es anderes sein? – nur das erste in einer ganzen Reihe war, und er hatte keine Ahnung, dass diese Briefe und der Wunsch, sie ihm persönlich zu überreichen, zu dem Unglück führen würden, das hinterher sogar im lokalen Sprachgebrauch seinen Platz fand. Wann immer irgendwo ein Durcheinander oder Gedränge entstand, sagte man in Weimar noch viele Jahre: »Hier geht es ja zu wie an Jänichens Grab.«

Herder predigte über jenen Satz aus dem Evangelium des Johannes, der in jedem Vademecum für Kanzelredner für Beisetzungen empfohlen wurde: *Lazarus, unser Freund, schläft, aber ich gehe hin, dass ich ihn aufwecke.* Er sprach angenehm kurz, wie Goethe erleichtert feststellte, und verlor sich nur einmal in einer dieser theologischen Spitzfindigkeiten, die seine *Christlichen Schriften* zu einer so anstrengenden Lektüre machten.

Das Problem begann erst, als die Predigt beendet und das letzte Kirchenlied gesungen war. Die Hinterbliebenen hoben den Sarg auf die Schultern, um ihn durch die Friedhofspforte im Seitenschiff zu seiner letzten Ruhestätte zu tragen, und die anderen Angehörigen schlossen sich an. Als Ranghöchster unter den Anwesenden schritt Goethe direkt hinter der Familie durch das Spalier der Trauergäste. Er hatte sich für solche Anlässe angewöhnt, weder nach links noch nach rechts zu schauen, nicht der Feierlichkeit wegen, sondern um zu vermeiden, dass ihn jemand in ein Gespräch zu verwickeln suchte. Das nachdenkliche Gesicht, das er dabei machte, hatte nichts damit zu tun, dass ihn Herders Predigt so sehr ergriffen hätte, es kam daher, dass er im Kopf eine Liste all der Dinge aufstellte, die an diesem Tag noch zu erledigen waren, bevor er zu Schiller nach Jena fahren konnte. Von dem, was sich hinter seinem Rücken abspielte, bekam er deshalb zunächst nichts mit.

Unter den Anwesenden waren mehrere Kollegen des Verstorbenen, die alle auf die erledigte Sekretärsstelle aspirierten, und jeder Einzelne von ihnen hatte denselben Einfall gehabt. Alle hatten sie, jeder für sich, beschlossen, ihr Bewerbungsschreiben auf den Friedhof mitzunehmen und es Goethe dort persönlich zu überreichen, in der Hoffnung, sich damit einen Vorsprung gegenüber ihren Konkurrenten zu verschaffen.

Nur: Wie kam man an den Herrn Minister heran?

Die Begegnung, auch in diesem Punkt dachten sie alle gleich, durfte auf keinen Fall geplant aussehen, das hätte einen so berechnend aussehen lassen, wie man es ja auch tatsächlich war. »Wenn ich Eurer Exzellenz schon ganz zufällig aus so traurigem Anlass begegne«, wollten sie, wenn nicht unbedingt laut sagen, so doch durch entsprechende Gestik ausdrücken, »kann ich mir ja die Mühe sparen, diesen Brief aufs Amt zu tragen. Wenn Eure Exzellenz also geruhen wollen, ihn entgegenzunehmen …« So würde ihre Bewerbung als erste gelesen werden, und wer zuerst kommt, sagte das Sprichwort, der mahlt auch zuerst.

Eine solche scheinbar nur Fortuna geschuldete Begegnung ließ sich am besten bewerkstelligen, wenn man es schaffte, sich möglichst nahe hinter Goethe in die Prozession zum Grabe einzureihen; die Trauerfamilie musste natürlich den Vortritt haben, aber dahinter war die Reihenfolge weder durch die Tradition noch durch eine Vorschrift festgelegt. Für gewöhnlich wurde die Präzedenz bei solch feierlichen Anlässen mit übertriebener Höflichkeit geregelt – »Nach Ihnen.« – »Aber nein, nach Ihnen.« –, aber für gewöhnlich war der Platz in der Reihe ja auch weder mit Vor- noch mit Nachteilen verbunden. Heute war das anders. Um jeden Fußbreit wurde ebenso unauffällig wie erbittert gekämpft, es wurde geschubst und gestoßen, wobei jeder der Wettstreitenden den Anschein zu erwecken versuchte, er habe den Konkurrenten, den er gerade wegrempelte, gar nicht bemerkt, sondern könne bloß nicht erwarten, dem alten Jänichen mit einer Schaufel Erde die letzte Ehre zu erweisen.

Nur einer, der auch gern Nachfolger Jänichens geworden wäre, beteiligte sich nicht an dieser Drängelei. Nach dem so unerfreulichen Gespräch mit Goethe hatte Vulpius jede Hoffnung aufgegeben, die Stelle zu erhalten, und sich deshalb weit hinten in der Schlange eingereiht. Er war, als sich der Sarg schon dem Grab näherte, gerade erst beim seitlichen Ausgang der Kirche angekommen, drei Treppenstufen über dem Friedhof, von wo aus er, wie er später Christianen erzählte, einen so guten Ausblick auf das Geschehen hatte, »als säße ich auf der neuen Galerie des Theaters in der Fürstenloge«.

Was es da zu sehen gab und was beim Erzählen und Wiedererzählen als »der Tumult an Jänichens Grab« einen beinahe legendären Charakter annehmen sollte, war dies: Einer der Bewerber, ein gewisser Friedrich Philipp Flachsmann, der übrigens nach Vulpius' Meinung nur schon wegen seiner unleserlichen Handschrift für die Sekretärsstelle nicht in Frage kam, dieser Flachsmann war zu seiner Verzweiflung nicht so zügig wie seine Konkurrenten aus der Kirchenbank herausgekommen, weil die Frau neben ihm ihr Retikül hatte fallen lassen und sich erst mühsam danach bücken musste. Er hatte es deswegen nicht geschafft, sich genügend weit vorn in die Kolonne der Trauernden einzureihen, und versuchte jetzt, dieses Manko auszugleichen, indem er – *sibi quisque proximus* – den schmalen Kiesweg verließ und eine Abkürzung quer über das Gräberfeld nahm. Er hatte es auf diese Weise tatsächlich schon beinahe bis zur Spitze des gerade beim offenen Grab angelangten Leichenzugs geschafft, als er über eine Wurzel stolperte. Vielleicht war es – wie hinterher manche behaupteten, ohne es gesehen zu haben – aber auch ein halb im Boden versunkener alter Grabstein.

Wie auch immer, Flachsmann verlor, als sein Fuß hängen blieb, das Gleichgewicht und stieß im Fallen, sein Bewerbungsschreiben schon in der ausgestreckten Hand, gegen Goethes Rücken, worauf der ebenfalls in eine ungewollte Vorwärtsbewegung geriet und dadurch die vor ihm gehende Witwe Jänichen ins Straucheln brachte, welche wiederum, im Bemühen, einen Sturz zu vermeiden, Halt an einem der Sargträger suchte und sich an dessen Schulter festklammerte, worauf der …

Kurz: Der Sarg kam erst ins Rutschen, dann ins Fallen und stürzte schließlich ins Grab, ohne dass die beiden Totengräber Gelegenheit gehabt hätten, die bereitgelegten Seile zu benutzen und sich so das übliche Trinkgeld zu verdienen. Der Sarg beendete seinen Sturz aber nicht in der richtigen, für die Ewigkeit vorgesehenen Position, sondern landete auf dem Fußende, sodass der alte Jänichen in seiner letzten Ruhestätte aufrecht zu stehen schien, so wie das die Sage vom Schalksnarren Till Eulenspiegel berichtet, oder als ob er, wie Vulpius es später formulierte, die Haltung, die er so viele Jahre an seinem Schreibpult eingenommen hatte, auch im Tod nicht aufgeben wolle.

Jänichens Witwe fiel vor Schreck in Ohnmacht, seine Mutter ebenfalls, die Menschen drängten sich, je nach Veranlagung, zum Grab hin, um zu helfen, oder vom Grab weg, weil sie noch Schlimmeres befürchteten, Generalsuperintendent Herder wäre, wenn ihn nicht ein Totengräber in letzter Sekunde am Arm festgehalten hätte, von der Menge beinahe in die offene Grube gestoßen worden, zwei Männer, es war unklar, ob ihre Auseinandersetzung etwas mit dem Zwischenfall zu tun hatte oder nicht, begannen sich zu prügeln, das Durcheinander wurde immer mehr zum Tohuwabohu, und man hätte meinen können, das Jüngste Gericht, das Herder gerade noch in seiner Predigt erwähnt hatte, sei, ganz gegen alle biblischen Prophezeiungen, nach Weimar einberufen worden.

Vulpius, der von seinem erhöhten Standort den besten Überblick hatte, sagte hinterher zu Christianen: »Wilder wird es in der Schlacht zwischen Gog und Magog auch nicht zugehen.«

Irgendwann wurde die Ordnung wieder hergestellt oder stellte sich, wie es meistens der Fall war, von selber wieder her. Die in Ohnmacht gefallenen Damen wurden mit der Hilfe von Riechfläschchen wiederbelebt, die Totengräber brachten den Sarg mit der Unterstützung von ein paar freiwilligen Helfern in die richtige Position, Herder sprach ein letztes Gebet, und die Reihe der Trauernden – »Nach Ihnen.« – »Aber nein, nach Ihnen.« – formierte sich wieder zum diesmal definitiv letzten Abschied.

Hinterher hatten es alle eilig, nach Hause zu kommen, nicht weil sie dort etwas Unaufschiebbares erwartete, sondern weil jeder der Erste sein wollte, der den Zuhausegebliebenen von den ungewöhnlichen Ereignissen bei dieser Beerdigung erzählte.

Als Goethe am Frauenplan seinen schweren schwarzen Rock gegen ein bequemeres Kleidungsstück austauschen wollte, stellte er fest, dass in dessen Taschen mehrere Briefe steckten. Die Bewerber um Jänichens Nachfolge hatten auch im größten Tumult nicht vergessen, was sie sich vorgenommen hatten.

Er ließ sich aber weder von den untertänigen Floskeln beeindrucken noch von der wortreichen Beschreibung persönlicher Notsituationen, die alle nur durch ein festes Einkommen gemildert werden konnten. Um erst einmal Ruhe einkehren zu lassen, beschloss er, Jänichens erledigte Stelle zunächst unbesetzt zu lassen.

*

Die Geschwister Vulpius hatten es sich zur Gewohnheit gemacht, dass Christian August jedes Mal, wenn Goethe in Jena weilte, zum Frühstück an den Frauenplan kam. Für gewöhnlich war das ein angenehmes Atemholen, bevor die tausend Pflichten des Tages wieder ihr Recht verlangten, Christiane servierte Kaffee, Butterbrote und den neuesten städtischen Klatsch, und ihr Bruder, der gern dozierte, referierte über Entdeckungen, die er in seinen Büchern gemacht hatte.

So war es drei Tage lang gewesen, aber gestern – Christiane, die jede Gelegenheit für eine Plauderei nutzte, hatte es vom Postmeister erfahren – war dieser Brief für Christian August angekommen, und heute war er wie verwandelt. Als er hereinkam, eilig wie jemand, der schon am frühen Morgen seinem Stundenplan hinterherrennt, hatte er ganz kleine Augen, und seine Haare waren zerzaust, als hätte er sich nach dem Aufstehen nicht die Zeit genommen, sie ordentlich zu kämmen.

»Ich habe die ganze Nacht durchgearbeitet«, sagte er.

»Was hattest du denn so Eiliges zu schreiben?«

»Dein Goethe findet es ja ehrenrührig«, sagte Vulpius, »aber die Kunst geht wirklich nach Brot. Oder in meinem Fall nach einer neuen Hose.«

Er wollte sich – *tempus fugit* – gar nicht hinsetzen, trank seinen Kaffee im Stehen und verbrannte sich prompt den Mund. Von Christianen gedrängt, setzte er sich dann doch an den Tisch, sprang aber gleich wieder auf, weil die Standuhr im Speisezimmer die volle Stunde schlug, und wenn ihn seine Schwester nicht am Ärmel festgehalten hätte, er wäre, ohne Erklärung und ohne Abschied, gleich wieder hinausgerannt. Man hätte meinen können, in der Bibliothek warte der Herzog persönlich auf ihn, und dabei ging man doch dort, wenn Goethe nicht in der Stadt war, die Arbeit eher gemächlich an.

»Jetzt erklär mir bitte, was los ist«, sagte Christiane. »Deine Bücherzettel werden dir schon nicht davonlaufen.«

»Bücherzettel!« Vulpius sprach das Wort so verächtlich aus, als seien diese Produkte seiner täglichen Arbeit gerade gut genug, um sich damit den Hintern abzuwischen. »Ich gehe heute überhaupt nicht in die Bibliothek.«

»Sondern?«

»Gleich wieder nach Hause und an die Arbeit. Ich habe keine Minute zu verlieren. Schreiben, schreiben, schreiben. Stell dir vor: Der Verleger Neuber in Rudolstadt bietet mir zehn Reichstaler, wenn ich ihm die Geschichte noch diese Woche liefere. Vier Oktavbogen.«

»Was für eine Geschichte?«

Aber Vulpius war von der Summe, die er schon in seinem Geldbeutel klingeln hörte, so begeistert, dass er ihre Frage gar nicht zu hören schien.

»Zehn Taler!«, wiederholte er. »In nur drei Tagen verdient! In der Bibliothek muss ich für dasselbe Geld mehr als einen Monat arbeiten. Und weißt du, wem ich das zu verdanken habe? Dem alten Jänichen!«

Was seine Schwester schließlich aus ihm herausfragte, war Folgendes: Die Geschichte von dem Zwischenfall bei Jänichens Beisetzung hatte sich herumgesprochen, und ein geschäftstüchtiger Verleger, ebendieser Neuber aus Rudolstadt, war auf den Gedanken gekommen, daraus eine schnell gedruckte Broschüre zu machen, die sich, wie er meinte, profitabel würde vermarkten lassen.

»Und wen hat er angefragt?«, sagte Vulpius stolz. »Mich! Obwohl ich bisher noch nie für ihn gearbeitet habe. Schickt mir per Eilpost einen Brief mit seinem Angebot. Weißt du, was das heißt? Dass ich mir einen Ruf erarbeitet habe. Dass ich jemand bin.«

Christiane traute ihren Ohren nicht. »Er will tatsächlich, dass du etwas über das Unglück bei dieser Beisetzung schreibst?«

»Über die Schicksale dahinter. Das Unglück selber eignet sich höchstens für eine Anekdote.«

Christiane stemmte die Arme in die Hüften. »Es kommt nicht in Frage, dass du diesen Auftrag annimmst!«

»Warum nicht?«, sagte Vulpius. »Wenn einem das Schicksal ein so schönes Thema vor die Füße legt, wäre es undankbar, sich nicht danach zu bücken.«

»Aber …«

»Nur schnell muss es gehen, schreibt mir der Neuber. Bevor jemand anderes auf denselben Gedanken kommt. So ein Büchlein würde jeder gern herausbringen. Und weißt du warum? Weil dein Goethe dabei war. Ein Mann, den man in ganz Deutschland kennt.«

»Gerade deshalb …«

Ihr Bruder hörte sie nicht. »Vielleicht sollte man den Namen gleich in den Titel setzen«, sagte er nachdenklich. »*Goethe auf dem Totenacker* oder etwas in der Art.«

So kindisch wie Gustel, dachte Christiane. Und

genau wie bei Gustel musste man auch bei ihrem Bruder manchmal laut werden. »Du wirst diese Geschichte nicht schreiben! Du würdest uns sonst in die größten Schwierigkeiten bringen. Dass er in den Vorfall verwickelt wurde, ist ihm sehr unangenehm.«

»Mir wäre es noch unangenehmer, auf zehn Reichstaler zu verzichten.«

»Er wird es dir übelnehmen.«

»Und ich nehme ihm übel«, sagte Vulpius, »dass er mich nicht zu Jänichens Nachfolger machen will. Außerdem werde ich die Geschichte natürlich nicht unter meinem eigenen Namen veröffentlichen. Auf den Titel lasse ich setzen: *Von einem, der dabei war.* Das wirkt geheimnisvoll.«

»Ideen hast du manchmal …«

Vulpius schüttelte den Kopf. »Genau das fehlt mir noch.«

»Was?«

»Eine Idee. Ich weiß noch nicht, wie ich die bestellten Seiten füllen soll. Unruhe auf dem Friedhof, ein Sarg fällt ins Grab – das reicht höchstens für einen Bogen. Anderthalb, wenn man die Sache wirklich breit erzählt. Neuber hat aber vier bestellt. Vierundsechzig Seiten. Da muss ich noch eine Menge dazuerfinden.«

»Du meinst: Du musst lügen?«

»Würdest du es einem Haydn vorwerfen, dass er eine Melodie mit Trillern verziert? Oder einem Tizian, dass er zu viele Farben verwendet?«

»Wenn man etwas schreibt, das nicht wahr ist …«

»… dann nennt man das Literatur. Pass auf«, sagte er und hatte es plötzlich überhaupt nicht mehr eilig, »ich werde es dir erklären.« Er setzte sich wieder an den Tisch und streckte seiner Schwester die leere Kaffeetasse hin. »Wenn du an die *Ilias* denkst …«

»Was hat die damit zu tun?«

»Nur als Beispiel. Was passiert darin? Nichts, das in der Weltgeschichte nicht schon tausendmal vorgekommen ist. Ein Krieg, Griechen gegen Trojaner, die Griechen belagern eine Stadt und erobern sie schließlich. Sechs Oktavbögen, allerhöchstens, auch wenn man jeden Zweikampf einzeln beschreibt. Keine hundert Buchseiten.«

»Ich denke, damals gab es noch keine Bücher.«

»Es geht ums Prinzip!« Wenn Vulpius ins Dozieren kam, ließ er sich nicht gern unterbrechen. »Homer hatte zu wenig Stoff für ein langes Gedicht, also musste er das Ganze aufbauschen. Sich zusätzliche Dinge einfallen lassen. Götter, die sich einmischen, und solche Sachen. Oder er zählt, um Zeilen zu schinden, sämtliche Heeresabteilungen und ihre Anführer auf.«

»Und du willst jetzt alle Leute aufzählen, die auf dem Friedhof dabei waren?«

Christiane hatte ihren Einwand sarkastisch gemeint, aber ihr Bruder schien den Gedanken tatsächlich erwägenswert zu finden. Nach einem Augenblick des Nachdenkens schüttelte er dann doch den Kopf und sagte: »Außerhalb Weimars würde das niemanden interessieren. Ich brauche etwas, das die Geschichte …« Er brach mitten im Satz ab. »Was hältst du von einem Fluch?«

»Was für ein Fluch?« Manchmal war es auch für seine Schwester nicht einfach, Vulpius' Gedankengängen zu folgen.

»Der über dem alten Jänichen liegt. Vor vielen Jahren hat er einer alten Frau etwas Böses angetan, und sie hat ihm prophezeit, er werde auch im Grab keine Ruhe finden. Wie findest du das?«

»Was hat er ihr angetan?«

»Das muss mir noch einfallen. Vielleicht hat er ihre unschuldige Tochter verführt. Das lesen die Leute immer gern.«

»Das ist doch Unsinn«, sagte Christiane, und ihr Bruder widersprach ihr nicht. Er hatte schon den nächsten Einfall. »Oder eine Liebesgeschichte.«

»Auf einem Friedhof kann man keine Liebesgeschichten erzählen.«

»Man kann alles«, sagte Vulpius. »Wenn man

Phantasie hat. Zum Beispiel so: Ein unglücklicher Liebhaber begeht Selbstmord, weil seine Geliebte nicht zu ihrem Stelldichein kommt und er sie für immer verloren glaubt. Es war aber alles nur ein Missverständnis, sie war zur verabredeten Zeit nur deshalb nicht da, weil sie eine kranke Tante pflegen musste oder so etwas.« Er kam immer mehr in Fahrt und gestikulierte in der Begeisterung über die eigenen Einfälle so heftig, dass seine frisch gefüllte Tasse überschwappte. »Als sie von seinem Tod erfährt, eilt sie auf den Friedhof und will sich auf sein Grab werfen, drängt sich durch die Menge, stößt dabei einen Sargträger an, und ...«

»Ein unglücklicher Liebhaber? Der alte Jänichen?«

»Außerhalb von Weimar kennt ihn ja niemand. Aber die Geschichte hat einen anderen Haken: Goethe kommt nicht darin vor. Und ohne Goethe, schreibt Neuber, interessiert ihn das Ganze nicht.«

»Ich halte es wirklich für einen ganz großen Fehler, wenn du ...«

Vulpius ließ seine Schwester schon wieder nicht ausreden. »Vielleicht ist ein Verbrechen besser«, sagte er nachdenklich. »Liebe und Verbrechen, damit verkauft man am meisten Bücher. Ich denke schon lang an einen Räuberhauptmann, der allen Frauen das Herz bricht.«

»Der Räuberhauptmann Jänichen?«

Aber ihr Bruder – *des Dichters Aug' in holdem Wahnsinn rollend* – hatte kein Ohr für Ironie. In seinem Kopf drängten sich die Einfälle wie Neugierige vor einer Jahrmarktbude. »So könnte es gehen: Der Tote ist nicht an einer Krankheit gestorben, sondern wurde ermordet. Vergiftet. Niemand ahnt etwas von dem Verbrechen. Am Tag der Beisetzung wird der Mörder von Reue erfasst, er eilt auf den Friedhof, um vor der Trauergemeinde ein Geständnis abzulegen, und deshalb …«

»Warum schreibst du nicht gleich, dass Goethe der Mörder war? Dann würde sich deine Broschüre bestimmt noch viel besser verkaufen. Und du wüsstest, weshalb du deine Anstellung verlierst.«

Wie jemand, der nach einer übermäßigen Kraftanstrengung erschöpft zusammensackt, saß Vulpius plötzlich ganz still am Tisch, den Kopf gesenkt. »Meinst du wirklich, dass er es mir übelnehmen würde?«, fragte er niedergeschlagen.

»Wenn er darin vorkommt, ganz bestimmt.«

»Wahrscheinlich hast du recht.«

»Bestimmt«, sagte Christiane.

»Dabei würde ich wirklich dringend ein Paar neue Hosen brauchen.«

*

Nachdem sie in der Wohnung am Jenaer Löbdergraben den ganzen Tag am *Wallenstein* gearbeitet hatten und auch gut vorangekommen waren, hätte Schiller seinen Gast gern noch zum Abendessen dabehalten, aber die unermüdliche Schaffenskraft seines Freundes hatte Goethe ermüdet – ihm selber fiel das Schreiben immer noch so schwer, als müsse er jedes Wort mit einem stumpfen Messer aus sich herausschneiden –, und er hatte das dringende Bedürfnis empfunden, ein paar Schritte an der frischen Luft zu machen. Er entschuldigte sich also unter dem Vorwand, er habe noch Briefe zu schreiben, und machte sich auf den Weg.

In der Schlossgasse traf er auf einen schäbig gekleideten Mann, der dort mit gesenktem Kopf auf einem Mauervorsprung saß, aber sofort aufsprang, als er Goethe kommen sah. Der hielt ihn zunächst für einen Bettler und wollte schon nach seinem Geldbeutel fassen, um sich mit ein paar Groschen seinen Frieden zu erkaufen, als der Mann zu seiner Überraschung eine so elegante Verbeugung machte, wie sie kein gewöhnlicher Bettler zustande gebracht hätte, und sagte: »Ich sehe schon, Eure Exzellenz erinnern sich nicht an mich. Jaja, *es vergisst sich alles in der Welt, nur verlor'ne Unschuld nicht.*« Und fügte, mit einer weiteren Verbeugung, erklärend hinzu: »Kotzebue.«

Die seltsame Gewohnheit, in Theaterzitaten zu reden und hinterher, quasi als Fußnote, deren Quelle anzugeben, ließ Goethes Erinnerung wach werden. Das musste der Mann sein, dem er auf der Rückkehr von seiner Schweizerreise begegnet war, an dem Tag, als die Kutsche im Schlamm feststeckte. Allerdings: Damals, in jener Bauernstube, hatte der Fremde, obwohl zu Fuß unterwegs, eine gewisse Eleganz gezeigt; jetzt sah seine Kleidung ärmlich aus. Das Hemd, wenn auch von gutem Stoff, war lange nicht gewechselt worden, und ein Ärmel des Rocks war zerrissen.

»Er ist der Schauspieler, nicht?«

Der Mann ließ seine Stimme tragisch zittern. »Ein Schauspieler ohne Rollen. Was bedeutet: Ich bin ein Vogel ohne Flügel.« Obwohl sie nahe beieinanderstanden, sprach er jedes Wort aus, als ob er ein großes Publikum vor sich hätte. Goethe hatte diese Unsitte auch schon bei anderen Acteurs beobachtet, die im Wirtshaus keinen Krug Bier bestellen konnten, ohne dabei zu tremolieren wie König Lear an der Leiche Cordelias.

»Ich denke, Er hatte damals etwas in Aussicht?«

»Als ich ankam, spielte schon ein anderer meine Rollen.«

»Und was bringt Ihn nach Jena?«

»Die beiden ungleichen Schwestern, die so manches Leben bestimmen: die Not und die Hoffnung. Wenn die zweite nicht wäre, man würde die erste nicht ertragen. Ah«, machte er und dehnte die Silbe wie in einer Opernarie, »ah, die Hoffnung! Sie ist, wie Vulpius einmal so richtig geschrieben hat, der Traum der Wachenden. Kennen Eure Exzellenz den Vulpius?«

»Er ist mir nicht ganz unbekannt«, sagte Goethe.

»In seinem *Saffar, König in Kumbaja* habe ich einmal den Don Francesco gespielt. Ein wunderbares Schauspiel!«

»Besser als *Torquato Tasso,* nicht?«

Wenn der Schauspieler die Gewohnheit gehabt hätte, anderen Menschen zuzuhören, wäre ihm der sarkastische Unterton in Goethes Bemerkung aufgefallen. Aber er stellte die Verbindung zu ihrem Gespräch von damals nicht her, weil er seine ganze Aufmerksamkeit für den Monolog brauchte, in dem er den schlechten Stern, unter dem sein Schicksal stand, wortreich beklagte. »Die Götter verweigern mir hartnäckig ihre Gunst.«

»Er hat also noch keine neue *compagnie* gefunden?«

»Ich habe mich bemüht, wie man sich nur bemühen kann. *Aber der Ehrgeiz ist nur der Schatten eines Traums.* Hamlet. Ich habe zweimal den Güldenstern gespielt und einmal beinahe den Hamlet.

Aber das sind alles nur noch wehmütige Erinnerungen. Heute würde ich mich schon glücklich schätzen, wenn ich im dümmsten Schwank die kleinste Rolle übernehmen dürfte.«

»Nach einer Schauspieltruppe wird Er hier in Jena vergeblich suchen.«

»Ich bin wegen Eurer Exzellenz hier.«

»Wegen mir?«

»Es ist eine lange Geschichte«, sagte der Schauspieler und begann auf der Stelle, sie gestenreich zu erzählen. Nachdem damals aus seinem erhofften Engagement nichts geworden war, hatte er seine Dienste verschiedenen anderen Theatertruppen angeboten, auch wenn er für jede Bewerbung einen langen Fußmarsch hatte auf sich nehmen müssen – »denn einen Platz in der Postkutsche konnte ich mir nicht leisten«. Er hatte sein Rollenfach aber jedes Mal besetzt angetroffen, der einzige kleine Erfolg war gewesen, dass er einmal für einen von Heiserkeit geplagten jugendlichen Helden hatte einspringen dürfen – »der Ferdinand in *Kabale und Liebe*, eine meiner besten Rollen« –, aber am nächsten Tag war sein Konkurrent wieder bei Stimme gewesen, und er hatte weiterziehen müssen, hatte schließlich – »aber den Dienst an Thaliens Altar gebe ich trotzdem nicht auf« – Stück um Stück von seinem spärlichen Besitz versetzen oder verkaufen müssen, bis ihm nur noch geblieben war, was er auf dem Leibe trug. Er war schließlich in Weimar gelandet, wo er um ein Gespräch mit dem Schatullenverwalter Kirms bat, den man ihm als obersten Beamten des Hoftheaters genannt hatte. Kirms – »seine Unhöflichkeit sollte sich als mein großes Glück erweisen!« – hatte ihn ewig warten lassen, im Vorzimmer hatte er, mehr aus Langeweile als aus Interesse, in einer Ausgabe von *Iphigenie auf Tauris* geblättert und auf dem Titelkupfer das Bild Goethes entdeckt. Da war ihm – »als ob mich der Blitz getroffen hätte!« – klar geworden, dass er diesen berühmten Mann ja kannte, dass er mit ihm, allerdings ohne ihn zu erkennen, sogar schon einmal Schnaps getrunken hatte, und auf der Stelle hatte er beschlossen – »denn wenn das nicht ein Zeichen des Schicksals war, dann gibt es keine Götter!« –, dass Goethe von der Vorsehung dazu bestimmt sei, ihm eine Anstellung und damit sein Glück zu verschaffen. Man hatte ihm gesagt, der Minister halte sich zurzeit in Jena auf, und er hatte sich – »ohne auch nur eine Sekunde zu zögern!« – unverzüglich auf den Weg gemacht, mehr als fünf Stunden war er unterwegs gewesen, und jetzt, wo er den Mann, der ihn als Einziger aus seinem Elend erlösen konnte, endlich gefunden hatte …

Mitten im Satz brach er ab, kippte zur Seite und

lag Goethe zu Füßen, den Kopf im Straßenstaub. Das war aber, anders, als der zuerst dachte, kein theatralisch dargestellter Hilferuf; der junge Mann war von der Erschöpfung und vom Hunger übermannt worden.

Schneller, als sich Geier um ein Aas versammeln, waren sie von einem Schwarm neugieriger Passanten umgeben. Was blieb Goethe also anderes übrig, als dem Gestrauchelten auf die Beine zu helfen, ihn, mehr tragend als stützend, in den Schwarzen Bären zu begleiten und ihm dort eine Portion Thüringer Klöße auftragen zu lassen, dazu ein Bier und später noch ein zweites und ein drittes? Und war es, da dieser Unglücksrabe nur seinetwegen zu Fuß von Weimar bis nach Jena gelaufen war, nicht geradezu eine moralische Pflicht, sich zu ihm an den Tisch zu setzen und ebenfalls ein Bier zu bestellen?

Der Schauspieler aß wie ein Verhungernder, schlang die Klöße so hastig in sich hinein, dass man Angst bekommen konnte, er würde früher oder später an einem allzu großen Bissen ersticken. Aber bei aller Gier ließ er sich dabei nicht vom Reden abhalten, beteuerte, während er schon die nächste Gabel zum Munde führte, dass er Goethe zu ewigem Dank verpflichtet sein würde, wenn dieser ihm nur die Gelegenheit geben wolle, sein Talent zu beweisen. Zwischen zwei Bissen hatte er auch schon wieder ein passendes Zitat bereit: »*Dankbarkeit ist eine Pflicht, die schöne Seelen immer reich abtragen.*« Nach einem satten Rülpser fügte er erklärend hinzu: »Iffland.«

Goethe hatte überhaupt nicht die Absicht gehabt, für diesen Bittsteller etwas zu tun, und trotzdem – *der Zufall spielt mit deinem Willen* hatte er es in *Die natürliche Tochter* einmal formuliert – hörte er sich sagen: »Vielleicht habe ich tatsächlich etwas für Ihn.« Hinterher fragte er sich, ob hier sein angeborener Sinn für Dramaturgie nach einem theaterwirksamen Abschluss der Szene verlangt hatte oder ob es vielleicht nur die Wirkung des auf leeren Magen getrunkenen, starken dunklen Biers gewesen sei. Wie auch immer: Er bot dem jungen Mann eine Arbeit in Weimar an, nicht als Schauspieler wohlgemerkt, das Tableau der Acteurs war wirklich schon vollständig, aber im Lauf der Umbauarbeiten im Theater war das Archiv mit den Rollenbüchern durcheinandergeraten und musste neu geordnet werden, und wer konnte das besser als jemand, der manche dieser Rollen schon selber gespielt hatte?

»Das Gehalt wird allerdings bescheiden sein«, sagte er, »Er wird das mit Hofkammerrat Kirms besprechen müssen, aber wenn Ihm die Aufgabe nicht zu gering erscheint …«

Es war in Jena nicht üblich, dass jemand in einem Wirtshaus plötzlich aufsprang, auf die Knie fiel und die Hand seines Gegenübers mit glühenden Küssen bedeckte. Die andern Gäste des Schwarzen Bären sahen dem Schauspiel mit viel Interesse zu.

Es gelang Goethe nur mit Mühe, seine Hand zu befreien. Um seine schon wieder bereute Großzügigkeit mit besonderer Strenge auszugleichen, sagte er: »Nach Weimar wird Er sich allerdings auf eigene Faust durchschlagen müssen. Wie heißt Er eigentlich?«

»Waldenfels«, sagte der Schauspieler. »Johann Friedrich Waldenfels.«

»Ein hübscher Name.«

»Ich habe lange nachgedacht, bevor ich ihn gewählt habe. So, wie man mich getauft hat, kann man als Schauspieler nicht heißen. Ein Name muss der Duft sein, der eine köstliche Mahlzeit ankündigt, der Trommelwirbel, der dem Auftritt der Hauptperson vorangeht.«

»Rauch und Schall«, dachte Goethe, und beschloss, die Formulierung bei nächster Gelegenheit seinem Secretarius zu diktieren.

Er wäre gern sitzen geblieben und hätte sich auch etwas zum Essen bestellt, aber das hätte bedeutet, die Gesellschaft dieses aufdringlichen jungen Mannes noch länger ertragen zu müssen. Er wollte gerade aufstehen, als Waldenfels sagte: »Wenn Eure Exzellenz mir noch einen Augenblick Ihrer kostbaren Zeit schenken wollen?« Er fasste in die Tasche seines Rocks und holte ein in grünen Samt gebundenes Büchlein heraus. »Mein Erinnerungsbuch«, sagte er. »Lieber würde ich verhungern, als mich jemals davon zu trennen. Auf seinen Seiten haben sich all die bedeutenden Persönlichkeiten verewigt, denen ich im Lauf meiner Wanderungen begegnet bin. Ich könnte mir keine größere Ehre vorstellen, als wenn Eure Exzellenz mich ebenfalls mit ein paar persönlichen Worten beglücken würden.«

Es gibt Situationen, in denen, wenn man nicht allzu unhöflich sein will, ein Nein unmöglich ist. Während der Schauspieler beim Wirt Feder und Tinte besorgte, blätterte sich Goethe ohne wirkliche Neugier durch das Stammbuch. Die meisten Namen, die darin vertreten waren, hatte er noch nie gehört; allzu bedeutend schienen die bedeutenden Persönlichkeiten nicht zu sein. Immerhin kam, mit einem nichtssagenden Gruß, auch Iffland darin vor; Waldenfels hatte ihm wohl einmal in einer stummen Rolle einen Speer hinterhertragen dürfen. Das Büchlein enthielt auch zahlreiche Gedichte, manche zwei-, manche vierzeilig, eines unbeholfener als das andere. So hatte ein gewisser Mackenroth, wohl ein Schauspielerkollege, geschrieben: *Nennt uns mancher auch Hundsfötter / auf der Bühne sind wir Götter.*

»Das werde ich besser machen«, dachte Goethe. Aber als Waldenfels Tinte und Feder gebracht hatte, wollte ihm nichts einfallen. Er saß da, die aufgeschlagene Seite vor sich, und brachte keine vernünftige Zeile zustande. Kein einziges Wort.

*

Vulpius, der, wie viele Leute, die im Leben wenig zu sagen haben, schon immer etwas Rechthaberisches an sich gehabt hatte, forderte sein zweites Treffen mit Goethe kategorisch ein. »Wenn ich schon aus lauter Rücksicht auf ihn darauf verzichtet habe, mir das Geld vom Verleger Neuber zu verdienen«, sagte er zu Christianen, »dann kann ich wohl auch auf der Zusage bestehen, die er mir ausdrücklich gemacht hat. Du kannst ihm ausrichten: Wenn er sein Wort nicht hält, fühle ich mich auch an meines nicht gebunden. Zehn Reichstaler werde ich für die Geschichte zwar nicht mehr bekommen, aber bei irgendeiner Zeitung wird sie sich schon unterbringen lassen.«

Von dieser Drohung, das war Christianen sofort klar, durfte Goethe nichts erfahren. Wenn man ihn zu etwas zwingen wollte, tat er gern das Gegenteil.

So hatte sie Goethe damals auch verschwiegen, dass ihr Bruder überhaupt den Plan gehabt hatte, die Geschehnisse an Jänichens Grab literarisch zu verarbeiten. Das hätte seine Abneigung gegen Christian August nur verstärkt, und sie wollte mit beiden gut auskommen und sich nicht für den einen oder den anderen entscheiden müssen.

Christiane – sie wäre die Erste gewesen, die das bestätigte – war keine gebildete Person, aber um im Leben zurechtzukommen, musste man nicht sämtliche griechischen Philosophen gelesen haben und die römischen Götter vorwärts und rückwärts buchstabieren können. Im Umgang mit Menschen waren andere Qualitäten wichtig, vor allem für eine Frau. Dass sie Goethe schließlich dazu brachte, einem zweiten Treffen mit Vulpius zuzustimmen, war denn auch weniger ihrem angeborenen diplomatischen Geschick zu verdanken als der Tatsache, dass sich hinter dem Bettvorhang andere Argumente einsetzen ließen als auf offener Bühne.

Goethe sagte also zu, nahm sich aber insgeheim vor, aus dem Gespräch ein Kreuzverhör zu machen, in dem er diesem Möchtegern-Dichterling so gründlich seine Grenzen aufzeigen wollte, dass der es nie mehr wagen würde, sich selber als Schriftsteller zu bezeichnen. In Zukunft, dafür wollte er sorgen, sollte sich Vulpius gefälligst auf das beschränken, was seines Amtes war: Bücherzettel ausschreiben und säumige Benutzer an die pünktliche Rückgabe ausgeliehener Bände erinnern. *Quod licet Iovi, non licet bovi.*

Am vereinbarten Abend ließ er Vulpius erst einmal warten. Als sie sich dann endlich am Tisch gegenübersaßen, gab ihm schon dessen erste Frage Gelegenheit, seinen Vorsatz in die Tat umzusetzen. Vulpius wollte nämlich wissen: »Welche Themen sind Ihrer Meinung nach geeignet, die Grundlage für ein Buch zu bilden?«

»Solche, die erheben und belehren. Keine anderen.« Was unmissverständlich hieß: Nicht die Themen, mit denen Sie in Ihren Büchern die Seiten füllen.

»Das ist eine Bedingung, die sich nicht immer leicht wird erfüllen lassen«, wandte Vulpius ein, »sie würde verlangen, dass der Autor immer klüger zu sein hat als seine Leser.«

»Wenn er das nicht ist«, sagte Goethe, »woher nimmt er dann die Berechtigung, überhaupt zu schreiben?«

Attacke, Riposte, Touché.

»Wenn er aber gar kein anderes Ziel hat, als die Menschen zu unterhalten …«

»… dann soll er sich einen zahmen Affen kaufen und damit über die Dörfer ziehen.«

Eigentlich, schien es Goethe, war das Duell damit schon gewonnen. Vulpius' Gegenfrage klang denn auch fast weinerlich.

»Ist es denn so verwerflich, den Menschen Freude bereiten zu wollen?«

»Ganz und gar nicht«, sagte Goethe. Vulpius atmete erleichtert auf, und Goethe freute sich, dass sein Gegner die Falle, die er ihm damit stellte, gar nicht bemerkt hatte. »Freude sei selbstverständlich jedem gegönnt«, fuhr er fort. »Lessing hat sie sogar *die süßeste Wollust* genannt. *Gaudeamus igitur*, wie es in dem alten Lied heißt. Aber ...« Er ließ die Pause länger und noch länger werden und schien ganz vergessen zu haben, was er eigentlich hatte sagen wollen. Ohne Eile brach er eine Ecke von dem Huckelkuchen ab, den Christiane für sie auf den Tisch gestellt hatte, und betrachtete das süße Teil so eingehend, als handle es sich um einen ungewöhnlich gefärbten Kristall, für den er den richtigen Ort in seiner Sammlung suchte. Er wartete, bis Vulpius seine Frage wiederholen wollte, ließ ihn dann aber nicht zu Wort kommen, sondern fuhr fort: »Freude ist natürlich etwas Erfreuliches, wenn Sie mir die Tautologie gestatten wollen, aber wer sich nur sie und nichts anderes zum Ziel gesetzt hat, der soll sich dann nicht Dichter nennen. Den Menschen Freude bereiten kann auch ein Hofnarr.«

»Aber wenn ein Thema nun mal eine vergnügliche Darstellung erfordert …«

»… dann soll er sich ein anderes Thema suchen.«

»Sie liegen nicht auf der Straße.«

»Wer dort sucht, findet ohnehin nur Schmutz.« Um sich die Freude über die treffende Riposte nicht anmerken zu lassen, biss Goethe in das Kuchenstück. Christiane hatte ihr Werk allzu reichlich mit Puderzucker bestreut, und so sah es jetzt aus, als sei ihm ein weißer Schnurrbart gewachsen.

»Nehmen wir an«, versuchte Vulpius die Frage anders zu stellen, »*posito,* man erlebt zufällig etwas, das einem berichtenswert erscheint …«

»Das kann durchaus ein Anlass sein, etwas zu schreiben.«

»Eben«, sagte Vulpius erleichtert.

»Schon Aristoteles hat gesagt: *Erfahrung ist der Anfang aller Kunst.* Aber …« Wieder machte Goethe eine dramatische Pause. »… mehr als ein Anfang kann es nicht sein. Entscheidend ist, was man daraus macht. Ein Haufen Steine ist noch kein Haus.«

Vulpius dachte sehnsüchtig an den Sarg, der senkrecht im Grab gestanden hatte und über den er nicht hatte schreiben dürfen. »Wenn man bei einem Ereignis dabei war, das auch andere interessieren könnte, dann sollte man es doch auch zu Papier bringen.«

»Auf gar keinen Fall.«

»Sie sagten gerade …«

»Nicht, wenn am Schluss eine bloße Abbildung dasteht. Das ist Sache der Zeitungschreiber, dieser tintenfingerigen Aasgeier der Wirklichkeit.« Noch während er die Worte aussprach, überlegte Goethe, ob die Formulierung wohl aufbewahrenswert wäre, verwarf den Gedanken aber gleich wieder. »Tintenfingerige Aasgeier« war vielleicht doch zu barock.

»Ist es nicht Aufgabe des Schriftstellers, die Dinge abzubilden?«

»Aber doch nicht einfach so, wie sie sind! Das kann jede Bauernmagd, wenn sie berichtet, wie der Knecht aus dem Apfelbaum gefallen ist. Der Dichter muss die Auster sein, die aus den Sandkörnern des Alltags Perlen macht. Aus kleinem Anlass Großes schaffen – das ist die wahre Kunst.«

»So wie ich es in meiner *Rose* gemacht habe?«

»Ich bin diesem Werk leider nie begegnet«, sagte Goethe und sprach das Wort »Werk« so verächtlich aus, als ob er sich gleich die Hände waschen müsse.

»Ein Roman. Eine tragikomische Erzählung. Dreizehn Oktavbogen – und alle sind von einer Kleinigkeit im wahrsten Sinne des Wortes inspiriert: von den Kunstblumen, die meine Schwester immer noch gern herstellt, obwohl sie natürlich schon lang nicht mehr als Putzmacherin … obwohl sie es nicht mehr des Geldes wegen tun muss.«

»Ein Roman über eine Blume? Ungewöhnlich – aber nichts wirklich Neues. Dieser von Hardenberg – wie nennt er sich doch? Novalis – hat wohl mit seiner blauen Blume etwas Ähnliches versucht.«

»Bei mir ist es eine Rose. Künstlich, aber wunderschön. Sie wandert von Hand zu Hand, und zu jedem Besitzer erzähle ich eine Geschichte.«

»Stückwerk also? Nun ja, wer keinen Stoff besitzt, muss eben Fetzen zusammennähen.«

Wieder ein Treffer.

»Warum mögen Sie mich eigentlich nicht?«, fragte Vulpius.

»Darum geht es nicht. Sie wollen meine Meinung hören, also werden Sie sie auch anhören müssen. Ob sie Ihnen gefällt oder nicht. Aber wenn es keine weiteren Fragen gibt … Ich habe noch zu arbeiten.«

»Doch«, sagte Vulpius eifrig. »Ich habe noch Fragen. Zum Beispiel: Wo soll der Schriftsteller Ihrer Meinung nach seine Themen suchen?«

»Die Frage ist falsch gestellt«, sagte Goethe. »Ein Dichter sucht nicht. Er findet. Ideen müssen einem zufliegen wie … wie …« Er brach mitten im Satz ab, weil seine Gedanken wie schlecht erzogene Hunde seinen Worten nicht folgen wollten. »Du machst dich lächerlich«, sagte sein Kopf. »Weil dir nämlich schon etliche Zeit gar nichts mehr zufliegt. Obwohl du doch eigens eine Reise unternommen hast, um dich von neuen Eindrücken inspirieren zu lassen. Die Musen haben deinen Namen aus ihren Listen gestrichen, aber du plusterst dich auf, als hättest du heute Morgen den *Werther* und am Nachmittag den *Götz von Berlichingen* geschrieben.«

Von diesen Selbstzweifeln, die seit einiger Zeit immer häufiger und immer drängender wurden, von den Ängsten, die ihn manchmal von einem Augenblick auf den anderen überfielen wie Fieberschübe einen Kranken, von dieser Schwäche, die so gar nicht zu ihm passte und gegen die er schon so lange vergeblich ein Mittel suchte, von all dem durfte er sich natürlich nichts anmerken lassen, »nicht vor diesem Vulpius«, dachte er, »diesem Schreibautomaten, dem die Worte so leicht aus der Feder zu fließen scheinen, wie die Kuh scheißt.«

Um vorzutäuschen, dass ihn nur sein Hunger vom Weiterreden abgehalten habe, biss er in das nächste Stück Huckelkuchen. Zum weißen Schnurrbart kam jetzt auch noch die Andeutung eines Bartes.

»Ich müsste ihn darauf aufmerksam machen«, dachte Vulpius, »es sieht lächerlich aus.« Aber er sagte natürlich nichts.

Stattdessen fragte er: »Wenn einem, wie Sie sagen,

die Ideen zufliegen sollen – kann man etwas tun, um dafür empfänglich zu sein?«

»Ohne es zu wissen, stellt er die richtigen Fragen«, dachte Goethe, »nämlich diejenigen, auf die ich keine Antwort weiß.« Und sagte so leichthin wie möglich: »Man kann die Musen nicht zwingen. Den einen verwöhnen sie mit Köstlichkeiten aller Art, den anderen setzen sie vor Teller, die andere längst leer gegessen haben. Ein vernünftiger Mensch drängt sich nicht an ihren Tisch, wenn dort kein Platz für ihn gedeckt ist. Man sollte, wie das Sprichwort sagt, stets bei seinen Leisten bleiben – es ist nicht jeder Schuster ein Hans Sachs.«

»Aber es muss doch Methoden geben …«

»Lesen«, sagte Goethe. »Das ist das Einzige, was weiterhilft. Wer schreiben will, muss lesen, wie ein Koch essen muss, um zu wissen, was von ihm erwartet wird.«

»Ich lese mehr als jeder andere.«

»Die Menge allein macht es nicht. Sonst wären die dicksten Köchinnen auch die besten. Es kommt aber darauf an, was man mit den Zutaten anstellt. Manche Leute machen auch aus dem edelsten arabischen Hengst nur Pferdewurst.«

Es tat Goethe gut, Vulpius zu beleidigen. Vielleicht hatte Christiane recht, und er sollte regelmäßig ein Gespräch mit ihm führen.

»Wünschen Sie noch etwas zu sagen, Herr Registrator?«

»Ja«, sagte Vulpius. »Sie haben Puderzucker im Gesicht.«

*

Der Ätna, so erklärten sich das die alten Griechen, spie immer dann Feuer, wenn sich der Schmiedegott Hephaistos über die Untreue seiner Gattin Aphrodite geärgert hatte. Bei Goethe waren es die Musen, die ihm untreu geworden waren, aber die dramatische Szene, mit der er Christianen so erschreckte, sein Schreien und Wüten und schließliches Weinen, kam für sie ebenso plötzlich wie ein Vulkanausbruch und ließ sich ebenso wenig aufhalten wie ein Lavastrom. »Weißt du, an wen er mich in diesen Momenten erinnert?«, sagte sie am nächsten Tag zu ihrem Bruder. »An den kleinen August, wenn ihm ein Lieblingsspielzeug zerbrochen ist und er sich durch nichts und niemanden trösten lassen will.«

Goethe selber hätte den Verlust, der ihn so aus der Fassung gebracht hatte, anders bezeichnet, hätte vielleicht von einem verlorenen Handwerkszeug gesprochen oder sogar von einem verschwundenen Lebenselixier, aber im Grund traf Christiane mit diesem Vergleich exakt den wunden Punkt: Die Fähigkeit zum Schreiben, zum Formulieren von Ideen und Gedanken, war immer wie ein Spielzeug für ihn gewesen, und wenn er nicht mehr damit spielen konnte, dann konnte er sich des Lebens nicht mehr freuen.

Und dabei hatte der Abend doch so gut begonnen.

Goethe war wieder einmal im Schloss zur Tafel befohlen worden, eine Ehre, die ihm schon zur vertrauten und beinahe selbstverständlichen Gewohnheit geworden war. Abende wie diesen, an denen Serenissimus keine weiteren Gäste geladen hatte, genoss er ganz besonders, weil sie dann das höfische Protokoll auch einmal vergessen und sich fast wie Ebenbürtige unterhalten konnten, nicht ganz von Gleich zu Gleich, natürlich, aber doch wie zwei Männer, die sich für dieselben Dinge interessierten und über dieselben Dinge lachten, *similis simili gaudet.* Natürlich durfte man dabei nie vergessen, dass man auch ohne Tischgesellschaft nicht wirklich unter sich war, weil immer noch die Bediensteten anwesend waren, stumme Figuren zwar nur, aber sie besaßen doch Ohren und Münder und hatten schon mancherlei Privates auf die Straße getragen.

Über die wirklich wichtigen Dinge wurde deshalb immer erst gesprochen, wenn die Tafel aufgehoben war und sich der Herzog seine Pfeife hatte anzünden lassen, ein kostbares Stück mit einem aus Meerschaum geschnitzten Türkenkopf, von einer osmanischen Gesandtschaft noch zu Zeiten seines Vaters als Gastgeschenk mitgebracht. Goethe mochte es nicht, wenn in seiner Gegenwart geraucht wurde, nicht nur, weil ihm hinterher jedes Mal die Augen brannten, sondern weil er den Tabakgenuss für eine Angewohnheit von Schmauchlümmeln hielt, ein Laster, das einen zum Denken und Dichten unfähig machte. Aber der Herzog war der Herzog, er bestimmte die Regeln, und – wie Goethe einmal zu Christianen gesagt hatte – »selbst wenn er die Gewohnheit hätte, nach jeder Mahlzeit ein Gläschen Jauche zu trinken, es würde einem nichts anderes übrig bleiben, als tapfer zu lächeln und ihm zuzuprosten«.

Auch an diesem Abend hatte man nur über unwichtige Dinge geplaudert, die Auflösung der Ostindien-Kompanie und ob man *Der Zauberflöte zweiter Teil* für das Hoftheater übernehmen sollte. Erst als der letzte Lakai das Speisezimmer verlassen hatte, sagte der Herzog: »Ich habe eine angenehme Überraschung für Ihn. Er wird bald einen Orden bekommen.«

»Ich wüsste nicht, womit ich mir eine solche Ehre von der Hand Eurer Hoheit verdient hätte.«

»Doch nicht von mir«, sagte der Herzog. »Obwohl …« Seine Pfeife wollte nicht richtig brennen, und er musste immer wieder paffen, um die Glut nicht ausgehen zu lassen. »Obwohl … Über den Hausorden vom Weißen Falken ließe sich durchaus … Nicht gerade gleich das Großkreuz, aber wenn Er gern Ritter werden möchte … Doch darüber reden wir ein andermal. Nein, ich meinte den preußischen Adlerorden. Seltsam eigentlich, dass Orden so gern nach Vögeln … Ob es wohl auch einen Sperlingsorden gibt?«

»Wohl nur im Lande Liliput, Hoheit.«

»Liliput, sehr gut. Sehr witzig. Was wollte ich …? Der rote Adlerorden, ja. Verliehen durch den jungen König von Preußen.«

»Warum sollte Seine Majestät …?«

»Ein Orden ist billiger als ein Geldgeschenk.«

Die Pfeife brannte jetzt richtig. Goethe bemühte sich, der Rauchwolke, die in seine Richtung zog, so unauffällig wie möglich auszuweichen; seinen Stuhl wegzurücken wäre unhöflich gewesen.

»Ich scheine heute von langsamer Auffassung zu sein«, sagte er. »Ich verstehe nicht, warum der preußische König auf den Gedanken kommen sollte, mich auszuzeichnen. Meines Wissens hat er keinerlei Interesse an Literatur.«

»Aber er hat Interesse daran, bejubelt zu werden.

Und das wird mein liebster Minister so meisterhaft besorgen, wie er an ihrem Geburtstag die Herzogin bejubelt hat. Die Sache ist die …«

Nach dem Tod seines Vaters war der preußische König Friedrich Wilhelm zwar gekrönt worden, es hatten aber damals, wegen der Staatstrauer um den verstorbenen Vorgänger, keine großen Festlichkeiten stattgefunden. Das sollte nun, ein Jahr später, mit einer großen Huldigungsfeier in Berlin nachgeholt werden, und sämtliche deutschen Landesfürsten waren dazu eingeladen.

»Wir werden dort vor allem *acte de présence* machen müssen«, sagte der Herzog, »so wie man im Theater ein Dutzend als Soldaten verkleidete Figuranten auf die Bühne schickt, um den Schauspieler in der Rolle des Feldherrn mächtiger erscheinen zu lassen. Ich hätte mir die Umstände gern erspart, aber noch lieber erspare ich mir die diplomatischen Verwicklungen, die eine Absage zur Folge hätte. Diese Hohenzollern sind immer gleich beleidigt.«

Er widmete sich seiner Pfeife, die wieder einmal mehr Aufmerksamkeit benötigte als ein kranker Säugling, und schien dabei völlig zu vergessen, was er eigentlich hatte sagen wollen. Dann fiel es ihm doch wieder ein. »Ich habe beschlossen, meinen lieben Goethe nach Berlin mitzunehmen, so wie er mich vor ein paar Jahren in den Krieg gegen die französischen Revolutionäre begleitet hat. Wobei«, fügte der Herzog lachend hinzu, »die Langeweile solch feierlicher Veranstaltungen eine schrecklichere Bedrohung sein kann als jede Kanonade. Aber wer einen Orden haben will, muss dafür schon etwas aushalten.«

»Es wird mir eine große Ehre sein«, sagte Goethe. »Als bescheidener Diener der Musen unter all den gekrönten Häuptern. Aber warum sollte mir Seine Majestät einen Orden verleihen wollen?«

»Wegen des Geschenks, mit dem ich ihn überraschen werde.«

Manchmal, wohl weil es in der Regel niemand wagte, ihn mit einer Frage zu unterbrechen, hatte der Herzog die leidige Gewohnheit, Dinge nicht zu Ende zu erklären, aber trotzdem zu erwarten, dass man seine Wünsche verstand. Goethe war einer der wenigen, die sich Nachfragen erlauben konnten.

»Welches Geschenk, Hoheit?«

»Manchmal ist Er wirklich schwer von Begriff. Die zeremonielle Huldigungsgabe, die man bei solchen Anlässen zu überreichen hat. Habe ich das nicht gesagt? Die Hofmarschallämter haben unter sich vereinbart, dass jeder der Regierenden ein besonders wertvolles Produkt seines Landes mitbringt. Und da sich mein Herzogtum durch nichts mehr auszeichnet als durch seine Geistesgrößen, habe ich beschlossen, dass Er dieses Geschenk sein soll.«

»Ich?«

»Keine Angst«, sagte der Herzog und amüsierte sich so sehr über den eigenen Einfall, dass er sich am Tabakrauch verschluckte, »Er soll Sein Leben nicht in preußischer Sklaverei verbringen. Aber ich will die anderen gekrönten Häupter mit dem Besten beeindrucken, das mein Land zu bieten hat, und deshalb wird Er beim Staatsbankett als mein Geschenk sein Preisgedicht auf Friedrich Wilhelm vortragen.«

»Welches Gedicht meinen Hoheit?«

»Das muss natürlich noch geschrieben werden. Aber das wird ja einem Mann von Seinen Gaben keine Schwierigkeiten bereiten. Ich staune immer wieder darüber, wie Ihm die Verse so ganz von selber aus der Feder fließen.«

Christianen sagte Goethe zunächst nichts von dem Auftrag zu einem Gedicht, berichtete nur mit gespielter Begeisterung vom Versprechen eines Ordens, betonte, welche Ehre es für ihn bedeuten werde, mit all den Fürsten an einer Tafel zu sitzen, und begann auch schon, all die bedeutenden Persönlichkeiten aufzuzählen, die er in Berlin kennenzulernen hoffe. Bis ihn Christiane mit einer Frage unterbrach: »Warum bist du dann nicht glücklich?«, wollte sie wissen.

»Ich bin glücklich«, sagte Goethe. »Glücklich und dankbar.«

»Und ich bin dankbar, dass ich mit einem ehrlichen Menschen zusammenleben darf. Zum Lügner fehlt dir das Talent. Ich sehe dir doch an, dass du dich nicht freust.«

»Es ist nur … Ich soll dort ein Gedicht vortragen. Vor diesem erlauchten Publikum. Das macht mir Sorgen.«

»Lampenfieber? Du?«

»Nein, natürlich nicht. Aber … Dieses Gedicht …«

Manchmal, wenn der kleine August furchtbar unglücklich war, musste man lang auf ihn einreden, bis er einem endlich verriet, was ihn plagte, und meistens war es dann ein ganz unwichtiges Problem, das sich leicht lösen ließ. »In diesem Punkt sind sich Vater und Sohn wirklich sehr ähnlich«, dachte Christiane.

»Was ist mit diesem Gedicht?«

»Es ist noch nicht … Ich muss es noch …«

»Von ein paar Versen wirst du dir doch die Freude an dieser Einladung nicht verderben lassen.«

Wenn sie gehofft hatte, ihn durch diese Worte zu beruhigen, wurde die Hoffnung enttäuscht. Goethe begann ganz unvermittelt zu brüllen. »Ein paar Verse?«, schrie er. »Du weißt ja nicht, was du sagst!«

Und dann brach alles aus ihm heraus, eben wie bei einem Vulkan, der in einer Minute noch friedlich erscheint und in der nächsten eine ganze Stadt in Schutt und Asche legt. »Wie soll ich denn ein Gedicht schreiben, ein Gedicht für einen König, wo ich noch nicht einmal einen Zweizeiler für ein Stammbuch zu formulieren weiß? Worüber soll ich mich denn freuen, wo ich mich vor den Mächtigen aus ganz Deutschland lächerlich machen werde, wo ich … wo ich …«

Nicht einmal für die eigene Hoffnungslosigkeit wollten ihm die richtigen Worte einfallen, und so fegte er – auch das hätte der kleine August nicht anders gemacht – mit einer großen Geste die Karaffe und das Weinglas vom Tisch. Und dabei war die kostbare Karaffe doch ein Geschenk der Herzoginmutter Anna Amalia gewesen.

Und dann, ein Vulkan, der sich in seinem Ausbruch erschöpft hat, veränderte sich seine Stimmung schlagartig. Goethe, der große Goethe, der berühmte Dichter, Geheimrat und Minister, Goethe begann zu weinen. Vom Schluchzen regelrecht geschüttelt, legte er den Kopf auf die Arme – auch in dieser Geste glich er, ohne es zu merken, seinem Sohn – und gab sich ganz der Verzweiflung hin. Christiane trat hinter ihn und strich ihm mütterlich mit der Hand über die Haare.

»Es wird schon wieder werden«, sagte sie. »Du wirst das schon schaffen. Und wenn es gar nicht geht – ich bin sicher, mein Bruder würde noch einmal einspringen.«

»Das kommt nicht in Frage!« Goethe hatte die Worte schreien wollen, aber seine Stimme hatte keine Kraft mehr. »Das kommt überhaupt nicht in Frage!«, flüsterte er.

*

Nur wegen eines Gelegenheitsgedichts, redete er sich ein, durften all die Ämter und Aufgaben, die ihm der Herzog im Lauf der Jahre übertragen hatte, nicht vernachlässigt werden, und so kam Goethe zu seiner Erleichterung in den nächsten Tagen nicht dazu, mit den Huldigungsversen zu beginnen. Da war die Arbeit der Wege- und Wasserbaukommission, die vorangetrieben werden musste, der Umbau des Theaters war zu überwachen, und um die Leitung des botanischen Gartens in Jena hatte er sich auch viel zu wenig gekümmert. Außerdem stellte sich heraus, dass der Kauf des Gutes in Oberroßla ein Fehler gewesen war; der Pächter legte jeder Verbesserung, die man ihm vorschlug, tausend Steine in den Weg. Nein, Goethe hatte wirklich keine Zeit, um an den bestellten Text zu denken.

»Dabei denkt er die ganze Zeit an nichts anderes«, sagte Christiane zu ihrem Bruder.

»Ich weiß, wie es sich anfühlt, wenn man etwas Bestelltes noch nicht geschrieben hat«, sagte Vulpius.

»Aber er will es nicht zugeben«, sagte Christiane.

Goethe versuchte sich einzureden, seine Angst vor dem Schreiben sei eine ungefährliche Krankheit, der man nur genügend Zeit zur Selbstheilung geben müsse, die Feierlichkeiten in Berlin fänden ja nicht morgen oder übermorgen statt, und noch jeder gordische Knoten habe sich irgendwann zerhauen lassen – er dachte vieles und tröstete sich mit nichts, denn je mehr Ausreden er sich einfallen ließ, desto weniger glaubte er an sie. Eigentlich wusste er sehr genau, dass er die ganze Zeit nur die Wahrheit des alten Sprichworts bestätigte, wonach einer, der einmal von einer Brücke gefallen ist, jeden Steg scheut.

»Er rennt sich selbst davon«, sagte Christiane zu ihrem Bruder.

»Ich würde den Text wirklich gern für ihn schreiben«, sagte Vulpius.

»Ein zweites Mal wird er das nicht zulassen«, sagte Christiane.

Als ihm gar kein anderes Problem mehr einfiel,

das er hätte vorschieben können, lud Goethe den Hofmaler Kraus an den Frauenplan ein und besprach mit ihm, in welcher Farbe das große Speisezimmer neu gestrichen werden könne, das Grün habe ihm noch nie gefallen, es sei, scheine ihm, der Lebendigkeit von Tischgesprächen nicht zuträglich. Die beiden diskutierten noch bis in die Nacht hinein über den Charakter und die Wirkung von Farben, und Kraus kam erst gegen Mitternacht und ziemlich betrunken wieder zu Hause an.

Nur das Gedicht war immer noch nicht geschrieben.

Dann brachte Vulpius, der mit allen Kopisten und Schreibern Weimars befreundet war, die Nachricht, dass der Herzog den Huldigungstext bei dem Staatsbankett auch noch in schriftlicher Form überreichen wolle; Hunnemann, der Kalligraph des Hofes, habe bereits den entsprechenden Auftrag erhalten. Der Text musste also noch früher vorliegen, und die Zeit wurde immer knapper.

Als Goethe durch Christiane von dieser neuen Schwierigkeit erfuhr, hätte er die Überbringerin der schlechten Nachricht am liebsten in den nächsten Brunnen werfen lassen, wie das die Spartaner mit dem persischen Gesandten getan hatten, als ihnen dessen Botschaft nicht behagte. Man komme eben zu nichts, schimpfte er, weil man zu Hause auch nicht die kleinste Hilfe habe. Statt Domestikengerüchte herumzutratschen, hätte sich Christiane besser erkundigen sollen, welche Kleiderordnung bei dem Staatsbankett vorgeschrieben sei, er nehme an, für einen solch feierlichen Anlass komme nur das seidene Galakleid mit *chapeau bas* in Frage, das er sich vor ein paar Jahren für den Besuch jenes russischen Großfürsten habe anfertigen lassen. »Damals hätte ich mich malen lassen sollen«, sagte er. »Mit dem Kavaliersdegen an der Seite muss ich so elegant ausgesehen haben wie der jugendliche Held in einem Ritterstück.«

Er bestand darauf, dass das Kleid auf der Stelle für eine Anprobe geholt werde, nur um zu seinem Schrecken feststellen zu müssen, dass die Zeiten jugendlichen Heldentums für ihn ein für alle Mal vorbei waren. Seit dem Besuch jener russischen Gesellschaft war er ein paar Jahre älter und – das war in diesem Fall das Entscheidende – auch ein paar Jahre dicker geworden. Als er zur Probe in die höfische Verkleidung schlüpfte, ließ sie sich nicht einmal konvenabel schließen. Ob aus aufgestautem Ärger oder einfach aus Ungeduld, Goethe versuchte, dem widersetzlichen Kleidungsstück mit Gewalt seinen Willen aufzuzwingen, aber als er den ersten Knopf endlich in sein Knopfloch bugsiert hatte, gab der dünne Stoff den Kampf verloren und platzte – in

Goethes Ohren klang es wie der Schuss aus einem Pistol – im Rücken auseinander.

Christiane, in einem armen Elternhaus aufgewachsen und deshalb in solchen Dingen notgedrungen so geschickt geworden wie die beste Schneiderin, machte sich anheischig, den Schaden zu beheben, musste aber bald einsehen, dass sich hier mit Nadel und Faden so wenig ausrichten ließ wie mit einem Glas Wasser gegen eine Feuersbrunst. »Irgendwie lässt sich alles zusammenstücken«, sagte sie, »aber wie man es auch anstellt, das Kleid wird dadurch noch enger. Und selbst wenn mir das Wunder gelänge, es irgendwie wieder passend zu machen – die Flickstelle würde man doch sehen.«

Wenn auch die Kleidung für die Wertschätzung eines Menschen nicht entscheidend sein durfte – *vestimentum non facit monachum* –, war für Goethe die Vorstellung dennoch unerträglich, an einem Treffen höchster und allerhöchster Herrschaften auftreten zu sollen wie ein Bettler, der sich seine schäbige Kleidung aus Lumpen zusammenstoppeln muss. Er befahl deshalb, auf der Stelle den Schneidermeister Werhahn herbeizurufen, widerrief dieses Kommando aber gleich wieder, denn Werhahn arbeitete vor allem für den Hof, und jeder wusste, dass die Schneider noch klatschsüchtiger waren als die Kammerdiener. Die Nachricht von seinem peinlichen Missgeschick würde sich in der Weimarer Gesellschaft so schnell verbreiten wie die Druse in einem Gestüt, denn in dieser Stadt war es ganz egal, ob man seine Geheimnisse in ein Erdloch flüsterte wie der Barbier des Midas oder ob man sie gleich auf dem Markt ausrief. Das Ergebnis war immer dasselbe: Letzten Endes wusste jeder alles von jedem. Man hatte ihm schon vor längerer Zeit zugetragen, dass Frau von Stein in vertrauter Runde über ihn gesagt habe, er sei entsetzlich dick geworden, eine unnötige Bosheit, aus der, daran hatte er keinen Zweifel, vor allem die Eifersucht sprach; seine alte Freundin hatte ihm die Entscheidung für Christiane bis heute nicht verziehen. Warum sollte man solchen Giftmäulern noch mehr Futter geben?

Statt zu Werhahn wurde Ernestine also zum Schneider Armbrecht geschickt, der in Weimar zwar nur der zweite Mann seines Fachs war, aber gerade deshalb die Ehre, für den Minister von Goethe arbeiten zu dürfen, zu schätzen wissen würde. Armbrecht kam, wurde zum Schweigen vergattert und besah sich den Schaden. Zu reparieren sei hier nichts mehr, meinte er, aber wenn er in seiner Werkstatt alles andere liegen lasse, was er für den hochverehrten Herrn Geheimrat selbstverständlich jederzeit gern täte, ließe sich ein neues Staatskleid durchaus in drei Tagen herstellen.

»Also bis zum Freitag?«

»Im Prinzip ja, und es wäre mir eine große Ehre, Eurer Exzellenz dienlich zu sein. Es gibt da nur eine ganz kleine Schwierigkeit.«

Die kleine Schwierigkeit entpuppte sich als unüberwindliches Hindernis. Sie bestand darin, dass die besondere matte Seide, die als einzige für diesen speziellen Auftrag infrage kam, in Weimar nirgends vorrätig war. »Ich werde natürlich noch heute bei meinen Kollegen herumfragen«, sagte Armbrecht katzbuckelnd, »aber ich will Eurer Exzellenz keine falschen Hoffnungen machen. Material dieser Qualität wird in unserer kleinen Stadt selten nachgefragt, und immer einen Ballen davon auf Vorrat zu halten übersteigt die Möglichkeiten eines einfachen Schneidermeisters.«

Es stellte sich heraus, dass man die Seide – wenn dort überhaupt welche zu haben war – aus Magdeburg kommen lassen musste, was auch mit Extrapost drei oder vier Tage dauern würde, und auch das nur bei günstigsten Straßenverhältnissen. »In einer Woche kann ich Eurer Exzellenz die Lieferung garantieren, und wenn der Stoff in Magdeburg nicht zu finden ist, dann eben in zweien. Reicht das aus?«

Nein, das reichte natürlich nicht aus, und Armbrecht wurde ungnädig entlassen.

Als Goethe am nächsten Morgen aufwachte, war er fest davon überzeugt, die Lösung für sein Kleiderproblem gefunden zu haben. Aber als er sich den letzten Schlaf aus den Augen gerieben hatte, wurde ihm schmerzlich klar, dass sich Morpheus einen Scherz mit ihm erlaubt und ihn nur deshalb mit Hoffnung erfüllt hatte, um sie im unbarmherzigen Tageslicht wieder zerstören zu können. Im Traum hatte in der Kostümsammlung des Theaters ein perfekt sitzendes Staatskleid auf ihn gewartet, aber das war eben keine Erleuchtung gewesen, sondern ein Irrlicht, denn unter den Kostümen hätte sich bestenfalls der Turban für einen fernöstlichen Potentaten, die Rüstung für einen mittelalterlichen Ritter oder die Kutte für einen Mönch finden lassen, und weder als Ritter noch als Mönch würde er am Berliner Hof willkommen sein.

Und selbst wenn das eleganteste Staatskleid an einem Bügel für ihn bereitgehangen hätte, vom bestellten Huldigungsgedicht wäre damit noch keine Zeile geschrieben gewesen. Die Zeit drängte immer mehr, und Goethes Laune wurde immer unerträglicher.

Ganz vorsichtig, gewissermaßen auf Zehenspitzen redend, versuchte Christiane anzudeuten, wenn es gar nicht anders gehe, könne vielleicht doch ihr Bruder einspringen und sich an dem Text versuchen, aber sie löste damit bei Goethe nur den nächsten Vulkanausbruch aus. Das komme überhaupt nicht in Frage, schrie er, wenn die unerforschlichen Götter beschlossen hätten, ihm die Fähigkeit zum Schreiben zu rauben, sei er allemal Manns genug, sich diesem Schicksal zu stellen, so ein Unvermögen sei schließlich keine größere Schande, als wenn jemand durch eine Krankheit erblinde oder durch eine Explosion das Gehör verliere, und wenn es denn sein müsse, sei er auch bereit, die eigene Unfähigkeit öffentlich einzugestehen, jawohl, zum Herzog werde er gehen und den Auftrag zurückgeben, noch heute werde er sich bei Serenissimus melden lassen und von allen seinen Ämtern zurücktreten, zum Galgen werde der ihn deswegen nicht gleich verurteilen. Und was ihren Bruder angehe, dem erteile er hiermit Hausverbot, keinen Fuß solle er mehr über diese Schwelle setzen, *punctum*, Streusand!

Vulpius kam dann aber doch, ließ sich von seiner Schwester nicht aufhalten und drang sogar ins Allerheiligste des Arbeitszimmers ein, wo Goethe gerade vergeblich versuchte, sein Rücktrittsschreiben zu formulieren.

»Ich bringe gute Nachricht«, sagte Vulpius. »Der Herzog ist vom Pferd gefallen.«

Das war geschehen: Ein kläffender Hund, wie

man sich erzählte ein Pudel, hatte das Pferd des Herzogs scheuen lassen, der war, obwohl ein guter Reiter, aus dem Sattel geworfen worden und hatte sich am Bein verletzt. »Es ist nichts gebrochen, sagt Hofmedikus Huschke, eine vollständige Heilung werde nicht auf sich warten lassen, aber er empfiehlt ihm dringend, mindestens zwei Wochen lang jede Belastung zu vermeiden und diese Zeit am besten liegend und mit hochgelagertem Bein zu verbringen.«

Serenissimus ließ Goethe kommen und teilte ihm mit, dass aus dem Adlerorden wohl nichts werde. »Die Schmerzen sind zwar durchaus erträglich«, sagte er, »aber eine Kutschenfahrt nach Berlin ist ausgeschlossen, und so werden wir beide in Weimar bleiben müssen. Damit entfällt auch die Notwendigkeit zu einem Gastgeschenk, obwohl ich keinen Zweifel daran habe, dass mein lieber Goethe das Gedicht schon längst geschrieben hat. Vielleicht wird sich ja bei anderer Gelegenheit Verwendung dafür finden. Ich hoffe, Er ist jetzt nicht allzu traurig.«

Goethe versicherte, er werde die Enttäuschung mannhaft zu ertragen wissen.

*

Das Schlimmste an Goethes Zustand war die ständige Angst, seine Schwäche könne entdeckt werden. Wäre er nicht schon vor dem bloßen Gedanken, eine Feder auch nur anzufassen, zurückgeschreckt, er hätte in diesen Tagen ein Gedicht über Samson verfassen können, der als junger Mann fähig gewesen war, einen Löwen mit bloßen Händen zu zerreißen, dann aber seine Kraft verlor und mit seinem geschorenen Kopf zum Gespött der Philister wurde. Auf die Dauer, das war ihm klar, würde auch ihm die ganz große Peinlichkeit nicht erspart bleiben: Er würde dem Herzog seine Unfähigkeit zu jener Tätigkeit gestehen müssen, die Serenissimus am meisten an ihm schätzte. Irgendwann, es konnte morgen geschehen oder in einer Woche, würde er wieder einen ähnlichen Auftrag bekommen und wieder nur auf ein leeres Blatt starren.

Am liebsten hätte er wie ein Ertrinkender um Hilfe geschrien, aber wer sollte ihn retten? Wer konnte ihm nachfühlen, wie sehr er unter dem Verlust einer Fähigkeit litt, von der die meisten Menschen noch nicht einmal ahnten, dass es überhaupt möglich war, sie zu besitzen? Nur jemand, der selbst auch Dichter war, würde verstehen, welche Qual es für einen *homme de lettres* bedeutete, wenn sich ihm die Worte verweigerten, aber einem Wieland oder einem Schiller konnte er sich schon gar nicht anvertrauen, sie hätten ihn für seine Schwäche zwar nicht verachtet, aber ihr Mitleid wäre noch viel schwerer zu ertragen gewesen.

Goethe schlief schlecht in dieser Zeit, schreckte immer wieder aus Albträumen auf und war am Morgen so müde, dass er sich am liebsten wie ein Schwerkranker den ganzen Tag unter der Decke verkrochen hätte. Schließlich war es dann, zu seiner eigenen Überraschung, genau dieses Gefühl eines *morbus incognitus*, das ein Strohfeuer der Hoffnung in ihm entflammte. Vielleicht, überlegte er, war er ja wirklich krank, vielleicht hatte sein vernebelter Kopf eine körperliche Ursache, eine Vergiftung, die ihn am Finden von Worten hinderte, wie einen eine verstopfte Nase am Riechen hindern konnte. Vielleicht war es eben doch nicht, wie Schiller behauptete, der Geist, der sich den Körper baute, vielleicht regierte der Körper den Geist, und wenn dem so war, dann mochte sich das zwar auf unangenehme Weise auswirken, aber es eröffnete gleichzeitig auch eine Aussicht auf Besserung; es war schließlich das Wesen von Krankheiten, dass sie sich diagnostizieren und damit auch heilen ließen.

Goethe ließ also Hofmedikus Huschke kommen und bat ihn um eine gründliche Untersuchung. Er schilderte ihm das Problem, oder doch etwas, das dem Problem nahekam, sagte, er habe seit einiger

Zeit große Mühe, sich zu konzentrieren, und befürchte, dass sich das irgendwann auf seine dienstlichen Obliegenheiten auswirken könnte.

Huschke war eine Enttäuschung. Er wirkte beim Versuch, Selbstverständlichkeiten als wissenschaftliche Erkenntnisse zu verkleiden, nicht überzeugender als der Hochstapler Sganarelle in Molières *Arzt wider Willen.* Goethes Übergewicht, von Huschke immer nur als »Eurer Exzellenz' Embonpoint« bezeichnet, schien ihm die Ursache aller Übel zu sein, auch die Information über die Hämorrhoiden ließ ihn bedenklich den Kopf schütteln, und als Fazit meinte er, aus beidem schließen zu müssen, dass Goethe wohl an Blutverdickung leide, was sich aber durch regelmäßiges Anlegen von Blutegeln, in diesem speziellen Fall auch am After, leicht verbessern lasse. Des Weiteren – aber es war bekannt, dass er dieses Allheilmittel allen seinen Patienten empfahl – riet er zu einer strengen Diät sowie zum völligen Verzicht auf Wein und Bier. »Außerdem«, sagte er zum Schluss, »dürften Eure Exzellenz, wenn ich mir die Vermutung gestatten darf, durch die Vielzahl der mit Ihren Ämtern verbundenen Aufgaben übermäßig belastet sein, weshalb ich empfehle, sich für einige Wochen aller nicht unumgänglichen Tätigkeiten zu enthalten und vor allem, hochverehrter Herr Minister, nicht zu dichten.«

Bei Molière wurde Sganarelle zum Schluss verprügelt. Goethe wäre diesem Vorbild gern gefolgt, aber die Etikette erforderte es, dass er sich bei Huschke für dessen Ratschläge höflich bedankte, auch wenn er nicht die geringste Absicht hatte, sie zu befolgen, schon gar nicht, was die Diät anbelangte.

Vielleicht – das war der nächste Strohhalm, nach dem er griff – war der Ursprung des Übels ja doch nicht in einer körperlichen Störung zu finden, sondern es waren die zahllosen prosaischen Amtsgeschäfte, die seinen Gedankenfluss behinderten, so wie ein formloses Geschiebe aus kleinsten Kieseln selbst den mächtigsten Strom aufstauen konnte. Wenn das die Ursache war, brauchte es vielleicht nur die richtige Anregung, um die verschüttete Schöpferkraft wieder aufzustöbern, so wie ein Spürhund die Fährte aufnahm, wenn man ihm ein Kleidungsstück des Vermissten vor die Schnauze hielt.

Goethe ließ sich also vom Secretarius Geist die Kartei mit den auf der Reise gemachten Notizen bringen, in der Hoffnung, dass die eigenen Gedankenblitze seinen Schöpfergeist wieder erhellen würden. Aber alles, was ihm im Moment der Erfindung so glänzend erschienen war, kam ihm beim Wiederlesen vor wie lauter Katzengold.

Unter den Gedankenfetzen – ja, Fetzen, zu mehr hatte es nicht gereicht – war wenig Anregendes zu finden, dafür manches, das ihm in seiner Situation wie bittere Ironie erschien. *Man muss etwas sein, um etwas zu machen,* hatte er Geist diktiert, und jetzt, wo es sich anfühlte, als ob er nie mehr etwas machen würde, kam es ihm vor, als ob er auch selber nichts mehr wäre, nur eine als Dichter verkleidete Vogelscheuche, auf die noch nicht mal die dümmste Saatkrähe auf Dauer hereinfallen würde. Auf einem anderen Zettel stand: *Mancher klopft mit dem Hammer an der Wand herum und glaubt, er treffe jedes Mal den Nagel auf den Kopf,* und genau das tat er jedes Mal, wenn er zu schreiben versuchte, nur dass da nirgends ein Nagel war und der Hammer ihm immer wieder aus der Hand fiel. Eine weitere Notiz schien gar geradezu prophetischen Charakter zu haben: *Ein irdischer Verlust ist zu bejammern / ein geistiger treibt zur Verzweiflung hin* – der Zweizeiler beschrieb seinen Zustand in schmerzhafter Exaktheit, denn einen größeren Verlust, als der Sprache nicht mehr mächtig zu sein, konnte es für einen Menschen wie ihn nicht geben.

Die erhoffte Inspiration brachten ihm die Notizen nicht, sie machten ihn nur wütend, und er beschloss, sie alle zu verbrennen – ein *falò delle vanità* mit ihnen zu veranstalten, so wie Savonarola damals in Florenz einen Scheiterhaufen aus eitlem Plunder in Brand gesetzt hatte –, nur um die Zettel eine Minute später doch wieder aus dem Kamin zu klauben, in dem in dieser Jahreszeit zum Glück kein Feuer brannte. Wer eine Hungersnot erwartet, muss mit den Brosamen sorgsam umgehen.

Schließlich entschloss sich Goethe als *ultima ratio* zu einem Experiment, von dem er zwar überzeugt war, dass es nur scheitern könne, aber wenn der gerade Weg nicht zum Ziel führte, musste man es eben mit dem krummen probieren. Aus dem Keller, in dem Christiane die Vorräte ihres Haushalts so sorgsam und wohlgeordnet verwahrte wie ein König die Kostbarkeiten seiner Schatzkammer, holte er drei Äpfel, suchte dabei die runzligsten aus, von denen zu hoffen war, dass sie schon bald beginnen würden zu faulen, und legte sie in sein Schreibpult. In Schillers Arbeitszimmer in Jena roch es immer nach verrotteten Äpfeln, und Schiller hatte ihm versichert, gerade dieses Miasma sei es, das seine Inspiration befördere, ein besseres Mittel zur Anregung der Schöpferkraft könne er sich nicht vorstellen. Nachdem Goethe bei einem Besuch in Jena wegen des Gestanks einmal beinahe ohnmächtig geworden wäre, hatte er das Thema mit Professor Hufeland von der Naturforschenden Gesellschaft besprochen, und der hatte über Schillers Theorie nur gelacht und ihm versichert, ein Zusammenhang zwischen Fäulnisgeruch und künstlerischer Potenz sei aus wissenschaftlicher Sicht völlig auszuschließen, er vermute eher, dass sich die austretenden Gase positiv auf Schillers Bronchien auswirkten, und wenn der von einem chronischen Katarrh geplagte Dichter freier atmen könne, sei das bestimmt auch seiner Schaffenskraft förderlich.

Trotz dieser Zweifel machte sich Goethe an den Selbstversuch, musste aber auf die Bestätigung oder die Enttäuschung seiner Hoffnungen lange warten. Die Äpfel wollten einfach nicht faulen; es schien sich um besonders widerstandsfähige Exemplare zu handeln, anders hätten sie wohl auch nicht seit dem letzten Herbst im Keller überlebt. Erst nachdem Goethe mit dem Federmesser kleine Löcher in die Schalen gebohrt hatte, begann der Fäulnisprozess, bestätigte aber nur Hufelands These: Außer einer täglich stärker werdenden Übelkeit verspürte Goethe keinerlei Wirkung, und seine Schwierigkeiten beim Schreiben verminderten sich in keiner Weise.

Als er eines Morgens wieder in sein Arbeitszimmer schlich wie ein Kettensträfling in den Steinbruch, schien ihm die Atmosphäre dort plötzlich angenehmer zu sein, er atmete auch freier und meinte schon, Schillers Rezept habe seine Wirkung doch noch getan. Aber Christiane zerstörte die schöne Illusion. Sie habe drei angefaulte Äpfel aus seinem Schreibpult entfernen müssen, sagte sie, sie frage sich wirklich, wie er sie dort habe vergessen können, der Gestank sei ja nicht auszuhalten gewesen. Und überhaupt seien die vorjährigen Gravensteiner nur noch zum Kochen geeignet, um frische zu essen, müsse er sich noch ein paar Wochen gedulden, frühestens dann würden die ersten Jakobiäpfel reif sein. Dass sich Goethe besser fühlte, war also nicht auf die faulenden Früchte, sondern, im Gegenteil, auf deren Abwesenheit zurückzuführen, womit auch seine letzte Hoffnung zerstört war.

Und dann, ohne den Entschluss dazu bewusst gefasst zu haben, hörte er sich zu Christianen sagen: »Ich glaube, ich sollte mich mal wieder mit deinem Bruder unterhalten.«

Seine Lebensgefährtin war an seine wechselnden Launen so sehr gewöhnt, dass sie sich keinerlei Überraschung anmerken ließ. Sie erinnerte ihn auch nicht daran, dass er Christian August Hausverbot erteilt hatte, sondern sagte nur: »Ich glaube nicht, dass er Zeit für lange Gespräche haben wird. Er schreibt gerade zwei Romane.«

»Zwei?«

»Es tut es nicht gern, weil ihm dabei die Geschichten manchmal durcheinandergeraten. Aber in seiner Lage hat er keine Wahl, sagt er. Er kann es sich nicht leisten, Aufträge abzulehnen.«

»Zwei Romane?« Goethe konnte es nicht fassen. »Und da fällt ihm immer etwas ein?«

»Es muss ihm etwas einfallen. Er sagt, ein Schuhmacher, bei dem jemand ein Paar Stiefel bestellt hat, kann auch nicht sagen, er habe heute gerade keine Lust auf Leder.«

Goethe hatte Christianes Bruder nie gemocht und mochte ihn jetzt noch weniger. Aber die Tatsache, dass Vulpius sich offenbar jederzeit hinsetzen und Worte zu Papier bringen konnte, dass dieser kleine Bibliotheksbeamte Blatt um Blatt mit einer Leichtigkeit zu füllen verstand, die für seinen Dienstherrn nur noch eine wehmütige Erinnerung war, dass er so etwas wie die Blockade, gegen die Goethe vergeblich ankämpfte, nicht einmal zu kennen schien – all das machte ihn zum Hüter eines Geheimnisses, für dessen Besitz jede Abneigung zu überwinden war, so wie in dem Märchen, das August so gut gefallen hatte, die Prinzessin einen Frosch küssen musste.

»Er soll bei mir vorbeikommen«, sagte Goethe.

»Ist es etwas Dienstliches?«

»Ja«, sagte Goethe. »Wenn man so will, ist es dienstlich.«

»Er wird mich fragen, um was es geht.«

Goethe zögerte nur ganz kurz und sagte dann: »Ich will mich mit ihm über Literatur unterhalten.«

*

Als Vulpius ankam, hatte er Tintenflecken an den Fingern, gewissermaßen als Wahrzeichen seines Berufes, so wie man einen Köhler an den Rußspuren in seinem Gesicht erkannte oder einen Schankwirt am Geruch nach Fusel. Wenn man so wollte, konnte man die Tatsache, dass er sich nicht einmal die Zeit für Seife und Bimsstein genommen hatte, als Kompliment auffassen: So eilig hatte er es gehabt, Goethes Einladung zu folgen, dass er die Feder hatte fallen lassen und losgerannt war.

Wenn man dagegen schlecht gelaunt war, ließ sich dieselbe Tatsache auch als Respektlosigkeit eines Untergebenen deuten, der keine Notwendigkeit gesehen hatte, zu einem Gespräch mit seinem Vorgesetzten so gepflegt zu erscheinen, wie man das erwarten konnte.

Wenn einem aber die Galle überlief – und auf Goethe traf das in diesen Tagen eigentlich immer zu –, konnte man die Tintenflecken auch als hinterhältige Botschaft verstehen: Sieh her, sollten sie wohl sagen, ich bin derart inspiriert, spüre in mir so sehr jene *inflammatio animi,* von der Cicero schreibt, dass die Tinte nur so spritzt, wenn ich mich ans Werk mache, während du …

Oder vielleicht war dieser Vulpius ja auch nur ein unordentlicher Mensch, dem die eigenen schmutzigen Finger gar nicht auffielen.

Goethe wusste nicht so recht, wie er das Gespräch beginnen sollte, denn diesmal war es nicht sein Besucher, der etwas von ihm, sondern er, der etwas von seinem Besucher wollte, sie hatten die Rollen getauscht, der Wohltäter war jetzt der Bettler und der Bettler der Wohltäter, und für den neuen Part, den er zu spielen hatte, fehlte ihm die Erfahrung. »Mein lieber Vulpius«, sagte er zur Begrüßung – eine *captatio benevolentiae* konnte nie schaden –, »ich habe über unser letztes Gespräch nachgedacht, und mir scheint, dass ich zu hart mit Ihnen umgesprungen bin.«

»Wer Ratschläge nicht erträgt, soll nicht nach ihnen fragen.«

Das war eine sehr korrekte Antwort, aber für Goethes empfindliche Ohren klang sie doch eher so, als ob Vulpius sich selber von etwas zu überzeugen suchte, an das er nicht wirklich glaubte. Dass ihn Goethes Kritik damals verletzt hatte, war nicht zu übersehen gewesen.

»Man neigt manchmal – Sie werden das kennen –

zum Übereifer, wenn es um das Schreiben geht. Es ist nun mal der Kern unseres Wesens.«

Wenn man an den eigenen Worten ersticken könnte, hätte Goethe in diesem Moment nach Luft gerungen. »Unseres Wesens«, hatte er gesagt, aber natürlich betrachtete er Christianes Bruder keineswegs als wesensgleich oder gar ebenbürtig, so wenig wie ein Löwe sein Ebenbild in einem Hauskater erkannt hätte. Doch Vulpius, mit seiner anscheinend unerschöpflichen Fähigkeit, Papier mit Worten zu füllen, war seine letzte Hoffnung, und einen Verdurstenden durfte es nicht kümmern, ob das Wasser in einem Brunnen sauber war.

»Ich habe manches von Ihnen gelesen, das wirklich …«

»… das wirklich gut ist«, hatte er sagen wollen, aber das brachte er dann doch nicht über die Lippen und schloss den Satz so: »… das gar nicht so schlecht ist.«

»Ich danke Ihnen.« Vulpius war doch tatsächlich errötet, wie ein junges Mädchen, dem zum ersten Mal ein Verehrer ein Kompliment macht. »Welches meiner Werke meinen Sie im Besonderen?«

Darauf wusste Goethe keine Antwort und musste sich in eine Ausrede flüchten. »Heben wir uns solche Einzelheiten doch für ein anderes Mal auf«, sagte er schnell. »Heute möchte ich mich mit Ihnen über einen Aspekt Ihrer Arbeit unterhalten, den ich ganz besonders bewundere.«

Er sprach tatsächlich von Bewunderung, obwohl »Neid« das richtigere Wort gewesen wäre.

»Welchen Aspekt meinen Sie?«

»Wie mir Christiane erzählt, arbeiten Sie zurzeit an zwei Romanen gleichzeitig.«

»Das stimmt«, sagte Vulpius.

»Unglaublich«, sagte Goethe.

»Ich habe es mir nicht ausgesucht«, sagte Vulpius, »aber ich muss die Aufträge nehmen, wie sie kommen.«

»Erzählen Sie mir davon.«

Durch diese Aufforderung ermuntert, geriet Vulpius gleich wieder in die wortreiche Begeisterung, die so kennzeichnend für ihn war. »Es sind beides eher komische Geschichten, wie schon die Titel zeigen. Die eine heißt *Abenteuer und Fahrten des Bürgers und Barbiers Sebastian Schnapps.* Damit bin ich schon bald fertig. Der Verleger Kummer in Leipzig hat zwanzig Oktavbogen bestellt, und sechzehn sind geschrieben. Ich hätte das Manuskript auch schon abgeliefert, wenn nicht gleichzeitig dieser andere Auftrag vom Buchhändler Hartmann in Berlin … Noch einmal sechzehn Bogen. *Harlekins Reisen und Abenteuer.* Die beiden Geschichten haben leider eine gewisse inhaltliche Ähnlichkeit, worüber ich nicht glücklich bin. Man bringt da leicht etwas durcheinander. Andererseits lassen sich manche Motive auch doppelt verwenden.«

»Ich könnte das nicht«, sagte Goethe, und das war sein erster ehrlicher Satz in diesem Gespräch.

»Es ist nicht Ihre Art von Büchern.«

»Natürlich nicht. Überhaupt nicht. Aber man kann von Kollegen trotzdem immer etwas lernen. Erzählen Sie mir doch, wie Sie bei der Arbeit vorgehen. Von Dichter zu Dichter, gewissermaßen.«

Die Gleichsetzung machte Vulpius so glücklich, wie der höchste Orden des preußischen Königs Goethe nicht hätte glücklich machen können. »Gern, wenn ich Ihnen damit dienlich sein kann … Obwohl … Unsere Umstände sind doch sehr verschieden. Ich für meine Person komme zum Beispiel immer nur abends zum Schreiben, weil ich ja tagsüber in der Bibliothek beschäftigt bin.«

»Abends, aha.« Vielleicht war auch das etwas, das man ausprobieren sollte.

»Nach einem ganz kleinen Abendessen. *Plenus venter non scribet libenter,* wenn ich mir erlauben darf, das alte Sprichwort so abzuändern. Aber bei meinem Gehalt kommt man auch gar nicht in die Versuchung, allzu reichlich zu speisen. Was natürlich kein Vorwurf sein soll.«

»Erzählen Sie mir genauer, wie Sie vorgehen.«

»Ich setze mich in meine Küche – einen anderen Ort zum Arbeiten habe ich nicht –, und dann … Ja, dann schreibe ich.«

»Einfach so?«

»Ich nehme mir jeden Tag ein bestimmtes Pensum vor und gestatte mir nicht, zu Bett zu gehen, bevor es nicht geschafft ist. In der Regel ist das ein halber Oktavbogen.«

Goethe konnte es nicht fassen. »Acht Buchseiten? Jeden Tag?«

»Die Verleger zahlen so wenig, dass ich mir nicht erlauben kann, langsamer zu arbeiten.«

»Und es fällt Ihnen immer etwas ein?«

»Natürlich nicht.«

»Das wäre auch nicht auszuhalten gewesen«, dachte Goethe.

»Manchmal«, berichtete Vulpius weiter, »sitze ich volle zehn Minuten da und habe die ganze Zeit kein Wort geschrieben.«

Zehn Minuten? Bei Goethe waren es jetzt schon Wochen.

»Und … Haben Sie eine bestimmte Methode, um – wie soll ich sagen? – die Einfälle wieder anzulocken, wenn die mal ausnahmsweise nicht von selber kommen?«

Vulpius wirkte verlegen. »Ich habe da etwas …

Ich weiß selber nicht, warum es wirkt. Aber Sie werden mich auslachen.«

»Ganz bestimmt nicht«, sagte Goethe und fühlte die Spannung eines Jägers, der dabei ist, eine lang verfolgte Beute endlich aufzustöbern. »Erzählen Sie es mir doch einfach.«

»Erzählen lässt es sich nicht gut. Ich muss es Ihnen zeigen. Ich habe es auch August beigebracht.«

August?

»Es geht so.« Zu Goethes Überraschung zog Vulpius seinen Rock aus und legte ihn über eine Stuhllehne. Dann kniete er auf den Boden – einen Augenblick lang dachte Goethe verwirrt an die Anrufung eines Schutzheiligen –, stützte die Hände auf den Boden und ging in den Kopfstand. An den gestreckten Beinen wurden nicht ganz saubere Gamaschen sichtbar. »So mache ich das«, sagte Vulpius mit gepresster Stimme, »aber die Methode ist wohl nicht für jeden geeignet.«

»Nein«, dachte Goethe, »für jeden ganz bestimmt nicht.«

»Ich kann es nicht erklären«, sagte Vulpius und kam wieder auf die Füße, »aber es bringt mich jedes Mal auf neue Gedanken.« Ein bisschen verlegen schlüpfte er wieder in seinen Gehrock.

»Das ist interessant«, sagte Goethe. »Wirklich sehr interessant. Aber …«

»Ja?«

»Rein theoretisch … Stellen Sie sich vor, Sie haben den Auftrag für ein Buch bekommen oder, sagen wir, für ein Gedicht, der Termin für die Ablieferung rückt näher, und Sie haben noch kein Wort zu Papier gebracht. Was würden Sie dann tun?«

»Ist es so schlimm?«, fragte Vulpius.

»Was meinen Sie?«

»Ich hatte Sie so verstanden, dass Sie von sich selber … Aber wenn es natürlich nur eine rein theoretische Überlegung ist …«

Auf seiner ersten Schweizerreise war Goethe einmal in den Alpen an eine Stelle gekommen, wo ein Stück des schmalen Pfades weggebrochen war, kein großes Stück, aber doch zu viel, als dass man die Lücke mit einem Schritt hätte überqueren können. Wenn man weiterkommen wollte, musste man springen, nicht sehr weit, aber man wusste doch, dass man, wenn man sich allzu ungeschickt anstellte, über hundert Fuß in die Tiefe stürzen konnte. Damals hatte er keinen Augenblick gezögert. Jetzt, wo auch wieder ein Sprung von ihm gefordert war, zwar nicht über einen Abgrund hinweg, aber doch in eine unangenehme Vertraulichkeit hinein, brauchte er länger, um sich zu überwinden, sagte dann aber schließlich doch: »Ja, Sie haben recht,

Vulpius. Ich selber bin es, der mit diesem Problem zu kämpfen hat.«

»Und Sie möchten, dass ich noch einmal für Sie einspringe?«

»Nein!« Goethe sagte es lauter, als er beabsichtigt hatte.

»Auf meine Diskretion können Sie sich jederzeit verlassen.«

»Daran zweifle ich nicht«, sagte Goethe. »Aber ich kann nicht dauernd fremde Krücken benutzen. Ich komme mir vor wie einer, der das Gehen verlernt hat.«

»Und ich soll es Ihnen wieder beibringen?«

»Ach, wenn Sie das könnten! Wenn das überhaupt jemand könnte!«

»Ich werde mein Bestes tun«, sagte Vulpius. »Aber zuerst müssen Sie mir das Problem ganz genau beschreiben.«

Goethe begann zu erzählen und spürte schon nach den ersten Sätzen, wie sehr es ihn erleichterte, endlich jemandem sein ganzes Elend schildern zu können, auch wenn er diesen Jemand nicht mochte. Er erzählte von seinem Scheitern an den Geburtstagsversen, die er so oder so ähnlich doch schon ein Dutzend Mal ohne jede Anstrengung verfasst hatte, von seiner Unfähigkeit, auch nur einen harmlosen Stammbuchspruch zu formulieren, und gestand sogar die panische Angst, die ihn erfasst hatte, als er glaubte, sich vor den versammelten Fürsten Deutschlands lächerlich machen zu müssen.

Vulpius unterbrach ihn nicht, sondern hörte aufmerksam zu. Und sagte, als Goethe seine Jeremiade beendet hatte: »Ich bin zwar kein Arzt. Aber gegen diese Krankheit meine ich, ein Rezept zu wissen.«

*

Was Vulpius vorgeschlagen hatte, war Unsinn, natürlich war es Unsinn. Aber wer am Verhungern ist, kocht auch aus Steinen Suppe, und so beschloss Goethe, den Versuch, an dessen Erfolg er nicht glaubte, trotzdem zu wagen; besser als sich von Hofmedikus Huschke Blutegel an den Hintern legen zu lassen, war es allemal. Er zog sich für das Experiment in sein Gartenhaus zurück; den Versuch im Arbeitszimmer am Frauenplan in Angriff zu nehmen, wäre ihm wie eine Entweihung vorgekommen. Papier, Tinte und angespitzte Federn lagen bereit, und dem Secretarius Geist hatte er befohlen, ihm jede Störung vom Hals zu halten, er wolle sich an einer schwierigen Arbeit versuchen, die all seine Konzentration brauche – eine Ausrede, die, wenn man es richtig betrachtete, gar keine war;

es ging, was seine Existenz als Dichter betraf, ja tatsächlich um Leben und Tod.

»Mir scheint«, hatte Vulpius gesagt, »ohne damit wohlverstanden auch nur die geringste Kritik äußern zu wollen, mir scheint, Ihr Problem könnte etwas damit zu tun haben, dass Sie bei allem, was Sie schreiben, den Anspruch haben, etwas Bedeutendes zu Papier zu bringen.«

»Warum sollte man sonst schreiben?«

»Natürlich, selbstverständlich, es steht mir auch nicht zu, das in Frage zu stellen. Aber …« Vulpius hatte gezögert. Man merkte: Er fürchtete sich davor, Goethes Wohlwollen, das ihm so unvermutet zuteilgeworden war, allzu sehr auf die Probe zu stellen.

»Ja?«

»Wenn ich es mit einem Vergleich aus der Theaterwelt, die uns ja beiden vertraut ist, sagen darf: Eine Sängerin, die immer nur die höchsten Töne singt, wird irgendwann heiser, und wenn sie sich nicht mäßigt, nicht gewissermaßen vom Fortissimo zum Piano wechselt, besteht die Gefahr, dass sie eines Tages die Stimme ganz verliert.«

»Ich verstehe nicht, was Sie meinen«, hatte Goethe gesagt, obwohl er Vulpius sehr wohl verstanden hatte.

»Nehmen wir die Sache mit dem Stammbuch,

von dem Sie erzählt haben. Als dieser Waldenfels Sie um ein paar Zeilen bat. Übrigens …« – Vulpius, der jede Art von Klatsch liebte, hatte der Abschweifung nicht widerstehen können – »… übrigens ein sehr von sich eingenommener junger Mann, den Sie da die Rollenbücher ordnen lassen. Wie man hört, beschränkt er sich nicht auf seine Arbeit, sondern spielt den Romeo und hat schon jeder Demoiselle des Ensembles die Cour geschnitten.«

»Das interessiert mich jetzt nicht.«

»Ich bitte um Verzeihung. Das Stammbuch also. Ich zweifle keine Sekunde daran, dass Sie ohne jede Schwierigkeit etwas hätten hineinschreiben können.«

»Das konnte ich eben nicht.«

»Aber nur, weil Sie … Lassen Sie es mich so sagen: Sich zwei gereimte Zeilen auszudenken hätte für einen Mann wie Sie überhaupt kein Problem sein dürfen. Aber weil Sie nicht einfach ein Mann sind wie andere, sondern der berühmte Dichter Goethe, ein Mensch, den jedermann so selbstverständlich ein Genie nennt wie mich einen Bibliotheksregistrator, weil es schon Leute gibt, die weissagen, man werde einmal unsere ganze Ära nach Ihnen benennen – aus all diesen Gründen konnten Sie in jenem Wirtshaus die Feder nicht in die Hand nehmen, ohne gleich die bedeutendsten Stammbuchverse der Weltgeschichte schreiben zu wollen. Wenn Sie nicht diesen Anspruch an sich gestellt hätten – und ich befürchte, zu viel von sich zu verlangen ist Ihnen so sehr zur Gewohnheit geworden, wie eine Krankheit chronisch werden kann –, wenn Sie in jenem Moment nicht völlig vergessen hätten, wie unwichtig diese lächerliche Aufgabe doch eigentlich ist, dann wäre Ihnen selbstverständlich ein Reim eingefallen. Tausend Reime. So etwas schüttelt man aus dem Ärmel. *Ich wünsche Dir für jedes Stück / auf der Bühne sehr viel Glück* oder *Auf deiner Karriere Pfade / führe dich Thaliens Gnade.*«

»Aber das ist doch Schund!«

»Natürlich«, hatte Vulpius gesagt und schien den Tadel als Lob zu empfinden, »genau darum geht es. Sie müssen lernen, dass man den Pegasus nicht immer nur reiten kann. Manchmal muss man ihn auch schinden, wenn man ein Fell zum Verkaufen haben will.«

»Das müssen Sie mir genauer erklären«, hatte Goethe gesagt. Und Vulpius, der sich gern reden hörte, hatte sich nicht zweimal bitten lassen.

»Nehmen wir, um meine Überlegung an einem Ihnen Ebenbürtigen zu exemplifizieren, William Shakespeare. Von ihm sagt man, er habe seine Stücke ohne jede Anstrengung geschrieben, der erste

Entwurf sei auch immer schon die endgültige Fassung gewesen. In Wirklichkeit wird ihm sein Beruf wohl nicht ganz so leichtgefallen sein, aber er hatte das Glück, dass zu seiner Zeit das Stückeschreiben noch als Handwerk betrachtet wurde und nicht als Kunst. Wer fürs Theater schrieb, wurde nicht höher eingeschätzt als der Schreiner, von dem man sich einen Stuhl, oder der Schneider, von dem man sich eine Weste anfertigen ließ. Das war Shakespeares großer Vorteil. Ich bin sicher: Wenn seine Theatertruppe nicht einfach spielbare Stücke für ganz bestimmte Schauspieler und ein ganz bestimmtes Publikum bei ihm bestellt hätte, sondern immer nur Meisterwerke – er hätte schon bald keinen Buchstaben mehr zu Papier gebracht. Große Kunst konnte er nur schaffen, weil er gar nicht daran dachte, es zu versuchen.«

»Ich müsste also meine eigenen Ansprüche senken«, hatte Goethe nachdenklich gesagt.

Aber Vulpius hatte den Kopf geschüttelt. »Im Prinzip ja. Ich glaube nur nicht, dass Ihnen das so leicht möglich sein wird. Es sich einfach nur vorzunehmen wird nicht reichen. Nicht wenn man allzu oft bestätigt bekommen hat, dass man etwas Besonderes ist.«

»Wie meinen Sie das?«

»Ich glaube, jeder Erfolg – nicht, dass ich jemals einen wirklichen gehabt hätte – macht einem die nächste Arbeit schwerer. Weil er die Maßstäbe verändert. Wenn ich den *Werther* geschrieben hätte und den *Götz von Berlichingen* und den *Tasso*, mit all dem Ruhm und all den Ehrungen und all dem Applaus – ich würde nie mehr einen *Sebastian Schnapps* zustande bringen. Ständig würde ich mich an mir selber messen, und irgendwann würde mir die Tatsache, dass ich früher einmal solche herausragenden Gipfel erklommen habe, den Mut nehmen, mich auch nur an den kleinsten Hügel zu wagen. Die Angst, ihn nicht mehr in gleicher Bravour erklimmen zu können, wäre einfach zu groß.«

»Der Mann ist gar nicht so dumm«, hatte Goethe gedacht.

Sie hatten dann eine ganze Weile geschwiegen, und schließlich hatte Goethe gemeint: »Es gibt also keine Hoffnung für mich?«

»Doch«, hatte Vulpius gesagt. »Ich selber kann Ihnen vielleicht nicht helfen. Aber vielleicht meine Großmutter. Hat Ihnen Christiane nie von ihr erzählt? Sie war eine ungewöhnliche Frau. Wir haben sie natürlich nur als Kinder gekannt und hatten immer ein wenig Angst vor ihr. Man sagte, sie sei eine Hexe.«

Sich mit Vulpius zu unterhalten war, wie seine

Bücher zu lesen: Er sprang von einem Thema aufs andere, scheinbar ohne jeden Zusammenhang.

»Eine Hexe?«

»Nicht wirklich, natürlich. Sie stand nicht mit dem Teufel im Bund oder ritt auf einem Besen zum Blocksberg. Aber sie wusste Dinge, die andere Leute nicht wussten, und wer keinen Arzt bezahlen konnte, klopfte bei ihr an und bat um Hilfe.«

»Warum erzählen Sie mir das?«

»Entschuldigen Sie. Es tut mir leid.«

Goethe beobachtete es nicht zum ersten Mal: Dieser Vulpius plusterte sich gern auf und spielte den Weltweisen, aber sobald man ihn tadelte, knickte er ein und wurde untertänig.

»Ich weiß, es ist eine Schwäche von mir«, sagte er. »Ich erzähle die Dinge oft zu breit, vielleicht weil ich mir angewöhnt habe, mit allem, was mir einfällt, möglichst viele Seiten zu füllen. Wenn Sie mir trotzdem noch einen Augenblick Ihre Aufmerksamkeit schenken wollen …«

»Da wir nun schon mal angefangen haben …«

»Zu dieser meiner Großmutter – ich war nicht dabei, aber man hat die Geschichte in der Familie oft erzählt – kam einmal eine Frau vom Lande, eine ganz einfache Person, aber mit einem besonderen Geschick: Sie machte sehr hübsche Stickereien und trug damit Entscheidendes zum Einkommen ihrer

Familie bei. Es war für sie deshalb ein großes Unglück, als ihre Hand von einer fortschreitenden Lähmung befallen wurde; vor allem die Finger, mit denen sie die Nadel führte, ließen sich fast nicht mehr bewegen. Eine Ursache für diese Veränderung war nicht zu erkennen, und in jeder anderen Hinsicht fühlte sich die Frau vollkommen gesund. Von meiner Großmutter, der das Volk die unheimlichsten Fähigkeiten zutraute, erhoffte sie sich irgendeinen wundertätigen Tee, die Kräuter bei Vollmond auf einem Kreuzweg gepflückt und was der Aberglauben mehr sind. Doch meine Großmutter gab ihr einen ganz anderen Rat.«

In einem Buch hätte Vulpius als geübter Erzähler an dieser Stelle ein Kapitel enden lassen, um so die Spannung des Lesers zu erhöhen. Im Gespräch machte er wenigstens eine lange Pause, bevor er seine Geschichte zu Ende brachte.

»Sie riet der Frau, sie solle mit den kranken Fingern in der Nase bohren.«

»Was?«

»Oder die Katze streicheln. Einfache Dinge ohne einen eigenen Wert. ›Deine Finger müssen wieder gehen lernen, bevor sie tanzen können wie vorher‹, soll meine Großmutter gesagt haben. Und die seltsame Kur scheint tatsächlich angeschlagen zu haben. Bei uns zu Hause hing an der Wand das gestickte Bild eines Blumenstraußes, das hatte die Patientin als Dank für ihre Heilung vorbeigebracht. Sehen Sie, Herr Geheimrat, ich finde: Genau so sollten Sie es auch machen.«

»In der Nase bohren?«

»Ihre Feder das Gehen neu lernen lassen.«

Es war Unsinn, natürlich war es Unsinn, aber wo die Ärzte nicht weiterwussten, musste man es eben mit den Hexen probieren.

»Schreiben Sie etwas, das nie jemand lesen soll«, hatte ihm Vulpius geraten. »Erfinden Sie eine Geschichte, die keinen anderen Zweck hat, als Seiten zu füllen. Schreiben Sie alles hin, was Ihnen einfällt, und wenn Ihnen nichts einfällt, schreiben Sie auch das. Es muss nicht klug sein und nicht wohlformuliert und nicht einmal sinnvoll, nur geschrieben muss es werden, Wort für Wort und Satz für Satz. Bis Ihre Hand das Schreiben wieder gelernt hat, so wie diese Frau damals das Sticken.«

»Und worüber soll ich schreiben?«

»Das ist völlig egal. Über irgendetwas. Zum Beispiel …«

»Ja?«

»Ich habe da ein altes Projekt, für das ich nie die Zeit finde. Eine Räuberpistole mit viel Abenteuern und Liebe. So etwas schreibt sich leicht. Wenn einem sonst nichts einfällt, kann man immer einen

Kampf beschreiben. Pulverdampf, Säbel und eine keusche Jungfrau, die befreit werden muss. Oder nicht so keusch, je nachdem, wie Sie gerade gelaunt sind.«

»Das wäre eine Geschichte ohne jeden Wert«, hatte Goethe gesagt, und Vulpius hatte genickt und geantwortet: »Genau darum geht es! Wenn Sie erst einmal auf diese Weise zwanzig oder fünfzig Seiten gefüllt haben, wird Ihnen das Schreiben bestimmt wieder leichter fallen.«

»So viel?«

»So viel es braucht.«

»Ich wüsste nicht einmal, wie ich anfangen sollte.«

»Den ersten Satz kann ich Ihnen ja vorgeben«, hatte Vulpius gesagt. »Lassen wir das Buch so beginnen: *Ganz Italien spricht von ihm.*«

*

Ganz Italien …, schrieb Goethe.

Der Federkiel war nicht richtig zugeschnitten. Man konnte stundenlang erklären, wie man die Sachen haben wollte, aber die Leute hörten einfach nicht zu. Alles musste man selber machen.

Warum lag das Federmesser nicht da, wo es hingehörte? Man bekam wirklich keine Hilfe.

Ganz Italien …

Nein, mit der schwarzen Tinte ging das nicht, da bekam jedes Wort gleich so etwas Endgültiges. Die blaue war besser.

Aus was bestand eigentlich die blaue Farbe in der Tinte? Darüber hatte er noch gar nie nachgedacht.

Ganz Italien spricht von ihm.

Kein wirklich guter Anfang. Er musste Vulpius bei Gelegenheit erklären, wie wichtig die ersten Worte für ein Buch waren. Ein Signal für den Leser. So wie man beim Betreten eines Hauses sofort spürte, was für Leute dort lebten. Damals beim *Werther* – auf diesen Anfang war er heute noch stolz – hatte der erste Satz geheißen: *Wie froh bin ich, dass ich weg bin!* Nicht einfach ein Signal, sondern eine Fanfare.

Man müsste, überlegte Goethe, die Anfänge berühmter Romane sammeln. Vielleicht eine Broschüre daraus machen. Die verschiedenen Arten von ersten Worten miteinander vergleichen. Rabelais mit der Anrede an den Leser: *Sehr treffliche Zecher und ihr, meine kostbaren Venusbrüder.* Oder die ganz sachliche Information wie bei Defoe: *Ich bin geboren zu York im Jahre …*

Was immer das Jahr gewesen war.

Egal.

So eine Sammlung war natürlich keine Aufgabe

für ihn, aber man konnte Geist damit beauftragen. Oder vielleicht diesen Schauspieler.

Nein, der redete zu viel.

Man müsste …

»Nicht über tausend Dinge nachdenken«, hatte Vulpius gesagt. »Zu viele Gedanken sind Sand im Uhrwerk des Genies.«

Wie sollte Sand in ein Uhrwerk …?

Nicht nachdenken. Einfach schreiben.

Die Apenninen und die Täler Siziliens hallten wider von dem Namen …

Wie hieß dieser verdammte Räuberhauptmann doch gleich wieder? Vulpius hatte ihm einen Namen genannt, aber den hatte Goethe vergessen. Etwas Marktschreierisches war es gewesen, das war alles, was er noch wusste; Seiltänzer hießen so oder Feuerschlucker.

Rinaldini, natürlich.

Rinaldo Rinaldini.

… hallten wider von dem Namen Rinaldini schrieb er hin und dachte, noch bevor der letzte Buchstabe auf dem Papier stand, in bitterer Ironie: »Fürwahr, ein würdiger Nachfolger für einen Torquato Tasso.«

Die Blätter, die er hier vollkritzelte, das durfte er auf keinen Fall vergessen, musste er hinterher unbedingt zerreißen. Verbrennen. Nicht, dass er am

Ende noch jemandem erklären musste ... Was sollte er sagen, wenn ihn jemand fragte? Dass es ein Experiment gewesen sei? Ein gescheitertes Experiment? Denn natürlich würde es scheitern.

Wie hatte er auch nur eine Sekunde an solche Ammenmärchen glauben können? Nichts als hohle Worte. Der Feder das Tanzen wieder beibringen. In der Nase bohren. Die Katze streicheln.

Die Bauersfrau habe es damals zuerst auch nicht glauben wollen, hatte Vulpius gesagt. Und hatte sich ein paar Wochen später mit einem gestickten Blumenstrauß bedankt, weil sie Vulpius' Großmutter so dankbar war. Eine Votivgabe, wie nach einer Wunderheilung.

Vulpius' Großmutter. Christianes Großmutter. Des Teufels Großmutter.

»Ich mache mich lächerlich«, dachte Goethe.

»Sie werden sich lächerlich dabei vorkommen«, hatte Vulpius gesagt. »Aber dann dürfen Sie erst recht nicht aufhören.«

Damals, bei den Farbexperimenten mit dem Prisma, hatte er oft bis zum letzten Tageslicht ...

Nicht an andere Dinge denken. Überhaupt nicht denken. Einfach schreiben.

Er lebt in den Canzonetten der Florentiner, in den Gesängen der Kalabresen und in den Romanzen der Sizilianer.

Lebt? Dieser Rinaldini war so lebendig wie eine von Augusts Kasperlefiguren. Er wusste nichts von ihm und wollte auch gar nichts von ihm wissen.

Nur über ihn schreiben.

Für einen wie Vulpius wäre die Übung einfach gewesen. Seine Figuren waren alle aus denselben Zutaten zusammengerührt, Kopien von Kopien, mit Adjektiven überschüttet, wie eine Köchin eine missratene Speise überwürzt, damit man nicht merkt, wie fad sie eigentlich geraten ist. Aber Vulpius war eben kein Dichter, sondern nur ein Fabrikant von Spielzeug, dessen Hampelmänner alle nach demselben Prinzip zappelten.

Goethe hingegen …

»Ich drücke mich«, rügte er sich selber. »Wenn man ein Experiment anfängt, muss man es auch zu Ende führen.«

Aber was soll man erfinden, wenn einem jedes Interesse fehlt?

»Wenn Sie das Gefühl haben, dass Ihnen nichts mehr einfällt«, hatte Vulpius gesagt, »schreiben Sie einfach dasselbe noch mal.«

Noch einmal die Gesänge der Kalabresen und die Romanzen der Sizilianer?

»In anderen Worten natürlich.«

Er ist der Held der Erzählungen in Kalabrien und Sizilien.

Und noch mal dasselbe.

Die geschwätzigen Städtebewohner Kalabriens …

Gab es in Kalabrien überhaupt Städte? Oder nur Dörfer? Und warum sollte man dort geschwätziger sein als anderswo?

Egal.

… versammeln sich abends vor ihren Häusern, und jeder in der Versammlung weiß ein Geschichtchen vom valoroso Capitano Rinaldini zu erzählen.

Woher war dieses *valoroso* in seinen Kopf gekommen?

Ach ja, aus diesem Lied, das Faustina manchmal gesungen hatte. Ein *guerriero valoroso* war darin vorgekommen und hatte sich auf *glorioso* gereimt. Und dann auf *amoroso.*

Es war eine schöne Zeit gewesen, damals mit Faustina. Eine Zeit voller Möglichkeiten, während heute …

Nicht abschweifen.

Die geschwätzigen Städtebewohner …

Nein, das hatte er schon.

Die Hirten in Siziliens Tälern …

Warum eigentlich immer nur Kalabrien und Sizilien? War er dafür durch Italien gereist? Da gab es doch auch noch Kampanien und Venetien, die

Lombardei und das Piemont, und Rom natürlich, das wunderbare ewige Rom.

»Nichts in Frage stellen«, hatte Vulpius gesagt. »Aufs Schreiben kommt es an, nicht auf den Inhalt.«

Aber Schreiben war das, was er nicht mehr konnte.

Noch einmal durchlesen, was er bis jetzt …

»Auf keinen Fall«, hatte Vulpius gesagt. Hatte den Zeigfinger gehoben, wie Herder es tat, wenn er in einer Predigt zur Schlussmoral kam.

Eine seltsame Figur, dieser Vulpius. Ein Genie des Nebensächlichen. Man konnte sich gar nicht vorstellen, dass er Christianes Bruder sein sollte. Die beiden glichen sich überhaupt nicht.

Nein, das stimmte nicht. Natürlich hatten sie eine Menge Gemeinsames. Aber je nachdem, wie das Schicksal das Messer ansetzt, schnitzt es aus demselben Holz eine lachende oder eine weinende Maske. Was sich bei Christiane zu optimistischer Fröhlichkeit entwickelt hatte, war bei ihrem Bruder zur Verbissenheit entartet. Ob das nur am Unterschied zwischen Männern und Frauen lag?

Nicht im Kopf davonlaufen.

Schreiben.

Weiber und Mädchen, Jünglinge und Knaben hören mit Entzücken ihre Väter und Männer von Rinaldini sprechen.

Und das Vieh und die Hofhunde und die Spatzen auf dem Dach.

Er ist der Held der Erzählungen …

Zu Goethes Überraschung hatte er schon eine Seite gefüllt. Das erste Sechzehntel vom ersten Oktavbogen. Wenn man die Buchstaben ein bisschen größer machte, würde es beim zweiten Blatt noch schneller gehen.

… der Held der Erzählungen auf Wachtstuben, in den einsamen Wachttürmen der verschlossenen Soldaten an der Küste …

Denn an der Küste, das würde jeder Leser bestätigen, waren die Soldaten natürlich viel verschlossener als im Innern des Landes.

»Ich schreibe Dinge hin, ohne zu wissen, wo sie herkommen«, dachte Goethe. »Als ob ich sie aus der leeren Luft gefischt hätte. Aber genau darum geht es ja bei dieser seltsamen Kur.«

… und gibt den Seeleuten Stoff zur Unterhaltung, wenn die Langeweile eines müßigen Landlebens oder eine Windstille auf dem Meere sie quält. Von Verdecken wie von Berggipfeln, in Spinnstuben wie in blumigen Tälern ertönen die Canzonetten, die auf Rinaldini gedichtet wurden, und über so manche küssliche Lippe …

Küssliche Lippe? Das war noch nicht einmal Deutsch.

… und über so manche küssliche Lippe schleicht harmonisch der Sang …

Schleicht?

Auch egal. Weiter.

An der lauten Meeresküste / in dem Tal, in Feld und Wald / in der öden Berge Wüste …

Kein sehr sauberer Reim.

… in der öden Berge Wüste / such ich deinen Aufenthalt.

Goethe konnte es nicht fassen. Er hatte gerade – nein, nicht er, seine Hand hatte gerade ein Gedicht geschrieben. Hatte sich einfach um die Barrieren herumgeschlichen, die ihm schon so lange Zeit jeden Weg versperrten.

Natürlich war es ein ganz schlechtes Gedicht, aber das spielte keine Rolle. Für sein Schreiben galt im Moment, was Samuel Johnson über predigende Frauen gesagt hatte. *Es ist wie bei einem Hund, der versucht, auf den Hinterbeinen zu laufen: Es klappt nicht gut, aber man ist überrascht, dass es überhaupt funktioniert.*

Ob es noch ein zweites Mal funktionieren würde?

Rinaldini, dich zu finden / eil ich ängstlich durch die Flur / und um mich Verlass'ne schwinden / alle Reize der Natur.

Und ein drittes Mal?

Saht ihr nicht, ihr hellen Sterne / saht ihr nicht

den kühnen Mann / den ich suche nah und ferne / ach, und ihn nicht finden kann.

Selbst der *Erlkönig* hatte ihn nicht so glücklich gemacht wie diese völlig sinnlosen Vierzeiler. Er schrieb noch eine Strophe und noch eine, und sie waren alle ganz schrecklich und alle ganz wunderbar. Er rezitierte die Worte laut, während er sie hinschrieb, sang sie sogar, und wenn in diesen Momenten jemand am Gartenhaus vorbeigekommen wäre, hätte sich in Weimar bestimmt das Gerücht verbreitet, der Herr Geheimrat Goethe sei mitten am Tag betrunken gewesen.

*

Als Christiane ihm am nächsten Morgen den ersten Kaffee ans Bett brachte, schlug Goethe die Augen auf und war auf der Stelle wach, ein Kunststück, das ihm schon lang nicht mehr gelungen war. Wenn er in dieser Nacht etwas geträumt hatte, dann musste es etwas Angenehmes gewesen sein, denn auf seinem Gesicht war ein Lächeln zurückgeblieben, so wie manchmal, wenn der Huckelkuchen schon längst gegessen war, noch ein Hauch von Puderzucker auf dem Teller zurückblieb. Christiane wusste, dass Goethe es nicht liebte, in seinen morgendlichen Gedanken gestört zu werden, und wollte wortlos hinausgehen, aber er fasste sie am Handgelenk und zog sie zu sich herunter. »Ich habe gehört, die Frau Spangenberg ist zum vierten Mal guter Hoffnung«, sagte er. »Ich finde, wir sollten dem armen Mann bald mal wieder etwas zu verdienen geben.«

Christiane erkundigte sich nicht nach dem Grund seiner guten Laune, die sich so angenehm von seiner Reizbarkeit in den letzten Wochen unterschied. Goethe schätzte es nicht, nach solchen Dingen gefragt zu werden, obwohl er, wenn ihm danach war, seine Befindlichkeiten durchaus wortreich und, wie ihr Bruder das nannte, druckreif zu schildern verstand. Außerdem wusste sie ohnehin Bescheid oder hatte zumindest eine Vermutung, denn natürlich hatte ihr Christian August von der Unterhaltung berichtet, die er mit Goethe geführt hatte. »Mein Bruder«, dachte sie manchmal, »weiß so viele Sachen, wenn er sie niemandem erzählen könnte, würden sie ihm den Kopf zersprengen.«

Sie hatte den Ratschlag, Goethe solle einfach drauflosschreiben, für sehr gewagt gehalten. »Wenn es nicht funktioniert«, hatte sie gesagt, »wird er dich hassen.«

»Er hasst mich auch jetzt schon«, hatte Christian August geantwortet. »Dann hat er wenigstens einen Grund dafür.«

Aber ganz gegen ihre Erwartung schien das großmütterliche Rezept schon nach der ersten Anwendung die heilsame Wirkung eines wundersamen Elixiers zu entfalten. Goethe war beim Frühstück so gesprächig wie selten, spielte sogar mit dem kleinen August das *Treffen-der-Dichter*-Spiel und ließ sich dabei ein paar Reime einfallen, die auch in *Hanswursts Hochzeit* hätten ihren Platz finden können.

»Wenn Verse nichts bedeuten müssen, erfinden sie sich leicht«, sagte er zu Christianen, nachdem der Hauslehrer Eisert seinen Schüler zum Unterricht abgeholt hatte, »und aus dem Leichten, hoffe ich, wird irgendwann auch wieder das Schwere erwachsen. *Dum spiro spero.* Weißt du, was das bedeutet?«

»Nein«, sagte Christiane, obwohl sie es wusste. In diesem Punkt, das hatte sie schon oft erfahren, waren sich Goethe und ihr Bruder ähnlich: Beide liebten es, anderen Leuten etwas zu erklären.

Nach dem Frühstück wollte sich Goethe gleich wieder ins Gartenhaus zurückziehen, um an seinem Projekt, wie er es nannte, weiterzuarbeiten. Aber gerade als er das Haus verlassen wollte, kam ein Bote von Hofkammerrat Kirms mit der Aufforderung, der Herr Geheimrat möge sofort ins Theater kommen, es gebe da etwas zu besprechen, das keinen Aufschub dulde. »Es wird wohl wieder um eine Auseinandersetzung zwischen zwei Acteurs gehen«, dachte Goethe. »Kirms nimmt diese Geschichten immer gleich so ernst. Er ist eben ein Mann des Geldes und nicht der Kunst und versteht nicht, dass die Jünger Thaliens ihrer Muse zu opfern glauben, wenn sie sich im Alltag genauso dramatisch aufführen wie auf der Bühne.«

Aber es ging dann um etwas ganz anderes.

Kirms, der jede Art von Ordnung liebte und Regeln erfand, nur um sie einhalten zu können, hatte sich geweigert, seinen Arbeitsplatz während der Umbauarbeiten an einen anderen Ort zu verlegen, sodass sich Goethe zwischen wackligen Gerüsten einen Weg zu dem Kontor bahnen musste, in dem Kirms hauste wie ein Gefangener in Platons Höhlengleichnis. Nur dass Kirms die Wirklichkeit nicht an den Schatten auf der Felswand zu erkennen suchte, sondern an den Zahlen in seinen Folianten.

Der Hofkammerrat, der sonst nie Emotionen zeigte – »Man möchte ihn mit einer Nadel stechen, um sicher zu sein, dass er nicht nur ein ausgestopfter Popanz ist«, hatte Vulpius einmal gesagt –, dieser sonst immer ruhige Kirms war heute so aufgeregt, dass er vor lauter Hektik rote Flecken im Gesicht hatte. Er begrüsste Goethe mit den üblichen Floskeln, haspelte die Höflichkeitsformeln aber so schnell herunter, wie ein hungriger Beter das letzte Vaterunser hinter sich bringt, wenn zu Hause schon die Mittagstafel wartet.

»Was gibt es denn so Eiliges, mein lieber Kirms?«, fragte Goethe.

»Wir müssen sofort etwas unternehmen«, sagte Kirms.

»In welcher Angelegenheit?«

»Ich wurde heute aufs Hofmarschallamt bestellt«, sagte Kirms, und es klang, als habe man ihm dort sein Todesurteil verkündet. »Man hat …« Er brach mitten im Satz ab und begann die Papierstapel auf seinem Arbeitstisch neu anzuordnen, als ließe sich aus den Aktenbergen ein Damm gegen das Chaos der Welt errichten.

»Nun?«

Statt einer Antwort verschob Kirms einen Stapel an einen anderen Platz. Überlegte und schob ihn wieder zurück. An jedem anderen Tag hätte Goethe das seltsame Verhalten seines Gegenübers mit Interesse zur Kenntnis genommen, als eine Beobachtung, für die sich vielleicht irgendwann einmal in einem Buch ein Zusammenhang finden würde. Aber bitte nicht gerade heute, wo er so arbeitslustig aufgewacht war wie schon lange nicht mehr und es eilig hatte, sich wieder an den *Rinaldini* zu machen.

»Also, Kirms«, sagte er und ließ seine Stimme

lauter werden. »Heraus mit der Sprache. Was wollte der Hofmarschall von Ihnen?«

»Ich habe nur mit seinem Sekretär gesprochen«, sagte Kirms. »Und der hat mir gesagt ... angedeutet ...«

»Ja?«

»Eure Exzellenz müssen sich um die Sache kümmern«, sagte Kirms. »Schließlich haben Exzellenz ... Ich war von Anfang an dagegen.«

»Wogegen?«

Kirms schnappte nach Luft. Er gehörte zu den Menschen, die perfekt funktionierten, solang in ihrem Leben alles nach Plan verlief, und völlig hilflos waren, wenn ein unvorhergesehenes Ereignis sie aus der Bahn warf. *Der Charakter ist weiter nichts als eine langwierige Gewohnheit,* hatte schon Plutarch gesagt, und Kirms war der Beweis dafür: Er hatte überhaupt keine eigene Natur, sondern ließ sich in allen Dingen von seinen Gewohnheiten leiten. Wahrscheinlich kaufte er schon zu Ostern die Kerzen ein, die er an Weihnachten anzünden wollte. »Die Rollenbücher ...«, keuchte er schließlich. »Die hätte auch jemand anderes neu ordnen können.«

»Ist etwas mit diesem Waldenberg?«

»Waldenfels«, korrigierte Kirms.

»Der Name spielt keine Rolle. Rauch und Schall. Was hat er denn angestellt?«

»Ich weiß von nichts«, sagte Kirms und duckte sich hinter seine Aktenstapel, als ob er Schläge befürchtete. »Ich will auch von nichts wissen. Ich will nicht dafür verantwortlich sein, wenn es am Schluss heißt, wir Theaterleute …«

Wenn dieser trockene Paragraphenreiter »wir Theaterleute« sagte – und er sagte es gern –, kam es Goethe jedes Mal vor, als ob jemand, der sich bestenfalls darauf verstand, eine Leinwand aufzuziehen, von sich behauptete, Maler zu sein.

»Und das, was Sie nicht wissen wollen – worum handelt es sich dabei genau?«

»Eure Exzellenz haben ihn nach Weimar geholt! Ich hatte die Stelle im Finanzplan nicht vorgesehen, aber …« Kirms hatte anklagend den Zeigfinger ausstrecken wollen, brach die Bewegung aber auf halbem Wege ab. »Jetzt müssen Exzellenz auch dafür sorgen, dass er wieder verschwindet.«

»Wenn er seine Arbeit nicht ordentlich macht …«

»Seine Arbeit, seine Arbeit! Wenn es bloß darum ginge.«

»Worum geht es dann?« Je ungeduldiger Goethe wurde, desto mehr verlor sich seine gute Laune.

»Auf dem Hofmarschallamt hat man mir nur Andeutungen gemacht«, sagte Kirms. »Aber ich bin ein Mann, der zwei und zwei zusammenzuzählen versteht.«

»Das bist du allerdings«, dachte Goethe. »Wenn die Welt nur aus Zahlen bestünde, ich könnte mir keinen größeren Philosophen vorstellen.«

»Also noch mal von Anfang. Was hat man Ihnen über den Waldenfels angedeutet?«

»Nichts«, sagte Kirms. »Sein Name wurde erwähnt, das ist alles.«

»Und deshalb wollen Sie ihn entlassen?«

»Ich habe damit nichts zu tun. Ich habe ihn nicht hierhergebracht, und darum ist es auch nicht meine Sache ...« Wie es bei Leuten, die im Grunde ängstlich waren, oft vorkam, hielt Kirms den anklagenden Ton nicht durch und klang plötzlich weinerlich. »Wir sind hier doch alle von der Gnade des Herzogs abhängig.«

»Was hat der Herzog damit zu tun?«

»Das habe ich nicht gesagt. Das habe ich nicht einmal gedacht. Aber wenn der Sekretär des Hofmarschalls ... Wenn er einen am frühen Morgen ... Ich wollte mich gerade erst rasieren lassen. Und dann: Sofort ins Hofmarschallamt! Wenn man zwei und zwei zusammenzählt ...«

»Dann heißt das Ergebnis Waldenfels.«

»Sein Name wurde genannt. Und außerdem ...«

»Außerdem?«

»Diese junge Schauspielerin, die gerade erst zum Ensemble gestoßen ist. Die Demoiselle Jagemann.«

»Die soll auch entlassen werden?«

»Um Himmels willen!« Kirms machte ein so erschrockenes Gesicht, als ob Goethe vorgeschlagen hätte, das Theater nicht umzubauen, sondern anzuzünden. »Auf gar keinen Fall! Im Gegenteil. Sie soll … Aber dieser Waldenfels muss weg.«

»Ich verstehe kein Wort von dem, was Sie mir da erzählen«, sagte Goethe. »Wenn Sie mir keine vernünftige Erklärung geben wollen, dann gehe ich jetzt wieder. Ich habe zu arbeiten.«

»Noch deutlicher kann ich mich nicht ausdrücken«, sagte Kirms und verschob den nächsten Aktenstapel. »Man hat mir die Geschichte unter dem Siegel strengster Vertraulichkeit … Aber die Sache ist doch sonnenklar. Wenn man zwei und zwei zusammenzählt …«

»Meine mathematischen Fähigkeiten scheinen für dieses Thema nicht auszureichen«, sagte Goethe und wandte sich zum Gehen.

»Nein, bitte!« Wie ein Angeklagter, der sich zu einem Geständnis entschließt, nachdem ihm der Inquisitor die Folterwerkzeuge gezeigt hat, gab sich Hofkammerrat Kirms sichtlich einen Ruck. »Die Sache ist die …«, sagte er.

*

Die Sache war die, dass Kirms selber nicht wirklich zu wissen schien, was vorgefallen war, oder dass er das, was man ihm *sub rosa* erzählt hatte, lieber nicht gehört haben wollte. Aus lauter Angst, eine unvorsichtige Äußerung könne seine Stellung in der Hofverwaltung gefährden, erging er sich über die Andeutungen, die man ihm gemacht habe, auch seinerseits wieder nur in Andeutungen, redete dabei immer schneller und sagte immer weniger, sodass am Schluss nur klar war, dass dieser Waldenfels etwas mit dem Problem zu tun hatte, ebenso die Demoiselle Jagemann und außerdem noch jemand, den Kirms aber auf gar keinen Fall nennen wollte. Außerdem sei das Ganze überhaupt nicht seine, Kirms', Sache, sondern die Verantwortung – »Eure Exzellenz werden mir verzeihen, wenn ich das so deutlich sage, aber ich bin nun mal ein Mann klarer Worte« –, die Verantwortung dafür trage Goethe, und wer die Verantwortung trage, der müsse auch dafür sorgen, dass die leidige Geschichte möglichst bald aus der Welt geschafft würde.

Nur dass Goethe immer noch nicht wusste, um was für eine leidige Geschichte es sich eigentlich handelte.

Hofkammerrat Kirms war ein Mensch, der nur für wirklich hielt, was in einer amtlichen Liste aufgeführt oder in einem Gesetzesblatt festgelegt war.

Jetzt hatten ihn die Umstände *nolens volens* zum Mitwisser einer Geschichte gemacht, die nicht einfach, wie es manchmal auf Akten vermerkt stand, vertraulich oder höchst vertraulich war, sondern die einen, wenn sie bekannt werden sollte, die Anstellung und die Karriere kosten konnte, ganz egal, ob man derjenige war, der geplaudert hatte, oder nicht. Kein Wunder, hatte er rote Flecken im Gesicht.

Auf dem Hofmarschallamt hatte man ihn mehrmals auf die Notwendigkeit strenger Diskretion hingewiesen und war dabei selber so diskret gewesen, dass man ihn die Gründe für die ganze Aufregung mehr hatte erraten lassen, als dass man sie ihm mitgeteilt hätte. Man hatte so oft »Sie verstehen schon« gesagt, bis er das Gefühl bekommen hatte, gar nichts mehr zu verstehen.

Nur etwas war klar: Dieser Waldenfels sollte entlassen und aus Weimar entfernt werden. »Sie verstehen schon«, sagte Kirms.

Goethe verstand wenig, vermutete einiges und beschloss, sich zunächst einmal bei Christianen Rat zu holen. Sie kannte sich im Klatsch der Residenzstadt besser aus als Herder im Neuen Testament, und wenn man auch nicht alles wörtlich nehmen durfte, was auf den Straßen und Gassen geflüstert wurde, so würde es doch interessant sein zu erfahren, was dort über diesen Waldenfels erzählt wurde.

Es wurde eine Menge erzählt.

Der Kerl hatte sich offenbar nicht mit seiner von Goethe gnadenhalber vermittelten Aufgabe begnügt, beschäftigte sich nicht nur mit dem Ordnen der Rollenbücher, sondern schien, weil er das Fach des Liebhabers im Ensemble des Hoftheaters schon besetzt fand, beschlossen zu haben, den Part dann eben im Alltag zu verkörpern. Ein gewisser Charme – wenn es auch nur ein gespielter war – ließ sich ihm nicht absprechen, und so hatte er es verstanden, sich nicht nur bei den Schauspielerinnen des Ensembles, sondern auch bei einigen Damen der Gesellschaft beliebt zu machen. Vor allem das jüngere Fräulein von Egloffstein, wusste Christiane zu berichten, dieselbe, die am Geburtstag der Herzogin beinahe einen Skandal verursacht hätte, schien ihm geradezu verfallen zu sein. »Wahrscheinlich«, dachte Goethe, »hat er ihr die Liebesschwüre aus seinen Rollen rezitiert, in diesem Fall wohl ohne jedes Mal hinterher die Verfasser zu nennen.«

Das alles hatte die Weimarer Gerüchtemühle zwar gehörig klappern lassen, aber es konnte für sich allein nicht der Grund dafür gewesen sein, dass man es im Hofmarschallamt für notwendig befunden hatte, sich der Angelegenheit anzunehmen. Wenn sich eine sentimentale adlige Göre unbedingt vor der Gesellschaft lächerlich machen wollte, geriet das Gefüge des Staates dadurch nicht ins Wanken, und von Actricen wie der jungen Jagemann wurden kleinere Affären regelrecht erwartet. Nein, auf dem Sittengemälde, das Christiane ihm da zeichnete, fehlte etwas, so wie in der *Natività,* die er einmal in einer römischen Kirche gesehen hatte, einer der anbetenden Hirten ohne Gesicht gewesen war, weil sich bis zur Fertigstellung des Altarbildes kein zahlungskräftiger Mäzen gefunden hatte, der bereit gewesen wäre, sich als Porträtierter ein Stückchen Ewigkeit zu erkaufen.

Es war dann schließlich Christianes Bruder, der das fehlende Gesicht nachlieferte. Wenn er mit seiner Vermutung recht hatte – und sie war zu einleuchtend, als dass sie hätte falsch sein können –, dann waren Skylla und Charybdis zu Stadtteilen von Weimar geworden, und Goethe stand vor der Aufgabe, das Staatsschiff oder doch das Theaterschiffchen zwischen ihnen hindurchzusteuern. Vulpius, der überall seine Kontakte hatte, war auch mit einem Kammerherrn des Herzogs befreundet, und von dem wollte er erfahren haben – nur in Andeutungen natürlich, aber *qui aures habet audiendi, audiat* –, dass Serenissimus, als Liebhaber der schönen Künste und der schönen Künstlerinnen, ein Auge auf die Demoiselle Jagemann geworfen habe und es nicht schätzen würde, wenn ihm ein anderer das hübsche Wild vergrämte. Und so hatte das Hofmarschallamt den Auftrag bekommen, dem Landesherren eine ungestörte Jagd zu ermöglichen.

Natürlich hatte das niemand so deutlich aussprechen wollen. Man brachte es an einem Fürstenhof nicht zu höheren Ämtern, wenn man nicht die hohe Kunst des vielsagenden Verschweigens und trotzdem Verstehens gründlich studiert und eingeübt hatte. Man hatte Kirms als Unterzeichner von Waldenfels' Einstellungsurkunde aufs Hofmarschallamt bestellt, hatte dort aber nicht deutsch und deutlich mit ihm gesprochen, sondern es bei *allusiones* bewenden lassen, in der Annahme, ein Beamter seiner Gehaltsklasse werde Serenissimus' Wünsche hinter dem Schleier aus Worten schon erkennen. Aber Kirms war ein Kleinkrämer und kein Diplomat; statt diskret zu funktionieren, wie es von ihm erwartet wurde, war er in Panik geraten.

Und das alles, weil Goethe einmal schwach geworden war und einem arbeitslosen Schauspieler hatte helfen wollen.

»De La Rochefoucauld hat recht«, dachte er: *»Nichts ist gefährlicher, als den Menschen zu viel Gutes zu tun.«* Er hatte sich diese Laus selber in den Pelz gesetzt, eine Laus, die wieder aus Weimar verschwinden musste, das war klar, aber es musste ohne Aufsehen und Skandal geschehen, und das war das Problem. Leute wie dieser Waldenfels – oder wie immer er wirklich hieß – verließen die Bühne nie geräuschlos, sondern mussten, bevor sie endgültig in der Kulisse verschwanden, immer noch mit dem Säbel rasseln und mit den Stiefeln aufstampfen. Wenn dieser Mann den wirklichen Grund für seine Entlassung erfuhr – und solche Leute, sagte Goethes Lebenserfahrung, erfuhren immer alles –, dann würde selbst ein großzügiges Geldgeschenk sein Schweigen nicht garantieren, er würde die Geschichte in sein Repertoire prahlerischer Anekdoten aufnehmen, und irgendwann würden die Gerüchte nach Weimar zurückkehren, so wie Pferde, die man längst beim Abdecker glaubte, manchmal doch den Heimweg wiederfanden.

Goethe hätte sich gern in seinem Gartenhaus eingeschlossen und sich der so vielversprechend begonnenen *Rinaldini*-Kur gewidmet, aber zuerst musste dieser faule Zahn gezogen werden, und zwar so, wie es die reisenden Bader auf den Jahrmärkten versprachen: schnell und schmerzlos. Man konnte den Waldenfels natürlich einfach entlassen, aber das wäre nur eine schnelle, aber bestimmt keine schmerz- und schon gar keine lautlose Prozedur geworden. So ein Mann würde sich nicht ohne dramatischen Schlussmonolog von seinem Amt verabschieden, würde ein herzerweichendes Klagelied über Intrigen und ungerechte Behandlung anstimmen, und ein Chorus unter Anleitung des Fräuleins von Egloffstein würde in der Stadt den Generalbass dazu singen. Man würde also genau jenes Aufsehen erregen, das bei diesem Casus unbedingt vermieden werden musste.

Nein, diesen faulen Zahn durfte man nicht mit der Zange packen, sondern musste ihn, um im Bild zu bleiben, dazu bringen, von selbst aus dem Maul zu springen. Warum sollte man jemanden entlassen, wenn man ihn mit ein wenig Menschenkenntnis dazu bringen konnte, sein Amt freiwillig aufzugeben?

Waldenfels, das war Goethe klar, war ein Narcissus, der das eigene Bild so lange und so verliebt betrachtet hatte, dass er darin einen großen Schauspieler zu erkennen glaubte, einen zweiten Iffland, dem nur ein missgünstiges Schicksal bislang die Blumengebinde und Lorbeerkränze verwehrt hatte. Dort musste man ansetzen. *»Du singst so schön«, sagte der Fuchs, und schon fiel dem Raben der Käse aus dem Schnabel.*

Der Raum, in dem die Rollenbücher aufbewahrt wurden, war eng, und Goethe hätte gern die Tür offen gelassen, um Waldenfels nicht unangenehm nahe zu kommen, aber das, was er vorhatte, duldete keine neugierigen Ohren. In den Stapeln ungeordneter Papiere war nicht viel Fortschritt zu erkennen; die Betreuung der Damenwelt hatte die Zeit des Schauspielers wohl allzu sehr in Anspruch genommen. Trotzdem lobte ihn Goethe für seinen Fleiß – *»du hast eine so wunderbare Stimme«, sagte der Fuchs* – und freute sich wortreich darüber, einen so tüchtigen Mitarbeiter für sein Theater gewonnen zu haben.

»Meine Dankbarkeit kennt keine Grenzen«, sagte Waldenfels und hatte wohl auch diesen Satz schon einmal in einer Rolle gesprochen.

»Allerdings mischt sich auch ein Wermutstropfen in meine Freude«, sagte Goethe und dachte gleichzeitig: »Das mit dem Wermutstropfen ist auch eine dieser verbrauchten Formulierungen, die besser in einen *Rinaldini* als in die Wirklichkeit passen.«

»Wenn ich meine Arbeit irgendwie verbessern kann ...«, begann Waldenfels unterwürfig, aber Goethe unterbrach ihn.

»Das wird nicht notwendig sein. Es liegt nur an mir selber, wenn mich die Zusammenarbeit nicht vollends zufriedenstellt. Ich mache mir den Vorwurf, damit einen Menschen, der von den Musen zu Höherem bestimmt ist, von seiner eigentlichen Berufung abzuhalten.«

Und dann erzählte er die Geschichte, die er sich

für dieses Gespräch ausgedacht hatte. Sein Kollege Döbbelin, der das Königliche Nationaltheater in Berlin leite, habe ihn brieflich angefragt, ob er ihm nicht einen jugendlichen Liebhaber und Heldenspieler wisse, den seinen habe man leider wegen Spielschulden in Arrest gesetzt, und tüchtiger Ersatz sei nicht leicht zu finden. »Schade, dass mich diese Nachricht nicht früher erreicht hat«, sagte Goethe, »das wäre genau das richtige Engagement für Ihn gewesen. Aber jetzt, wo Er nun mal die Aufgabe hier übernommen hat, wird Er ja nicht wortbrüchig werden wollen.«

»Niemals!«, sagte Waldenfels, legte zur Bekräftigung die Hand aufs Herz und rezitierte: *»Fordern Sie alles von mir, nur nicht die Verlegung meiner Pflicht.«* Und fügte hinzu: »Kotzebue.«

»Das ist sehr ehrenwert von Ihm«, sagte Goethe. »Sollte sich in unserem Ensemble eine entsprechende Lücke auftun, werde ich gerne an Ihn denken.«

»Ich werde den Tag mit Geduld erwarten«, sagte Waldenfels und war am nächsten Morgen aus der Stadt verschwunden.

»Er wird sich zu Fuß auf den Weg nach Berlin gemacht haben«, sagte Goethe zu Kirms, »wo ihn eine unliebsame Überraschung erwartet: Carl Theophil Döbbelin ist bereits vor längerer Zeit verstorben.«

»Sie haben ihn angelogen?«

»Ich habe einem Träumer einen Traum geschenkt«, antwortete Goethe, »und damit unser Problem gelöst. Es gibt jetzt nur noch eine Kleinigkeit zu erledigen, die Sie bitte übernehmen wollen, mein lieber Kirms: Wenn sich dieser Waldenfels noch einmal in Weimar zeigen sollte, ist er sofort über die Grenze abzuschieben. Wir können hier keine Leute brauchen, die vertragsbrüchig werden.«

*

Einen Menschen dazu zu bringen, dass er sich selber aus dem Weg räumte, und dabei die Fäden so unauffällig zu führen, dass die Marionette überzeugt war, aus eigenem Antrieb zu handeln, das entsprach, fand Goethe, durchaus einer schöpferischen Leistung, bedeutete die geradezu künstlerische Lösung eines Problems, das mindestens so schwierig war, wie wenn man beim Verfassen eines Theaterstücks einen eleganten Bogen finden musste, um eine dramatische Verwicklung pünktlich zum Aktschluss aufzulösen. »Ganz eingetrocknet ist mein Verstand also nicht«, dachte er, und wer ihm auf dem Weg zum Gartenhaus begegnete, konnte beobachten, dass der Herr Minister nicht einfach würdig seines Weges wandelte, sondern ab und zu einen kleinen Hüpfer machte, der nicht wirklich ein Tanzschritt war, aber auch nichts völlig anderes.

Goethe freute sich auf die Zeit des Schreibens, wenn man das, was die *Rinaldini*-Kur von ihm verlangte, überhaupt mit diesem *verbum* bezeichnen konnte; was eine Magd beim Staubwischen vor sich hin trällerte, hatte ja auch nichts mit einer Opernarie gemein. An einen ernsthaften Text hätte er sich nicht herangewagt, da war die Furcht vor dem Versagen noch zu groß; in dieser Hinsicht fühlte er sich nach wie vor wie ein Genesender, der sein gebrochenes Bein nicht zu belasten wagt, aus Angst, durch ein zu frühes Vertrauen auf eine vermeintliche Heilung einen noch größeren Schaden zu verursachen.

Aber diese Räuberpistole schrieb sich ja von allein.

Was er damals im *Wilhelm Meister* so allgemein formuliert hatte, *Handeln ist leicht, Denken schwer*, das erlebte er jetzt am eigenen Leib oder, genauer gesagt, am eigenen Geist. Einfach nur ein Wort ans andere zu fügen, ohne dabei mehr zu überlegen, als der kleine August es tat, wenn er seine Schiefertafel mit Buchstaben füllte, die Sprache laufen zu lassen, ohne ihr Zügel anzulegen, mit der kranken Hand keine kunstvollen Stickereien zu versuchen, sondern einfach in der Nase zu bohren, das war so wunderbar erleichternd, so mirakulös erholsam, dass Goethe schon nach dem ersten Versuch geradezu süchtig danach geworden war.

Ein Passant, der ihm entgegenkam, hörte ihn laut lachen und fragte sich wohl, was den Herrn Geheimrat so amüsiert habe. Es war ein übermütiger Gedanke gewesen, einer von der Art, wie sie sonst nur bei der zweiten Flasche Sekt entstanden. »Wenn Schiller mich das nächste Mal fragt, woran ich arbeite«, hatte Goethe gedacht, »werde ich antworten: ›Ich schreibe gerade *Die Räuber.*‹«

Dann saß er endlich wieder an dem kleinen Tisch, der mehr zum Teetrinken als zum Schreiben gedacht war, legte das Blatt zurecht, tauchte die Feder ein und schrieb. Dichtete nicht, sondern schrieb einfach.

Stürmisch brauste der Wind, tobend wie empörte Meereswogen, über den Nacken der hohen Apeninen, schüttelte die Wipfel hundertjähriger Eichen und beugte das schwankende Gesträuch der Flamme des Feuers zu, an welchem, nahe bei einer steilen Felsenwand, Rinaldo saß. Die Nacht war dunkel, dichte Wolken verschleierten den Mond, und kein lächelnder Stern funkelte am Himmel.

Und jetzt noch eine Frau dazu. »Liebe geht immer«, hatte Vulpius gesagt. »Weil sie auch im wirklichen Leben niemand versteht, muss man sie in einem Buch nicht begründen.«

Rinaldo starrte in die Flammen, als sich ihm Fiorilla, eine Amazone seiner Bande, nahte. Sie setzte sich bei ihm nieder und putzte ihre Pistolen.

Der Preis, den man auf deinen Kopf gesetzt hat, Hauptmann, ist es nicht allein, der dich unmutig macht. Ein Mann wie du zittert nicht vor entfernten Dingen.

Gut, dass das nie jemand lesen würde.

Ich glaube, das, was dich drückt, ist viel näher. Was dir fehlt, fehlt, glaube ich, deinem Herzen.

Dem fehlt freilich so mancherlei.

Vor einem Jahr ging es mir ebenso. Ich Törin hatte mich damals in dich verliebt.

In mich?

Ich dachte doch, du hättest es merken müssen.

Sie warf, als sie das sagte, die Pistolen auf die Erde und ging.

»Wenn man die Szene auf die Bühne bringen wollte«, überlegte Goethe, »dürfte die Schauspielerin nicht zu lieblich sein. Eine Lady Milford, keine Luise Millerin.«

Und dachte gleichzeitig: »Als ob unter meiner Direktion jemals ein solches Stück gespielt würde.«

Und dachte als Drittes: »Aber Kirms würde es gefallen. Das Haus wäre bestimmt voll.«

Er schrieb, bis die Feder stumpf war, nahm die nächste und schrieb weiter. Draußen begann es zu regnen und hörte wieder auf; er bemerkte beides nicht. Er war nicht mehr in Weimar, sondern in Italien, in einem Italien, in dem immer die Sonne schien, wo die Luft nicht nach feuchtem Staub roch, sondern nach Zitronen duftete, wo die Guten gut waren und die Bösen böse. Und wenn sie aufeinandertrafen, blitzten die Säbel und die Kugeln pfiffen.

»Die Leute lesen gern, wie andere aufeinander losgehen«, hatte Vulpius gesagt. »Das hat schon Homer gewusst.«

Dabei … Wenn die Leser nur ein bisschen mitdachten, mussten sie doch von Anfang an wissen, wer den Kampf gewinnen würde. Der Titelheld eines Romans wird nicht im ersten Oktavbogen erschlagen.

Außer in einer Gespenstergeschichte. Mit denen hatte Vulpius auch schon mal ein Buch gefüllt.

Der Kerl machte Bücher, wie Metzger Würste machen: Er stopfte hinein, was immer zur Hand war.

Aber wie man eine gelähmte Hand wieder zum Schreiben brachte, davon verstand er etwas.

Ha! Sehe ich dich endlich, gefürchteter Batistello, von dem ich so viel schon gehört habe? Du bist es selbst?

Ich bin es.

Nun, so wisse, dass ich dir um kein Haarbreit weiche, denn auch ich bin gefürchtet wie du. Ich bin Rinaldini, der Unerschrockene.

Ha! Treffen wir uns hier? Wisse, dass wir mit Worten nicht auseinanderkommen. Unser Zusammentreffen kann nur mit der Unterwerfung des einen von uns beiden enden. Greif zum Säbel und lass mich sehen, ob du ihn zu führen verstehst.

Das sollst du erfahren.

Wer von uns beiden siegt, ist der Erbe des andern.

Der meinige ist dieses Mädchen.

Vulpius hatte recht: Wenn man nur irgendwo anfing, wickelte sich der Faden ganz von selbst ab.

Sie soll ungehindert abziehen und ein Douceur von mir erhalten. Und jetzt zieh!

»Die Kämpfe ausführlich beschreiben.« Auch so eine von Vulpius' Regeln. »Sonst werden die Seiten nicht voll«, hatte er gesagt.

Rinaldo entledigte sich seines Gewehrs und seiner Jagdtasche. Rosalien traten Tränen in die Augen.

Rinaldo sah sie nicht, zog und ging auf Batistello los, der schon in Positur stand. Er empfing ihn mit Kälte und Mut. Es fiel Hieb gegen Hieb, von den beiden pariert und wiederholt.

Sie hackten ein paar Minuten aufeinander los,

Rinaldo wurde immer hitziger, und Batistello blieb kalt und bei Fassung. Rinaldo sah und hörte nicht mehr, stürmte immer wütender auf seinen Gegner los, und dieser zog unvermerkt mit der linken Hand ein Terzerol. Die Hand hinter den Rücken gelegt, schoss er auf Rinaldo und …

… und das Buch war zu Ende.

… und fehlte ihn.

»Ha! Nichtswürdiger!«, schrie Rinaldo ergrimmt, zog ein Pistol aus dem Gürtel und schoss ihm eine Kugel durch den Kopf. Batistello fiel, und Rosalie schrie laut auf.

Noch einmal richtete sich Batistello auf und sagte …

Nein.

Ohne ein Wort zu sprechen, gab der Bandit seinen Geist auf.

Rinaldo riss ihm eine Katze, gefüllt mit Goldstücken, vom Leib.

»Jetzt, Rosalie!«, schrie er. »Auf und davon, ehe des Nichtswürdigen Gesellen kommen!«

Es gab nichts Schöneres, als den Streusand auf ein volles Blatt rieseln zu lassen, es in der Luft zu schwenken, bis die Tinte ganz trocken war, und dann: *Legt's zu dem Übrigen.*

Vulpius hatte immer nur von Alphabeten gesprochen, weil beim Drucken die Oktavbögen mit

Buchstaben bezeichnet wurden, damit sie beim Binden nicht durcheinanderkamen. Jedes Mal sechzehn Seiten, A, B, C, D, und wer sechsundzwanzigmal sechzehn Seiten vollgeschrieben hatte, der hatte dann eben ein Alphabet geschafft, hatte sich durch ein ganzes Buch durchbuchstabiert, und wenn er nicht Jahre dazu gebraucht hatte, dann gehörte er zu den Leuten, denen das Schreiben leicht von der Hand ging.

Noch zählte sich Goethe nicht wieder dazu, aber er war auf dem Weg. O ja, er war auf dem Weg.

»Wenn mir gar nichts anderes mehr einfallen will«, hatte Vulpius gesagt, »lasse ich einen Denker auftreten, einen Einsiedler oder eine ähnliche Figur, und fülle ein paar Seiten mit Philosophie. Je größer dabei die Worte sind, desto weniger Sinn müssen sie machen. Den Leser beeindruckt immer am meisten, was er nicht versteht.«

Auch das wollte Goethe versuchen. Wozu kannte er schließlich die Rituale der Freimaurer?

Die Figur, die du hier siehst, ist das Brustbild eines Greises, des Schöpfers der Welten, des Ewigen, des Allerschaffers, die Einheit. Die drei Flammen, welche sein Haupt umgeben, sind die symbolische Zahl der Vollkommenheit. Seine Arme, die ausgestreckt Welt und Sonne in den Händen halten, sind das symbolische Zeichen der ersten Zahl, die aus der

Einheit entsteht, die Zahl der Schöpfung, das Symbol der Produktion. Welt und Sonne vereinigt eine Kette. Der Körper ist das Symbol der Harmonie, die himmlische Lyra. Es ruht auf sieben Büchern, sie sind sieben Bücher der Geheimnisse der Natur und mit sieben Siegeln verschlossen. Die vier Saiten des Instruments sind das Symbol des Tetracordons, die Übereinstimmung der Harmonie in der Zahl 4. Diese ist auch das Symbol der Richtigkeit der Dinge als: des mathematischen Punkts, der Linie, des Plans und der Tiefe. Diese Hieroglyphe drückt die ganze Natur aus, nämlich: die Wesenheit, die Beschaffenheit, die Vielheit und die Bewegung der Dinge.

Es las sich tatsächlich, als ob es etwas bedeuten müsse. Mit feierlicher Stimme vorgetragen, würde sich damit eine Religion gründen lassen. *Ein Komödiant könnt einen Pfarrer lehren,* erinnerte sich Goethe, und zum ersten Mal – als ob man sich nach einem endlosen Marsch durch die Wüste endlich einer Oase näherte – hielt er es wieder für möglich, sich irgendwann, irgendwann wieder an seinen *Faust* zu machen. Wenn da wirklich eine Oase war und nicht nur eine Fata Morgana.

Er schrieb noch lang an diesem Tag, wollte gar nicht mehr aufhören, so wie ein Patient, der von der Medizin, die ihm seine Schmerzen lindert, am liebsten gleich die ganze Flasche austrinken möchte. Erst als es zum Arbeiten zu dunkel wurde, machte er sich auf den Heimweg.

»Es geht dir besser, nicht?«, sagte Christiane.

»Ich weiß es noch nicht«, sagte Goethe. »Aber es ist mir schon schlechter gegangen.«

»Was schreibst du denn gerade?«, fragte sie.

»Ich schreibe das Alphabet«, sagte Goethe.

*

In einer einsamen Lichtung tief in den Wäldern der Abruzzen duellierte sich Rinaldo Rinaldini mit drei Gegnern zugleich. Die schwarzlockige Faustina vergoss aus Angst um das Leben ihres Geliebten bittere Tränen und schickte ein Stoßgebet nach dem andern zum Himmel. Mehr als einmal schien der Räuberhauptmann endgültig verloren, aber mit dem Löwenmut eines wahren Helden trotzte er immer wieder der Übermacht. Den ersten Angreifer schlug er mit seiner eisenharten Faust zu Boden, den zweiten erschoss er mit dem Pistol und den dritten spießte er mit dem Säbel an einen Baumstamm. Erleichtert schloss ihn Faustina in die Arme und sagte mit zitternder Stimme …

»Ich glaube, Er hört mir überhaupt nicht zu.«

Der Herzog.

Wie man sich, aus einem Traum erwachend, manchmal in die Wirklichkeit zurücktasten muss wie in eine fremde Welt, brauchte Goethe auch jetzt ein paar Augenblicke, um wieder zu wissen, wo er sich befand: nicht an seinem Tisch im Gartenhaus, sondern an der bis auf die Gläser leergeräumten Tafel im Speisesaal des Schlosses. Ihm gegenüber saß der Herzog, hatte seine ekelhafte Türkenpfeife in der Hand und machte ein beleidigtes Gesicht.

»Wenn es für Ihn so wenig von Interesse ist, was Ihm Sein Landesherr zu sagen hat …«

»Zu meiner Schande muss ich mich schuldig bekennen. Ich war mit meinen Gedanken wirklich ganz woanders. Ich bitte untertänigst um Verzeihung.«

»Sie sei Ihm gewährt.« Der Herzog stieß eine Rauchwolke aus. »Aber verrat Er mir: Woran hat Er denn gerade herumstudiert? Es muss etwas Schönes gewesen sein, so glücklich hat Er dabei ausgesehen.«

»Am *Rinaldini* habe ich herumstudiert«, hätte Goethe antworten müssen. »An nächtlichen Überfällen und dramatischen Entführungen. An heißblütigen Italienerinnen und wilden Räubern, die am Lagerfeuer gefühlvolle *Canzonetten* singen.« Aber Ehrlichkeit und Freundschaft sind nun mal, wie das Sprichwort sagt, keine Geschwister, und der Herzog war es gewohnt, dass ihm seine Gäste ihre volle Aufmerksamkeit widmeten. Von der Arbeit, die Goethe gerade solchen Spaß machte, durfte ohnehin niemand etwas erfahren. »Wir Dichter«, sagte er deshalb, »ich weiß nicht zu sagen, ob es unsere Schwäche oder unsere Stärke ist, sind allzumal Träumer, und manchmal werden unsere eigenen Erfindungen so lebendig, dass sie im falschen Moment und ohne Rücksicht auf die Gesetze des Anstands eine Konversation mit uns beginnen.«

»Interessant«, sagte der Herzog. »Welches Seiner Geschöpfe hat jetzt gerade zu Ihm gesprochen?«

Beinahe hätte Goethe »Faustina« gesagt, aber die zweite Silbe des Namens konnte er gerade noch rechtzeitig verschlucken, sodass der Herzog nur die erste hörte: »Faust.«

»Er hat sich also endlich daran gemacht, das Stück noch einmal zu überarbeiten? Brav, sehr brav. Den Plan dazu hat Er ja schon lang. Wir werden die neue Fassung natürlich auf unserem Theater spielen. Aber so lang will ich nicht auf den Genuss warten, Sein neustes Meisterwerk kennenzulernen. Wenn wir uns das nächste Mal treffen, muss Er ein paar Szenen mitbringen und mir vorlesen. Wie ich höre, ist Er in diesen Tagen ja sehr fleißig.«

Goethe suchte verzweifelt nach einer Ausrede. Von seinem neuen *Faust* hatte er noch keine Zeile formuliert, und er war sich auch keineswegs sicher, dass er es jemals wieder fertigbringen würde, etwas zu schreiben, in dem keine schnauzbärtigen Räuber vorkamen. »Bisher sind das alles nur Vorarbeiten«, sagte er. »Formlose Skizzen. Ich möchte Durchlaucht Ohren nicht mit unfertigen Entwürfen beleidigen.«

»Sei Er nicht so bescheiden, mein lieber Goethe. Von Seiner Hand verfasst, haben auch Skizzen ihren Wert. Aber ich will Ihn nicht zwingen. Was aber den *Faust* betrifft … Auf einer Sache bestehe ich dabei.«

»Und die wäre?«

»Er muss auch in der neuen Fassung dafür sorgen, dass die Darstellerin meiner liebsten Figur genügend Gelegenheit bekommt, ihre Talente zu zeigen.«

»Und diese Figur …?«

»… ist natürlich das Gretchen. Wir haben in unserem Ensemble die perfekte Besetzung dafür. Diese Demoiselle Jagemann … Sehr hübsch und, wie mir scheint, auch sehr … Wie soll ich sagen? Ausdrucksstark.«

»Ohne Zweifel, Hoheit. Nur …«

»Keine Einwände. So viel verstehe ich vom Theater, dass ich wirkliche Begabung zu erkennen vermag, wenn ich sie sehe. Ich habe sogar beschlossen – das war es, was ich Ihm sagen wollte, während Er an den *Faust* dachte –, ich habe beschlossen, ihr zur Aufmunterung ein kleines Zeichen meiner Anerkennung zukommen zu lassen.«

»Ein Geldgeschenk? Davon würde ich abraten, wenn Hoheit mir die Einrede gestatten wollen. Sollten die anderen Acteurs davon erfahren – und so etwas lässt sich kaum vermeiden –, könnte das zu unliebsamen Eifersüchteleien führen.«

»Für einen Dichter hat er manchmal eine sehr merkantile Seele«, sagte der Herzog tadelnd. »Doch kein Geld! Natürlich, *non olet* und all das, aber eine empfindsame Künstlerin würde man mit schnödem Mammon nur beleidigen. Nein, ich denke da an etwas ganz anderes.«

»Ein Lorbeerkranz?«

»Das wiederum wäre zu unpersönlich. Ich werde ihr ein Gedicht schicken. Ein paar selbst geschriebene Strophen.«

Serenissimus, das hatte Goethe in den vielen Jahren ihrer Bekanntschaft immer wieder erfahren, liebte die Künste, aber diese Liebe wurde von den Künsten nicht erwidert, und in einem von ihm eigenhändig verfassten Gedicht würden die Verse holpern wie Kutschenräder auf unbefestigter Straße. Aber das konnte man natürlich nicht sagen. *Wo du lügen musst, da lüge,* hieß es schon bei Herodot, und so sagte Goethe: »Wie schön! Durchlaucht wollen also für einmal selber zur Feder greifen?«

»Einerseits ja«, sagte der Herzog. Die Glut in seiner Tabakspfeife schien plötzlich sehr viel Aufmerksamkeit zu erfordern; bei jedem anderen hätte man gedacht, er sei verlegen. »Aber andererseits natürlich auch wieder nicht. Obwohl …« Die Pfeife wollte immer noch nicht richtig brennen. »Man will sich ja nicht mit fremden Federn schmücken, aber …«

»Ja?«

»Wichtig ist doch letzten Endes nur, dass ein Geschenk seinen Empfänger – oder in diesem Fall: seine Empfängerin – erfreut. Wie hat Ihm die gepökelte Rindszunge geschmeckt?«

»Ausgezeichnet«, sagte Goethe, wenn er dem herzoglichen *non sequitur* auch nicht ganz zu folgen wusste.

»Sieht Er«, sagte der Herzog, »das ist es, was ich meine.« Und schien das Thema damit für erledigt zu halten.

»Wenn ich mir erlauben dürfte«, sagte Goethe vorsichtig, »nach dem Zusammenhang von Gedicht und Rindszunge zu fragen?«

»Manchmal ist Er wirklich schwer von Begriff, mein lieber Goethe. Wahrscheinlich geht ihm schon wieder der *Faust* im Kopf herum.« Die Pfeife zog jetzt wieder, und der Herzog verschwand hinter einer Rauchwolke. »Die Sache ist doch ganz einfach. Die Rindszunge mit Kapern, von der Er mit so gutem Appetit zwei Portionen gegessen hat, stammte aus meiner Küche. Man könnte also sagen: Ich war ihr Urheber. Aber das bedeutet natürlich nicht, dass ich sie mit eigenen Händen eingepökelt habe. Dafür hat man seine Köche. Bei einem Gedicht ist es nicht anders. Nur dass man dafür keinen Koch braucht, sondern einen Goethe.«

»Ich soll …?«

»Nur ein paar Stanzen. Hübsch gereimt. Bewunderung. Wohlwollen. Vielleicht ein bisschen Sehnsucht. Was halt bei den Demoiselles gern gesehen wird. Er wird das schon machen.«

»Und als Autor soll Eure Hoheit genannt werden?«

»Aber nein«, sagte der Herzog so empört, als ob er nie auf diesen Gedanken gekommen wäre.

»Also ich?«

»Auch nicht.«

»Anonym?«

»Er denkt nicht diplomatisch, mein lieber Goethe. Ich kann das *billet* natürlich nicht mit ›Carl August‹ signieren, das wäre plump. Also werde ich einfach ›C. A.‹ darunterschreiben.«

Ein Herzog errötet nicht. Es musste am Flackern

der Kerzen liegen, dass es so aussah, oder vielleicht hatte er sich am Rauch seiner Pfeife verschluckt.

»Das Gerücht stimmt also«, dachte Goethe. »Er hat sich in die kleine Jagemann verguckt. Nun, man wird sich keinen Schaden tun, wenn man ihn dabei unterstützt.«

»Bis wann wünschen Eure Hoheit …?«

»Am besten bis morgen. Angenehme Dinge soll man nicht aufschieben. Und ihm fällt so etwas ja leicht. Kann ich mich darauf verlassen?«

»Selbstverständlich«, sagte Goethe. Was hätte er sonst sagen sollen?

»Das wäre also besprochen«, sagte der Herzog. »Noch ein Gläschen von dem Cognac? Das muss man den Franzosen lassen: Von einem guten Tropfen verstehen sie etwas.«

Während er sein Glas hob, fasste Goethe einen Entschluss. »Wenn schon unter falschem Namen«, dachte er, »dann aber auch richtig.«

Ob es am Cognac lag, an den guten Weinen, die der Herzog hatte auftischen lassen, oder vielleicht sogar am *Rinaldini*, an dem zu arbeiten ihm den Gedankenstaub mit jedem Tag ein bisschen mehr aus dem Kopf blies –, wie auch immer, als Goethe das Schloss verließ, war er in einer studentenhaft übermütigen Stimmung, und so beschloss er, nicht bis zum nächsten Morgen zu warten, sondern gleich jetzt bei Vulpius anzuklopfen, obwohl es nun wirklich der Gipfel der Unhöflichkeit war, jemanden zu dieser nächtlichen Stunde aus dem Bett zu holen.

Der Bibliotheksregistrator, stellte sich heraus, schlief nicht, sondern war noch immer an der Arbeit. Zwei Romane gleichzeitig schreiben sich nicht von allein.

»Sie müssen meinen Aufzug entschuldigen«, sagte Vulpius und zupfte verlegen an seinem abgewetzten Schlafrock herum. »Ich hatte um diese Zeit nicht mehr mit einem Besuch gerechnet.«

»Ich war mir Sie in dem Vorzimmer nicht vermutend«, zitierte Goethe und fügte, ganz in der Art des vertriebenen Waldenfels hinzu: »Lessing.«

»Wie bitte?«, sagte Vulpius.

»Sie werden sich heute noch an den Herd stellen müssen.«

»Wie bitte?«, sagte Vulpius ein zweites Mal.

»Die Rindszunge muss fachgerecht gepökelt sein.« Goethe war heute wirklich übermütig.

Der Auftrag, den er Vulpius schließlich erteilte, enthielt eine klare Bestellung: ein Exemplar Gedicht, lieferbar am nächsten Tag, enthaltend Bewunderung, Wohlwollen und Sehnsucht. Das Ganze in einem Ton zu verfassen, der zwar goethesch klingen, aber doch fehlerhaft genug sein sollte, um die Empfängerin glauben zu lassen, der Herzog selber sei der Verfasser.

»Traut Er sich das zu?«

»Es macht mir sogar Spaß«, sagte Vulpius.

*

Zu dem Gedicht, das Vulpius am Vormittag des nächsten Tages im Gartenhaus vorbeibrachte, ließ sich als einziges Lob sagen, dass es pünktlich abgeliefert worden war. Die Verse, nun ja, das waren eben Verse, sie fanden zueinander und stampften den Takt wie Dienstboten beim Tanz auf der Tenne, aber da war nichts dabei, das einen Orpheus neidisch gemacht hätte. *Die Empfindung kann nicht trügen / wahrlich, ich erkenne dich / trinke Wonne und Vergnügen / aus deinem holden Blick für mich.* Nicht gerade das Eintrittsbillett für den Olymp, aber der Herzog würde damit zufrieden sein. Die Worte sollten ja schließlich klingen, als ob nicht ein Dichter, sondern ein im Verseschmieden ungeübter C. A. sie verfasst habe. Wenn es Vulpius darum gegangen war, seinen Worten die Kennzeichen eines Dilettanten mitzugeben, dann hatte er diese Aufgabe perfekt gelöst. *In der stillen Nächte Schatten / schwebt dein liebes Bild vor mir / meine Seele ohn' Ermatten / träumt den schönen Traum von dir.*

Kein Material für den *Musen-Almanach,* aber immerhin über Nacht geschrieben, und das allein verdiente Anerkennung.

Was Goethe nicht erfuhr, obwohl es ihn noch nicht einmal gestört hätte: Vulpius, auf seine beiden Romane genauso konzentriert wie er selber auf den *Rinaldini,* hatte sich nicht die Mühe gemacht, neue Verse zu erfinden, sondern hatte – wer wenig hat, sucht den Reichtum in der Sparsamkeit – das Material eines längst vergriffenen Bandes eigener Gedichte verwendet, so wie die schon behauenen Steine eines alten Gebäudes die Konstruktion eines neuen erleichtern.

Goethe brachte die paar Strophen eigenhändig ins Schloss, wobei er, geheime Staatsgeschäfte andeutend, darauf bestand, das Blatt nicht dem Kammerdiener zur Weitergabe anzuvertrauen, sondern es dem Herzog persönlich zu übergeben. Er traf Serenissimus in dessen Ankleidezimmer an, damit beschäftigt, die Wahl zwischen zwei brokatenen Westen mit so ausführlicher Gründlichkeit zu betreiben, als ob das Schicksal der Zivilisation davon abhinge. Der Herzog forderte ihn auf, das Gedicht vorzulesen, änderte seine Meinung aber gleich wieder, entriss ihm das Papier mehr, als dass er es sich überreichen ließ, und setzte sich damit an einen kleinen Tisch, von dem er eine Brennschere und andere Toilettenutensilien einfach zu Boden fegte. Er entfaltete das Blatt so hastig, dass es dabei zerriss, begann aber nicht gleich zu lesen, sondern winkte zuerst seinen Besucher aus dem Zimmer, mit einer so vorwurfsvollen Miene, dass man hätte meinen können, Goethe versuche, sich mit einem Blick über Serenissmus' Schulter das Wissen über dessen intimste Geheimnisse zu erschleichen, und dabei hatte er doch – zumindest meinte das der Herzog – die Verse, die hier vor ihm verborgen werden sollten, selber verfasst.

»*Omnis amans amens*«, dachte Goethe auf dem Weg zum Gartenhaus, »jeder Verliebte ist verrückt.« Und schrieb als Nächstes eine Szene, in der sich Rinaldo Rinaldini, von verliebter Sehnsucht getrieben, zu nächtlicher Stunde in das Lager einer feindlichen Räuberbande schlich, um dort der Tochter seines gefährlichsten Rivalen einen Kuss auf die schwellenden Lippen … und so weiter und so weiter. Er konnte gar nicht so schnell schreiben, wie ihm immer neue Einzelheiten einfielen.

In den darauffolgenden Tagen hätte er gern erfahren, ob die von Vulpius verfassten Verse die gewünschte Wirkung bei der Demoiselle Jagemann erzielt hatten, aber die Frage konnte man dem Herzog natürlich nicht stellen, die Neugier mochte einen noch so sehr plagen. Doch manchmal wurden auch ungestellte Fragen beantwortet, in diesem Fall durch eine Überweisung von fünfundzwanzig Talern aus der herzoglichen Privatschatulle. Goethe gab das Geld an Vulpius weiter, mit der Bemerkung: »Nehmen Sie es als unvermutetes Erbe Ihrer Großmutter.«

Das Gedicht, das von Vulpius' Küchentisch bis zu Demoiselle Jagemanns Boudoir durch so viele Hände gegangen war, wirkte sich in der Folge sogar in überraschend angenehmer Weise auf den *Rinaldini* aus. Des Herzogs Verliebtheit – ein Zustand, der in Weimar nicht lang verborgen blieb – beschäftigte den Landesherrn so sehr, dass er für wenig anderes mehr Zeit fand. In der Hofverwaltung machte sogar das geflüsterte Bonmot die Runde, der Herzog habe zu einem Beamten, der eine Entscheidung von ihm erbat, gesagt: »Stör Er mich nicht, wenn ich jage, Mann.«

Für Goethe hatte das *feu d'amour* des Herzogs die erfreuliche Auswirkung, dass Serenissimus kaum mehr nach ihm verlangte, weder um dienstliche Geschäfte zu besprechen, noch um nach einem gemeinsam genossenen Mahl ein bisschen zu plaudern. Vor ein paar Wochen hätte ihm ein solches Stillschweigen seines Gönners Sorgen bereitet, denn die Gunst eines Fürsten, er hätte manches Exempel dafür gewusst, war leichter zu verlieren als zu gewinnen, aber jetzt war er nur dankbar dafür, die von Vulpius empfohlene Therapie nicht ständig unterbrechen zu müssen. Das Schreiben – er stellte es fest, ohne schon wirklich darauf zu vertrauen – ging ihm mit jedem Tag leichter von der Hand, er fühlte sich wie Demosthenes, der mit dem Mund voller Steine bestimmt kaum einen Ton herausgebracht hatte und erst einen Kiesel nach dem andern ausspucken musste, um sein angeborenes Talent wieder ausleben zu können.

Natürlich, was er da zu Papier brachte, war völlig wertlos, hatte mit Dichtung so wenig zu tun wie die Sprachimitationen eines Papageis mit wirklicher Rede, aber darauf kam es nicht an; wer lange gelähmt gewesen war, den kümmerte es nicht, ob ihn die ersten Schritte seiner Genesung durch eine schöne Landschaft oder durch eine Einöde führten, wichtig war nur, dass diese Schritte überhaupt gemacht wurden, dass der Schiffbruch, den er erlitten zu haben glaubte, kein endgültiger war, sondern dass er – *fluctuat nec mergitur* – wieder anfing, festen Boden unter den Füßen zu spüren. Einerseits spürte er also die Wirkung der von Vulpius empfohlenen Therapie, andererseits – wenn er sich das auch nicht eingestand – machte ihm die selbstgestellte Aufgabe auch immer mehr Spaß, und so verbrachte er seine Tage vom Morgen bis zum Abend im Gartenhaus, arbeitete oft bis in die Nacht hinein, und der Stapel mit den vollgeschriebenen Seiten wurde immer höher.

Sein Arbeitszimmer am Frauenplan betrat er überhaupt nicht mehr, hatte sich sogar fest vorgenommen, das erst wieder zu tun, wenn der *Rinaldini* auch die letzten Überreste des hinderlichen Gedankengerölls hinweggespült haben würde und seine Schöpferkraft wieder frei fließen konnte. Auf seinem Stehpult – der Magd Ernestine war streng verboten, dort beim Staubwischen etwas zu verändern – lag noch immer das Blatt, auf dem er sich erste Notizen zum neuen *Faust* gemacht hatte, und er empfand eine geradezu religiöse Scheu davor, sich ihm zu nähern, so wie ein biblischer Hohepriester auch erst nach langen Reinigungsprozeduren das Allerheiligste betrat.

Als ob der Hausherr auf Reisen wäre – und er war ja auch, im eigentlichen Sinne des Wortes, abwesend –, stapelte sich am Frauenplan die ungelesene Korrespondenz. Goethe hatte den Secretarius Geist damit beauftragt, Briefe, die amtlichen Charakter zu haben schienen, zu öffnen und die darin geäußerten Anliegen, wenn irgend möglich, selbsttätig zum Abschluss zu bringen, ohne seinen Dienstherren – außer in Fällen, bei denen dessen persönliches Eingreifen wirklich unerlässlich schien – damit zu behelligen. Geist führte diesen Auftrag pflichtbewusst aus und tat das so perfekt, dass keine der von ihm im Namen Goethes verfassten Antworten später zu unliebsamen Rückfragen führte, sodass der von vielen Dingen, die auf diese Weise erledigt wurden, nie etwas erfuhr.

Das galt auch für ein Schreiben aus Berlin, in dem ein Magistratssekretär der königlich-preußischen Justizkanzlei den sehr verehrten Herrn Staatsminister von Goethe um eine Auskunft bat. Es ging dabei, wie er entschuldigend schrieb, um einen etwas seltsamen Casus, um einen Mann, geschätzte dreißig Jahre alt, der darauf bestand, Johann Friedrich Waldenfels zu heißen, ohne sich aber durch auf diesen Namen ausgestellte Papiere ausweisen zu können. Obgenannter Waldenfels war eines Tages unangemeldet im Königlichen Nationaltheater am Gendarmenmarkt aufgetaucht und hatte in aufdringlicher Weise verlangt, auf der Stelle bei dessen Prinzipal, dem geheimen Rat Carl Theophil Döbbelin, vorgelassen zu werden. Auf die Mitteilung, dass es sich um ein Missverständnis handeln müsse, da Döbbelin dieses Theater zwar einmal geleitet habe, aber bereits vor etlichen Jahren verstorben sei, hatte der Mann mit Unglauben reagiert und sich geweigert, die Räumlichkeiten des Theaters zu verlassen. In der Folge hatte sich eine Auseinandersetzung entwickelt, in deren Verlauf der Waldenfels immer lauter und sogar handgreiflich geworden war, wobei er mehrmals erklärte, es müsse sich um eine Intrige übel gesinnter Kollegen handeln, die ihn daran hindern wollten, sich um eine Stellung zu bewerben, für die ihn der Herr Minister von Goethe, den er seinen Freund und Förderer nannte, persönlich empfohlen habe. Sein Benehmen war derart exaltiert, dass ihn die herbeigerufenen Gendarmen nicht einfach auf die Straße setzten, sondern, eine geistige Verwirrung vermutend, im städtischen Irrenhaus ablieferten, wo der mit seiner Untersuchung betraute königliche Leibarzt Christian Ludwig Roloff, eine Kapazität auf dem Gebiet der geistigen Störungen, die Diagnose stellte, dass hier ein zwar wohl unheilbarer, aber nicht gemeingefährlicher Fall von *insania mentis* vorliege, weshalb er, um der Staatskasse unnötige Ausgaben zu ersparen, empfehle, den Patienten nicht in der von ihm geleiteten Anstalt, sondern im städtischen Arbeitshaus unterzubringen. Da der Waldenfels hartnäckig darauf bestand, der Herr Minister von Goethe in Weimar werde seine Aussage, insbesondere was die Empfehlung an den Theaterprinzipal Döbbelin betreffe, jederzeit bestätigen, erlaube man sich die höfliche Bitte um eine Stellungnahme.

Geist befand, dass der Fall keine Störung seines Dienstherren rechtfertige, und antwortete in Goethes Namen, dieser Waldenfels – sofern es sich, was anzunehmen sei, um dieselbe Person handle – sei in Weimar als arbeitsscheues Individuum bekannt, dem wegen nicht näher zu bezeichnender Verstöße gegen die guten Sitten das Bleiberecht in Sachsen-Weimar-Eisenach habe entzogen werden müssen. Was aber den verstorbenen geheimen Rat Döbbelin anbelange, habe er, Johann Ludwig Geist, in seiner Funktion als persönlicher Secretarius des Herrn Ministers von Goethe vor fünf Jahren eigenhändig den Beileidsbrief an dessen Tochter verfasst, sodass die Aussage, Goethe habe den Waldenfels zu Döbbelin geschickt, eindeutig das Produkt eines verwirrten Geistes sein müsse. Die Unterbringung in einem Arbeitshaus könne in einem solchen Fall bestimmt nur heilsam sein.

Von diesem Brief erfuhr Goethe so wenig wie von der Tatsache, dass sich Waldenfels bei der im Berliner Arbeitshaus betriebenen Herstellung von Dachziegeln als überraschend geschickt erwies, wenn er auch weiterhin darauf bestand, eigentlich sei er Schauspieler, und wenn man ihn nur endlich zu Döbbelin vorlasse, werde er auf dessen Bühne Triumphe feiern. Bei den anderen Insassen des Arbeitshauses war er beliebt, weil er sie nach der

Arbeit mit Monologen unterhielt. Seine Rezitation beendete er immer mit denselben Worten: *Die ganze Welt ist Bühne, und alle Frau'n und Männer bloße Spieler,* worauf er hinzufügte: »Shakespeare« und sich dann verneigte.

Hätte Goethe von der Geschichte gewusst, sie hätte ihn, so wie er in diesen Tagen gelaunt war, wohl kaum zu einem Eingreifen veranlasst, sondern hätte ihn eher zu einem neuen Kapitel im *Rinaldini* inspiriert. Ein Mann, der darauf bestand, von einem Toten empfangen zu werden – das wäre ein gutes Motiv für ein Kapitel gewesen, in dem vielleicht ein Ermordeter, der im Grab keine Ruhe fand, auf der Suche nach seinem schon lang verstorbenen Mörder Rinaldini besucht hätte. Dieses Kapitel wurde nie geschrieben, dafür immer mehr andere, bis Goethe nach überraschend kurzer Zeit erfreut feststellen konnte: Das Alphabet war vollendet und seine Schöpferkraft wiederhergestellt.

Es war Zeit für den *Faust.*

*

Im Garten des Hauses am Frauenplan wurde ein Fest gefeiert, obwohl der Kalender keinen Anlass dafür bot.

Es war ein milder herbstlicher Spätnachmittag,

nicht mehr ganz so warm wie noch vor ein paar Wochen, aber dafür brannte ein Feuer, in dessen Asche später Kartoffeln geröstet werden sollten. In den Ästen der Bäume hingen Lampions, die – wie Schauspieler hinter den Kulissen – im letzten Sonnenlicht auf ihren Einsatz warteten, und auf einem kleinen Tisch stand ein Kürbis, den Goethe, von seinem Sohn bewundert, zu einer wunderbar grusligen Teufelsfratze zurechtgeschnitzt hatte. Auch eine aus Stroh geflochtene Zielscheibe in der Form eines Wildschweins hatte er besorgt und, einen Ausrufer samt Trompete imitierend, ein Armbrust-Wettschießen ausgerufen, in dem der kleine August triumphierte. »Das ist auch gut so«, sagte Goethe, »denn der Siegespreis ist diese Schachtel mit sechs Zinnfiguren, und ich glaube nicht, dass dein Onkel sich sehr darüber freuen würde.«

Ja, Vulpius war auch eingeladen, eine Tatsache, die Christiane ebenso überrascht wie erfreut hatte. »Er gehört zur Familie«, hatte Goethe ganz selbstverständlich gesagt und den Gast später so herzlich begrüßt, als sei von einem Hausverbot nie die Rede gewesen und ein Ausdruck wie *horribilis scribifax* nie verwendet worden. Er hatte diese Änderung seiner Meinung über Vulpius nicht begründet, sondern auf Christianes Frage nur gesagt: »Das Einzige, was ich bedaure, ist, dass wir eure Großmutter nicht auch einladen können.« Dann hatte er gelacht, ein Kunststück, von dem man schon hätte meinen können, er habe es endgültig verlernt, und hatte ihr einen Kuss gegeben – und das, obwohl die Magd Ernestine mit im Zimmer gewesen war. Goethe, kam es Christianen vor, war in den letzten Wochen jünger geworden, so wie sich in einem Märchen, das sie August vor noch nicht allzu langer Zeit vorgelesen hatte, ein alter reicher Mann vom Teufel eine zweite Jugend gewünscht hatte, worauf Luzifer die Zeit hatte rückwärtslaufen lassen, bis der Greis schließlich als schreiender Säugling zur Hölle gefahren war. Seine eigene Verjüngungskur – die wohl etwas mit den von Christian August verordneten Schreibexerzitien zu tun haben musste – hatte Goethe so ausgelassen werden lassen, wie sie ihn schon lang nicht mehr erlebt hatte, und auch um das Einkommen des Schlossermeisters Spangenberg hatten sie sich schon wieder ausführlich gekümmert.

Jetzt gerade war Goethe mit etwas beschäftigt, das der Würde eines Geheimrats und Ministers überhaupt nicht entsprach. Wenn da nicht die Hecke gewesen wäre, hätte jeder Passant des kleinen Weges, der hinter dem Garten durchführte, sehen können, was Herr von Goethe da Verrücktes anstellte: Er stand auf dem Kopf oder versuchte zumindest, auf dem Kopf zu stehen. »Sie müssen die Beine stillhalten«, sagte der Hilfestellung leistende Vulpius, aber Goethe zappelte weiter, und sein Stiefel traf Christianes Bruder so heftig an der Nase, dass die beiden nebeneinander im Gras landeten. August, der den Sinn für das Komische von seiner Mutter geerbt hatte, wäre vor Lachen beinahe an dem Apfel erstickt, in den er gerade gebissen hatte. Für ihn war dieses so überraschend angesetzte Fest noch schöner als die alljährliche Bornfege in Jena mit ihren Marktständen, ihm war nicht nur der Schulunterricht erlassen worden, sondern nachher sollte es auch noch Nierenschnitten geben, eine als unfein geltende Köstlichkeit, die er ebenso gern aß wie sein Vater.

Es wurden auch Spiele gespielt, nicht die altbekannten wie *Blinde Kuh,* sondern lauter eigens für dieses Fest erfundene, und so, wie Goethe an diesem Tag gelaunt war, konnten sie gar nicht albern genug sein. Eines, das August besonders gefiel, hieß *Demosthenes* und ging so: Wer an der Reihe war, musste sich den Mund mit Kieselsteinen vollstopfen und dann dreimal den lateinischen Satz *rideo, ludo, homo sum* wiederholen, was natürlich, wenn die Anzahl der Kieselsteine nur groß genug war, keinem gelang. Als August einen Stein beinahe verschluckte und ihn dann im hohen Bogen aushustete, entstand daraus gleich das nächste Spiel, ein Wettspucken in ein Glas, bei dem sich Christiane als besonders geschickt erwies. Auch darüber wurde gelacht, und zwar so heftig, dass Vulpius meinte, wenn jedem Menschen für sein Leben eine bestimmte Menge Gelächter zugeteilt sei, würden sie wohl alle vier bis zum Ende des Jahres ernst sein müssen.

Goethe widersprach: Als Student der Farbenlehre habe er festgestellt, dass Grau dem menschlichen Wohlbefinden nicht zuträglich sei, und er denke gar nicht daran, sich seine wohlverdiente gute Laune jemals wieder vertreiben zu lassen. Er habe Grund zu feiern, und da sich von der Küche her schon der erste Hauch von Nierenschnitten erschnuppern lasse, sei es jetzt wohl an der Zeit, seiner Familie den Grund für das heutige Fest zu verraten. Er bitte nur noch einen Moment um Geduld, da er dazu etwas aus seinem Zimmer holen müsse.

Der kleine August war der Meinung, er könne sich nur einen Grund für so ein unerwartetes Fest vorstellen, nämlich seinen eigenen Geburtstag, der, da er an Weihnachten zur Welt gekommen war, nie richtig begangen wurde, sondern in dem anderen Fest einfach verschwand, weshalb er schon vor längerer Zeit vorgeschlagen hatte, die verpasste Feier im Lauf des Jahres nachzuholen. Bestimmt sei der Herr Vater jetzt nur ins Haus gegangen, um ein Geschenk für ihn zu holen.

Aber es war dann etwas ganz anderes.

Goethe kam mit einem Packen zurück, in ein Stück Stoff eingewickelt, das sich aber sehr bald als viel mehr als eine bloße Verhüllung entpuppte. Er habe erfahren, sagte er, dass Vulpius dringend eine neue Hose brauche, und darum habe er beim Schneidermeister Werhahn so ein gutes Stück für ihn bestellt, was allerdings, um die Überraschung nicht zu verderben, ohne Massnehmen und Anprobe habe geschehen müssen. Aber zum Glück sei ja der Herr Bibliotheksregistrator ein sehr durchschnittlicher Mensch – um keine Missverständnisse aufkommen zu lassen, füge er gleich hinzu: natürlich nur, was das Äußerliche anbelange –, sodass das Beinkleid ihm wohl passen werde, und wenn nicht, habe er in Zukunft wenigstens genügend Tuch, um seine Federn daran abzuwischen.

Vulpius war ob des unerwarteten Geschenks ganz gerührt, und als die Hose dann auch noch perfekt passte – die anderen hatten darauf bestanden, dass er sie, hinter dem riesigen Lorbeerstrauch verborgen, gleich anprobierte – bedankte er sich so ausführlich, dass man mit seinem Wortschwall ein ganzes Buch oder zumindest eine Broschüre von zwei oder drei Oktavbogen hätte füllen können. Goethe wollte davon nichts hören, wenn es eine Dankesschuld gebe, meinte er, dann sei er es, der sie abtragen müsse, und da die Großmutter Vulpius nicht mehr lebe, sei es nur gerecht, wenn jetzt ihr Erbe die wohlverdiente Belohnung in Empfang nehme.

Er habe nämlich, einem Ratschlag ebendieser Großmutter folgend, das Kunststicken wieder neu gelernt, oder in seinem Fall das Schreiben, und das sei ihm eine Erleichterung, die mit einem Paar Hosen nur unzulänglich bezahlt sei. Eigentlich hätte der Herr Bibliotheksregistrator, der ihm den guten Rat gegeben habe, auch noch einen Rock und ein Dutzend Hemden dazubekommen müssen, und außerdem einen Schlapphut, wie ihn ein gewisser Räuberhauptmann trage, den es hier auch zu feiern gelte. Er bitte deshalb die versammelte Festgemeinde zu Ehren dieses Hauptmanns um ein dreifaches »Vivat«.

August schrie am lautesten, auch wenn er nicht verstand, wer oder was hier bejubelt wurde.

»Ich danke im Namen von Rinaldo Rinaldini«, sagte Goethe, nachdem die Hochrufe verklungen waren, »ich bin sicher, er hat diese *acclamatio* auch in den tiefsten Wäldern Kalabriens vernommen.« Bevor man nun aber zum kulinarischen Teil der

Feier übergehen könne, fuhr er fort, müsse zuerst noch ein Brandopfer dargebracht werden, wie es auch die alten Griechen bei wichtigen Gelegenheiten getan hätten, um die Götter günstig zu stimmen. Der Gott, den er anrufe, sei Hermes, sagte er und ließ seine Stimme so feierlich werden, dass August ein bisschen Angst bekam. Die Erwachsenen hingegen lachten, weil sie die Imitation von Herders Predigtton erkannten. Hermes, sagte Goethe, sei ja bekanntlich der Gott der Beredsamkeit und damit auch der Dichter und damit für ihn – »und meinen Freund Vulpius natürlich« – ganz besonders zuständig. Um der nun folgenden Zeremonie einen würdigen Rahmen zu verleihen, brauche er, wie in der antiken Tragödie üblich, einen Chorus, und diese Funktion solle August übernehmen, indem er nämlich – »aber bitte ganz langsam und in würdigem Tonfall« – das Alphabet aufsage.

Das Theaterspielen hatte August schon immer Spaß gemacht, und so begann er zu rezitieren: »A, B, C, D …«

In der Hose war, in ein Küchentuch eingewickelt, ein weiteres Paket verborgen gewesen, mit einem Bindfaden verschnürt, dessen Knoten Goethe jetzt langsam zu öffnen begann.

»H, I, J, K …«

Der Knoten wollte sich nicht entwirren lassen.

»Ich werde es wohl mit diesem Paket so halten müssen wie Alexander der Große mit dem Streitwagen des Königs Gordios«, sagte Goethe und bat Christiane, ihm aus dem Haus eine Schere zu holen. August durfte seine Rezitation unterbrechen, bis die Schnur endlich durchschnitten war.

»P, Q, R, S …«

»Gleich kann das Brandopfer beginnen«, sagte Goethe.

»X, Y, Z.«

Unter dem Küchentuch kam ein dicker Packen beschriebenes Papier zum Vorschein.

»Das ist mein Alphabet. Ich habe es geschrieben, nur um es geschrieben zu haben, und jetzt, wo es seinen Dienst getan hat, wird es nicht mehr gebraucht. Und so übergebe ich den Flammen meinen *Rinaldo Rinaldini!*«

Er hob den Packen feierlich in die Höhe und machte sich damit auf den Weg zu dem fast schon niedergebrannten Feuer. Aber Vulpius stellte sich ihm in den Weg.

»Bitte nicht verbrennen«, sagte Vulpius. »Lassen Sie mich das Buch vorher lesen.«

»Dazu ist es nicht bestimmt.«

»Natürlich nicht, aber …«

»Wenn diese Bauersfrau, die das Sticken verlernt hatte, nach dem Rat Ihrer Großmutter in der Nase bohrte, dann hat sie das Ergebnis auch nicht öffentlich ausgestellt.«

»Von Öffentlichkeit ist nicht die Rede. Aber wenn mein Ratschlag wirklich so nützlich war – habe ich mir damit nicht das Recht verdient, meine ganz persönliche Neugier zu befriedigen?«

»Zu welchem Zweck?«

»Auch aus dem unwichtigsten Text, den ein Goethe geschrieben hat, kann ein Vulpius etwas lernen.«

Goethe, der immer noch in der Pose eines Opferpriesters dastand, ließ die Arme sinken, vielleicht, weil Vulpius anfing, ihn zu überzeugen, aber vielleicht auch, weil ihm das Manuskript einfach zu schwer war.

»Sie wollen tatsächlich …?«

»Vom Tisch eines Gottes schmecken auch die Brosamen köstlich.«

»Das war jetzt gerade eine sehr übertriebene Formulierung«, sagte Goethe. »Wenn Sie Ihnen in einem Ihrer Romane unterlaufen wäre, hätte ich geraten, sie zu streichen.«

»Aber Sie verstehen, was ich meine.«

»Ich verstehe, dass Sie mir schmeicheln wollen«, sagte Goethe, aber er sagte es nicht ärgerlich, sondern lachend.

Die beiden hätten wohl noch länger debattiert,

aber in diesem Moment brachte Ernestine die Platte mit den duftenden Nierenschnitten.

Wenn der Hunger ein Diktator war, dann war der Appetit sein Gehilfe, und so gab Goethe nach und sagte: »Aber nur, wenn Sie mir fest versprechen, dass Sie das Manuskript verbrennen, wenn Sie es gelesen haben.«

*

»Ich weiß, dass es ein Fehler war«, sagte Vulpius.

»Schlimmer als ein Fehler«, sagte Christiane. »Eine Dummheit.«

»Die größte meines Lebens«, sagte Vulpius.

»Allerdings«, sagte Christiane.

Sie kratzte am eingebrannten Boden einer Pfanne herum, obwohl solche niedrigen Arbeiten nun wirklich nicht ihre Aufgabe waren. An irgendetwas musste sie ihre Wut auslassen.

»Ich hatte es nicht geplant«, sagte Vulpius fast flehend. »Es hat sich so ergeben.«

»Die Ausreden kannst du dir für dein nächstes Buch aufsparen. Wenn du überhaupt noch einmal eines selber schreiben musst, wo du doch jetzt eine viel bessere Methode entdeckt hast.« Christiane schaute nicht von ihrer Arbeit auf und wusste trotzdem ganz genau, wie das schuldbewusste Gesicht ihres Bruder in diesem Augenblick aussah; schon als Kind hatte sie ihm jedes Mal das schlechte Gewissen angesehen, wenn er etwas angestellt hatte.

»Es war so …«

»Märchen kannst du deinem Neffen erzählen.«

»Es war … Jetzt stell doch endlich diese Pfanne weg!«

»Bitte«, sagte Christiane und setzte sich ihm gegenüber an den Küchentisch. »Es ist ja vielleicht das letzte Mal, das wir in diesem Haus zusammen sind. Er wird mir bestimmt den Umgang mit dir verbieten. Also, ich höre.«

»Es war …«, begann ihr Bruder ein zweites Mal und machte dabei genau das Gesicht, das sie sich vorgestellt hatte. »Es ist schwer zu erklären, wie es dazu gekommen ist. Als ob man daran wäre, eine Komödie zu schreiben, für den zweiten Akt hat man sich jede Menge Verwicklungen einfallen lassen, noch ohne die geringste Ahnung, wie man die alle je wieder auflösen soll – und plötzlich hat man den erlösenden Einfall, und der dritte Akt schreibt sich wie von selbst. So war das.«

»Ich finde nicht, dass die Geschichte eine Komödie ist.«

»Ich wollte dir damit ja nur erklären … Ich weiß, dass ich es nicht hätte tun dürfen, aber ich konnte einfach nicht widerstehen.«

»Er wird sehr wütend auf dich sein«, sagte Christiane.

»Wenn er es erfährt.«

»Er wird es erfahren. Wir sind hier in Weimar. Da weiß früher oder später jeder, was passiert ist.«

Was passiert war, war dieses:

Vulpius hatte die beiden bestellten Romane abgeliefert und war sich hinterher so leer und erschöpft vorgekommen wie eine Kuh, über deren Besitz sich zwei Bauern nicht einig sind und die deshalb von beiden gemolken wird. Während Wochen hatte er in jeder wachen Minute gearbeitet, und die Gewohnheit, die Nacht zum Tage zu machen, war so stark geworden – *nil consuetudine maius* –, dass er sich an seinem ersten freien Abend, ganz wie von selber, an den Tisch gesetzt und die Feder zur Hand genommen hatte, nur um erleichtert festzustellen, dass es in diesem Moment für ihn ja gar nichts mehr zu schreiben gab. Er hatte daraufhin beschlossen, dieses Gefühl der Erleichterung noch eine Woche oder zwei gebührend zu genießen, bevor ein leerer Geldbeutel ihn an die nächste Arbeit zwang.

Der darauffolgende Tag war ein Sonntag gewesen, und Vulpius hatte es sich im vom Vater geerbten Lehnstuhl bequem gemacht, ein paar Minuten die lang entbehrte Ruhe genossen, dann den Stapel mit Goethes Kritzeleien zur Hand genommen und zu lesen begonnen.

Er hatte ein wirres Geschreibsel erwartet, mehr kalligraphische Übung als lesbarer Text, und was er da aus Goethes oft beinahe unlesbarer Handschrift entzifferte, konnte auch tatsächlich nur von jemandem, der den Begriff sehr großzügig auslegte, als Literatur bezeichnet werden.

Aber Goethe, weil er eben Goethe war, hatte, ohne bewusste Absicht und ganz bestimmt ohne jeden Plan, immer wieder mal einen Handlungsbogen geschaffen, dem man mit Neugier folgte, hatte die Figuren, wenn auch nicht in der letzten Einzelheit gezeichnet, immerhin so beschrieben, dass man sie sich vorstellen konnte, keine lebendigen Menschen, das wäre zu viel verlangt gewesen, aber doch Puppen, denen man bei ihren Abenteuern gern zuschaute, hatte – »ohne Überlegung hingeworfen«, dachte Vulpius neidisch – Formulierungen gefunden, die mehr waren als durch tausendfachen Gebrauch abgewetzte Allgemeinplätze, hatte kein gutes Buch geschrieben, natürlich nicht, aber auch kein wirklich schlechtes, eines, das keinem Kritiker gefallen würde, aber manchem Leser und mancher Leserin sehr wohl.

Ja, es war nicht einfach ein wirrer Worthaufen, was Vulpius da in Händen hielt, es war ein richtiges Buch, zwar nur *aus geschäftigem Müßiggang*, wie Goethe das Schreiben im *Götz* genannt hatte, entstanden, aber doch tausendmal lesbarer als so manches, was Verleger im Vertrauen auf den mangelnden Geschmack der Buchkäufer auf den Markt warfen, keiner dieser Schmöker, die man, statt sie zu lesen, besser im ursprünglichen Sinne des Wortes zum Anzünden seiner Pfeife verwendet hätte, nicht einfach ein Machwerk, bei denen man sich des Gedankens nicht erwehren konnte, dem Papier wäre besser gedient gewesen, wenn man es zu ganz anderen Zwecken verwendet hätte.

Und doch würde er der einzige Leser dieses Buches bleiben, denn nach vollendeter Lektüre musste das Manuskript im Kamin enden, versprochen war versprochen. Vulpius hätte natürlich jedes gelesene Blatt einzeln verbrennen können, aber, redete er sich ein, es war doch besser, den ganzen Stapel auf einmal in Flammen aufgehen zu lassen und sich daran wenigstens noch das Wasser für einen Tee zu wärmen. Den eigentlichen Grund für dieses Zögern wollte er sich nicht eingestehen: Eigentlich hatte dieser *Rinaldini* kein Autodafé verdient.

Natürlich gab es da auch Passagen, manche mehrere Seiten lang, die leeres Geschwafel waren, endlose Abschweifungen, die schon lang vergessen hatten, von welchem Thema sie eigentlich abschweiften, Sprachlabyrinthe ohne Ausgang und Satzgebirge, die das Erklimmen nicht lohnten. Einmal, das hätte man natürlich keinem Setzer, geschweige denn einem Leser zumuten dürfen, hatte Goethe über fast zwei Seiten nur Synonyme desselben Verbums aneinandergereiht, *gehen, laufen, marschieren, schlendern, hopsen, springen, rennen* und immer so weiter, aber solche Stellen konnte man streichen, konnte Schneisen in den Urwald aus Worten schlagen, und dann hatte man – hätte man – ein durchaus lesbares Buch.

Das niemals erscheinen würde.

Er hatte das Manuskript mit steigender Faszination gelesen, hatte sogar zu seiner Schwester gesagt: »Bei wirklich guten Köchen ergibt selbst das, was sie wegkippen, noch eine essbare Suppe«, aber keine Sekunde, er beteuerte es immer wieder, hatte er daran gedacht, das zu tun, was er dann schließlich tat oder doch – so fühlte es sich für ihn an – geschehen ließ. Vielleicht lag es daran, dass der Götterbote Hermes eben nicht nur für die Schriftsteller zuständig ist, sondern auch für die Diebe.

An diesem Tag trat Hermes in der Gestalt des Buchhändlers Gräff aus Leipzig auf, in dessen Verlag sich die *Szenen in Paris* so gut verkauft hatten, dass Vulpius einen zweiten Band mit noch mehr Revolutionsgeschichten hatte nachliefern müssen.

Dieser Gräff war gerade auf der Durchreise in Weimar, hatte wohl, vermutete Vulpius, vergeblich versucht, die eine oder andere der lokalen Geistesgrößen für seinen Verlag zu gewinnen, und wollte nun, wie er sagte, nicht abreisen, ohne einen seiner liebsten Autoren zu besuchen, eine Bezeichnung, die er wahrscheinlich im Gespräch mit allen Schriftstellern verwendete, von denen er sich Umsatz versprach.

Man plauderte über dies und jenes, schimpfte gemeinsam über überkluge Kritiker, die ihren Geschmack zum allgemeingültigen Maßstab machen wollten, ohne zu bedenken, sagte Gräff, dass ein Verleger wie er, bei aller Achtung für die Urteile der Gelehrten, eben immer auch Geschäftsmann sei und als solcher genötigt, Rücksicht auf den Geschmack der Nichtgelehrten zu nehmen – kurz, ob Vulpius nicht zufällig ein Manuskript zur Hand habe, das man zur nächsten Messe herausbringen könne?

Vulpius bedauerte, er sei gerade, wenn man das so nennen könne, leergeschrieben, aber die Phantasie sei ja ein Brunnen, der sich mit etwas Geduld irgendwann von selbst wieder auffülle, und er werde sich gern, vielleicht in ein paar Monaten, mit neuen Vorschlägen bei Gräff melden.

Der zeigte Verständnis, meinte sogar lobend,

Vulpius sei einer der wenigen seiner Autoren, bei denen man sich auf solche Versprechungen auch tatsächlich verlassen könne, er wüsste da andere zu nennen, die das Wort »Fleiß« nicht einmal zu buchstabieren verstünden und denen, wenn sie sich dann schließlich an die Arbeit machten, so wenig einfalle, als sei ihr Verstand ein Feld voller Steine, auf dem man vergeblich auf eine Ernte warte. Aber schade sei es doch, meinte Gräff, denn wenn man die Bücher im jährlichen Katalog seines Verlags als das Ensemble eines Theaters betrachte, dann fehle ihm für die nächste Saison der jugendliche Held, also ein Roman voller Abenteuer und Leidenschaften, etwa in der Art von Vulpius' *Aurora,* die zwar damals nicht ganz die erhofften Umsätze gebracht habe, aber doch bei den Leihbibliotheken auf ein vielversprechendes Interesse gestoßen sei. Und, ja, was das für ein Manuskript sei, das er da auf der Anrichte liegen sehe?

»Ich war in einer Zwickmühle«, sagte Vulpius zu seiner Schwester. »Dass der *Rinaldini* von Goethe stammte, durfte ich natürlich nicht sagen …«

»Natürlich nicht!«

»… und einen anderen Autor zu nennen, hätte viel zu viele Erklärungen verlangt. Ich versuchte mich also herauszureden, indem ich sagte, es handle sich zwar tatsächlich um ein im Entstehen begriffenes Buch, das Werk sei aber noch nicht vollendet, was er da liegen sehe, sei nur ein schnell hingeschriebener Entwurf, der erst noch gründlich überarbeitet und zurechtgeschliffen werden müsse. Aber Gräff hörte mir gar nicht zu, schnappte sich einfach die ersten paar Seiten, überflog sie und sagte, dieses Buch wolle er unbedingt herausbringen, und die Kürzungen und Änderungen, die noch notwendig seien, könne er auch selber vornehmen.«

»Und du hast ja gesagt?«

»Ich habe mich gewehrt«, sagte Vulpius, »gekämpft habe ich geradezu, aber dann ...«

»Ja?«

»So viel Geld für jeden Oktavbogen hat mir noch nie jemand geboten. Und als er dann seine Geldbörse zog und mir einen Vorschuss in blanken Talern auf den Tisch zählte ... Du weißt, wie es um meine Finanzen steht.«

»Und deshalb hast du ihm Goethes Manuskript überlassen?«

»Er weiß ja nicht, dass es von Goethe ist. Weil das Manuskript ohne Deckblatt war, hat er den Titel mit Bleistift auf der ersten Seite notiert: *Rinaldo Rinaldini von Christian August Vulpius.*«

»Dass kluge Männer so dumm sein können!«, sagte Christiane und war schon nicht mehr ärgerlich, sondern nur noch enttäuscht. »Es ist dir doch hoffentlich klar, dass Goethe sehr wütend auf dich sein wird. Und wenn er erst einmal wütend ist …«

»Ich weiß«, sagte Vulpius und zog den Kopf zwischen die Schultern, wie er es schon als Bub getan hatte, wenn mit Ohrfeigen zu rechnen war. »Aber vielleicht habe ich ja Glück, und er erfährt es nicht. Er hat sich auch sonst nie für meine Arbeiten interessiert.«

»Und wenn das Buch ein Erfolg wird? Wenn die Leute davon reden?«

»Von diesem Buch?« Vulpius lachte. »Nein«, sagte er. »Davor brauche ich nun wirklich keine Angst zu haben.«

*

Habent sua fata libelli.

Die Abenteuer des italienischen Räuberhauptmanns stießen bei den Lesern auf ein Interesse, das sich niemand hatte erträumen können. Es war, als ob ganz Deutschland auf dieses Werk gewartet hätte. Die Bestellungen trafen schneller in Leipzig ein, als die Drucker und Buchbinder arbeiten konnten, und die erste Auflage war in kürzester Zeit vergriffen. Die zweite und dritte ebenso. Man diskutierte das Buch überall, und jeder wollte dabei mitreden können. Wie es ein witziger Kopf formulierte: *Rinaldo Rinaldini* war nicht nur das meistgelesene, sondern auch das meistgestohlene Buch des Jahres. Sogar von Übersetzungen ins Französische und Englische war schon die Rede.

»So einen Erfolg möchte wohl jeder Dichter einmal erleben«, schrieb Gräff aus Leipzig. »Sie sind jetzt bestimmt sehr glücklich.« Aber Vulpius war überhaupt nicht glücklich, sondern zuckte jedes Mal zusammen, wenn ihm jemand auf die Schulter klopfte und zu seinem Erfolg gratulierte. Manche seiner Bekannten hielten ihn wegen seines griesgrämigen Gesichts für überheblich, andere für geizig, weil er noch nicht einmal zu einem Umtrunk eingeladen hatte, obwohl es ihm nach einem solchen Erfolg auf ein paar Taler ja nicht ankommen konnte. Außer Christiane kannte niemand den Grund für seine Niedergeschlagenheit. Natürlich hatte er sich immer gewünscht, eines Tages ein berühmter und gefeierter Schriftsteller zu werden, aber als sich dieser Wunsch endlich erfüllte, erging es ihm wie dem legendären Damokles, der so gern auf dem Thron des Tyrannen Dionysios hatte sitzen wollen und dann in dem goldenen Gestühl keine glückliche Minute verbrachte, weil über seinem Kopf, nur an einem Pferdehaar befestigt, ein Schwert hing, das ihm jederzeit den Schädel spalten konnte.

Vulpius wurde nicht von einem Schwert bedroht,

aber wenn dort eines gehangen hätte, wäre sein Name nicht Excalibur oder Balmung gewesen, sondern Johann Wolfgang. Irgendwann – und mit jeder Erfolgsmeldung seines Verlegers stieg Vulpius' Angst vor diesem Moment immer mehr an –, irgendwann würde Goethe erfahren, dass sein Manuskript nicht wie versprochen im Feuer gelandet, sondern als Buch erschienen war. Vulpius hatte den Geliebten seiner Schwester schon einmal in berserkerhafter Wut erlebt, und er wusste: Goethes Zorn würde so gewaltig sein, dass die Verachtung, die er Vulpius früher hatte spüren lassen, im Vergleich damit zu einer geradezu angenehmen Erinnerung verblassen würde. Die Tatsache, dass das Buch einen solchen Erfolg hatte, würde sich dabei nicht etwa mildernd, sondern im Gegenteil strafverschärfend auswirken, denn es war ja nicht unter Goethes Namen erschienen, was allein schon schlimm genug gewesen wäre, auf dem Titelblatt stand ein anderer Name, und einer Gans, die sich mit Pfauenfedern schmückt, dreht man den Hals um.

Die Strafe, mit der Vulpius in jeder Minute rechnete, blieb länger aus, als man hätte erwarten können. Goethe – wohl als einziger Mensch in Weimar – wusste nichts vom Erfolg des *Rinaldini,* denn er verfügte, das war wohl ein Teil seines Genies, über die Fähigkeit, sich so tief in eine Arbeit zu versenken, dass er nichts anderes mehr wahrnahm. Das war beim *Rinaldini* so gewesen und war jetzt, wo es mit dem *Faust* endlich wieder voranging, nicht anders. Goethe verließ kaum noch das Arbeitszimmer, und wenn er sich doch einmal zu einer Mahlzeit herauslocken ließ, war er mit seinen Gedanken woanders, saß stumm am Tisch und hörte nicht, was man zu ihm sagte.

Aber ewig konnte dieser Zustand nicht dauern, früher oder später würde Goethe von dem Wortbruch erfahren, und das Schwert seiner Verachtung würde Damokles durchbohren. Die einzige Hoffnung, die ihm blieb, sagte Vulpius und wiederholte diesen Satz so oft, wie man nur Dinge wiederholt, an die man nicht wirklich glaubt, bestand darin, dass Bucherfolge nie von Dauer waren. Das Lesepublikum war ständig auf der Suche nach neuen Sensationen, und ein Roman, der gestern noch bejubelt worden war, konnte morgen schon vergessen sein. Vielleicht, versuchte Vulpius sich einzureden, hielt Goethes Arbeitseifer ja so lange an, bis der *Rinaldini* vergessen war, aber wenn er das sagte, klang er nicht überzeugter als ein zum Tode Verurteilter, der sich damit Hoffnung zu machen sucht, dass der Strick am Galgen auch schon mal gerissen sei.

Denn selbst wenn sich Goethe in eine Eremitenklause zurückgezogen und dort, wie ein Kartäuser, für den Rest seines Lebens jedes Gespräch vermieden, ja selbst, wenn er seinen Arbeitsplatz auf den Mond verlegt hätte – irgendwann mussten ihn die Nachrichten über den Erfolg des Romans doch erreichen. Denn der *Rinaldini* war überall, jeder kannte das Buch, die Ungebildeten, die sich mühsam Wort für Wort durch seine vielen Seiten buchstabiert hatten, ebenso wie die Gebildeten, die es nur lasen, um es als wertloses Machwerk verdammen zu können. Auf den Märkten gab es Rinaldini-Ausschneidebögen und Rinaldini-Zinnfiguren zu kaufen, und – *dieweil nun Affe, Mensch und Kind / zur Nachahmung geboren sind* – es erschien auch eine ganze Reihe von anderen Räuberromanen, so wie sich bei jeder Feier, wenn sie nur groß und laut genug ist, immer ein paar ungeladene Gäste einfinden. *Rinaldo Rinaldini* hatte, wie es zu einem Räuberhauptmann passte, die Aufmerksamkeit des Publikums gestohlen.

Christiane fiel es, wie jemandem, der den Weltuntergang erwartet, nicht leicht, ihren Alltagsgeschäften nachzugehen. Trotzdem, der Haushalt musste geführt und das Essen auf den Tisch gebracht werden. Sie besuchte also, wie jede Woche, den Markt und ließ sich, auch das wie jede Woche, von Ernestine den Einkaufskorb hinterhertragen, obwohl sie sich dabei lächerlich vorkam. Aber in den besseren Kreisen Weimars gehörte sich das so, und Goethe legte Wert darauf, dass sie sich in der Öffentlichkeit wie eine Dame benahm, genauso wie er sie dafür liebte, dass sie hinter verschlossenen Türen auch zu ganz und gar nicht damenhaften Dingen bereit war. An diesem Morgen hatte sie gerade ein Huhn für den Sonntag ausgesucht, als sie von einer fremden Dame angesprochen wurde. Es musste jemand aus einer anderen Stadt sein; in Weimar, wo immer noch altmodische Hauben als gesellschaftlich korrekt galten, trug niemand einen so eleganten Hut.

»Verzeihen Sie, wenn ich Sie einfach so anspreche«, sagte die fremde Dame, »aber habe ich die Ehre mit Demoiselle Vulpius?«

»Das bin ich«, sagte Christiane.

»Sie Glückliche!«, sagte die Dame und schlug die Hände zusammen, wie es im Theater die Schauspielerinnen taten, wenn sie freudige Überraschung darstellen wollten. »Sie wissen ja nicht, wie sehr ich Sie beneide.«

»Mich?«

»Dass Sie ihm so nahe sein dürfen!«

Die Dame, stellte sich heraus, war eine Gräfin Plettenberg und war von ihren Besitzungen eigens nach Weimar gereist, um dort, wie sie sagte, »den größten Dichter Deutschlands kennenzulernen«. Sie sei auch schon mehrmals vor der Haustür ihres Idols gestanden, aber jedes Mal habe ihr dann der Mut gefehlt, sich einfach so ohne Einladung zu präsentieren, »vielleicht hätte ich ja durch diese Störung die zarte Blüte einer Inspiration im Keim erstickt. Aber man hat mir gesagt, wer Sie sind und was Sie mit ihm verbindet, und so habe ich jetzt all meinen Mut zusammengenommen, in der Hoffnung, dass ich vielleicht durch Ihre Vermittlung …«

Der Weimarer Wochenmarkt war kein Ort für vertrauliche Gespräche. Frau von Werthern, der Christiane jede Woche auf dem Markt begegnete und von der sie jede Woche, als von nicht ebenbürtigem Geblüt, geflissentlich ignoriert wurde, diese Frau von Werthern, die sich, um die eigene Wichtigkeit zu betonen, nicht nur von einer Magd, sondern auch noch von ihrer Köchin begleiten ließ, war nur ein paar Schritte entfernt stehen geblieben und tat so, als ob die an einer Stange aufgehängten toten Hühner ihr höchstes Interesse fänden.

»Wenn ich einen Vorschlag machen darf, Frau Gräfin …«, sagte Christiane und sprach den Adelstitel besonders laut aus, nicht weil sie selber davon so sehr beeindruckt war, sondern weil sie die von Werthern daran erinnern wollte, dass sie nur eine einfache Freifrau war, also nur eine Hochwohlgeboren und keine Hochgeboren. »Vielleicht suchen wir uns einen ruhigeren Ort für unser Gespräch; auf so einem Markt kann man sich dem Pöbel nie ganz entziehen.« Natürlich war auch der letzte Teil dieses Satzes für lauschende Ohren bestimmt.

Die Gräfin war nicht nur einverstanden, sondern reagierte auf den Vorschlag mit so gerührter Dankbarkeit, als habe sich ein mächtiger Potentat bereit erklärt, ihr die Gnade einer Privataudienz zu gewähren. Zu Ernestine sagte Christiane: »Du kannst schon einmal die Sachen in die Küche tragen, mein Kind«, was diese mit einem ebenso überraschten wie ungeschickten Knicks beantwortete. Mit »mein Kind« war sie in diesem Haushalt noch nie angesprochen worden. Wenn Christiane schon einmal die *grande dame* spielte, dann wollte sie das auch gründlich tun.

Die beiden Frauen promenierten dann miteinander durch den Park, und Christiane bedauerte, dass sie nicht auch ein Parasol mitgebracht hatte, wenn das ihre auch von altmodischer Façon war und neben dem ihrer Begleiterin geradezu schäbig ausgesehen hätte. Gräfin Plettenberg wurde mit jedem Schritt gesprächiger. Eigentlich sei sie ja keine große Liebhaberin der Literatur, sagte sie, aber jetzt, durch Zufall oder eher durch eine gütige Fügung des Schicksals, sei sie auf ein Buch gestoßen, das ihr

Leben von Grund auf verändert habe. »Ist es Ihnen auch schon einmal so ergangen«, wollte sie von Christianen wissen, »dass ein Meisterwerk Sie so sehr berührt hat, als sei es nicht von einem gewöhnlichen Schriftsteller, sondern von einer höheren Macht verfasst?«

»Ich lese selten Bücher«, sagte Christiane, die nie Bücher las.

»Natürlich nicht«, sagte die Gräfin schnell. »Wie dumm von mir. Sie haben das ja nicht nötig. Er wird Ihnen seine Werke natürlich vorlesen.«

Christiane widersprach nicht, obwohl im Haus am Frauenplan nur der kleine August ab und zu etwas vorgelesen bekam.

»Ach«, seufzte die Besucherin sehnsüchtig, »wie gerne wäre ich einmal dabei, wenn Sie beide allein sind!«

»Das denn doch nicht«, dachte Christiane. »Weil es dann meistens nicht um Goethes, sondern um Spangenbergs Werke geht.«

»Es muss wunderbar sein, jeden Tag die Nähe eines solchen Genies erfahren zu dürfen«, seufzte die Gräfin, und Christiane dachte: »Ein Genie mit Furunkeln am Rücken.«

»Ich wage kaum, Sie darum zu bitten, aber wenn Sie mir tatsächlich eine persönliche Begegnung ermöglichen könnten …«

»Das wird sich bestimmt machen lassen«, sagte Christiane. Goethe mochte es, bewundert zu werden.

»Ich werde ihm auch nicht seine kostbare Zeit stehlen. Ich will nur einmal die Hand küssen, die so wunderbare Dinge geschrieben hat. Und vielleicht ...«

»Ja?«

»Meinen Sie, er würde es als große Zumutung empfinden, wenn ich ihn bäte, mir eine Widmung in sein Buch zu schreiben?«

»Das wird er bestimmt gern tun. Nur ... Vielleicht müssen Sie ein wenig Geduld haben. Er arbeitet zurzeit an einem wichtigen Werk ...«

»An einem noch wichtigeren Werk?«

»... und will dabei nicht gestört werden.«

»Das verstehe ich«, sagte die Gräfin. »Ach, wie gut ich das verstehe. Es wäre, als ob man eine heilige Handlung unterbrechen würde.« Sie klang jetzt wie eine dieser Frauen, die beim gemeinsamen Gesang in der Kirche immer das frömmste Gesicht machen wollten. »Ich werde gerne warten, eine Woche, wenn es sein muss, oder auch ein Jahr. Ich habe Zimmer im ›Elephant‹ genommen und werde jederzeit bereit sein. Tag und Nacht werde ich bereit sein. Mir ist keine Anstrengung zu groß, um den Verfasser des *Rinaldini* kennenzulernen.«

»Des *Rinaldini*?«

»Ach«, sagte die Gräfin, »es muss wunderbar sein, so einen Bruder zu haben.«

*

Am selben Abend, an dem Vulpius die Gräfin Plettenberg im Gasthof Elephant aufsuchte – eine Person von Stand in seine doch recht schäbige Wohnung einzuladen wäre ihm nicht passend erschienen –, war Goethe wieder einmal zur Tafel bei Hofe gebeten. Sosehr er sich sonst über diese Beweise der herzoglichen Gnade freute, diesmal war ihm die Störung seiner Arbeit nicht wirklich angenehm; wenn es nach ihm gegangen wäre, hätte sich die Welt bis zur Vollendung des Werks ohne ihn weitergedreht. In den Wochen, die er im Mittelalter seines Stückes verbracht hatte, war er regelrecht zum Eigenbrötler geworden, Fausts Studierstube war ihm unterdessen vertrauter als das eigene Heim, und die Wirklichkeit mit ihren grellen Farben kam ihm vor wie eine fremde Welt, in der er sich erst wieder neu zurechtfinden musste. Er hätte diesen Ausflug in die Gegenwart also lieber auf einen späteren Zeitpunkt verschoben, aber einer herzoglichen Einladung, wie freundlich sie auch formuliert sein mochte, konnte man sich nicht entziehen. Und vielleicht hatte Christiane ja recht und eine Pause würde ihm guttun.

Der Herzog begrüßte ihn überaus freundlich, stand sogar auf, als sein Gast hereinkam. »Wir haben uns lange nicht gesehen, mein lieber Goethe«, sagte er und streckte ihm die Hand zum Kuss hin, »aber ich war in den letzten Wochen sehr beschäftigt.« Er verriet seinem Minister nicht, worin diese so zeitraubende Beschäftigung bestanden hatte, aber das war auch nicht notwendig. Unter den Papieren, die Goethe trotz seiner Schreibklausur hatte unterschreiben müssen, war auch ein Urlaubsgesuch der Demoiselle Jagemann gewesen, in dem sie um die gnädige Erlaubnis gebeten hatte, die Einladung zu einem Gastspiel in Hamburg anzunehmen, und so war es nicht schwer auszurechnen, warum Carl August jetzt plötzlich wieder Zeit für ihn hatte.

Die herzogliche Küche, in der ein aus dem revolutionären Paris geflohener früherer Hofkoch des ermordeten Königs das Regiment führte, war für ihre Köstlichkeiten bekannt, aber die Mahlzeit, die Serenissimus diesmal auftragen ließ, war für einen Feinschmecker wie Goethe eher enttäuschend, wenig Fleisch und viel kaum gewürztes Gemüse. »Ich hatte in den letzten Wochen häufig Anlass zu großen Diners«, erklärte der Herzog, ohne diese

Anlässe genauer zu erklären, »und Huschke meint, ein bisschen Enthaltsamkeit würde meinem Magen guttun.«

Vulpius dagegen schlemmte an diesem Abend, wie er in seinem ganzen Leben noch nie geschlemmt hatte, sowohl seelisch als auch kulinarisch. Die Gräfin Plettenberg, die ihn so unterwürfig begrüßte, als sei er vom Himmel zu ihr herabgestiegen, bestand darauf, das Beste auffahren zu lassen, das Küche und Keller des ›Elephant‹ zu bieten hatten, und der ›Elephant‹ hatte die Herausforderung angenommen. Es waren denn auch nicht die ungewohnt köstlichen Speisen, die Vulpius anfänglich auf den Magen schlugen, sondern die ebenso reichhaltigen Lobeshymnen, mit denen die Gräfin die gemeinsame Mahlzeit würzte. Unerfahren im Umgang mit Bewunderung, schon gar, wenn sie so überschwänglich daherkam, verhielt er sich aus reiner Verlegenheit zunächst abweisend, was bei der Gräfin die Überzeugung verstärkte, es mit einem wahrhaften Genie zu tun zu haben. Nach dem dritten Glas Rheinwein – und bei dreien blieb es nicht – wurde er dann allmählich freundlicher, und als der schwere Burgunder aufgefahren wurde, hatte er schon beinahe vergessen, dass die Verehrung, die ihm hier entgegengebracht wurde, eigentlich einem anderen gebührte. Immer selbstsicherer geworden, kam er der Bitte der Gräfin, ihr zum Nachtisch ein paar Sätze aus dem *Rinaldini* vorzulesen, ohne zu zögern nach, und sie lauschte seiner Stimme so hingebungsvoll, als würde ihr in diesem privaten Speisezimmer des ›Elephant‹ gerade eine Botschaft aus elysischen Sphären verkündigt.

Auch Goethe hatte sich auf die Möglichkeit vorbereitet, dass ihn Carl August bitten könnte, etwas vorzulesen. Entsprechend dessen bei ihrer letzten Begegnung geäußertem Wunsch hatte er einige Seiten des im Entstehen begriffenen Manuskripts mitgebracht; vor allem die gerade fertiggestellte *Zueignung* schien ihm für eine Rezitation gut geeignet. Aber der Herzog war an diesem Tag zum Plaudern und nicht zu tiefsinnigen Gesprächen gestimmt, erinnerte sich – natürlich erst, als sie allein waren – lieber an die Abenteuer, die er als junger und nicht mehr ganz so junger Mann erlebt hatte und betreffs derer ihm Goethe mehr als einmal aus der Patsche hatte helfen müssen. »Da denkt man, wenn man erst den vierzigsten Geburtstag hinter sich habe, seien diese Zeiten endgültig vorbei«, meinte er, »bis einem eine glückliche Begegnung beweist, dass man noch nicht zum alten Eisen gehört und schon gar nicht zum rostigen.«

»Ich habe Serenissimus' Jugendlichkeit schon immer bewundert«, sagte der geübte Höfling Goethe. Mit seinen Gedanken war er bei einem ganz anderen Liebesabenteuer, nämlich dem zwischen Faust und Gretchen.

»Man muss einfach nur beweglich sein«, sagte der Herzog. »Das ist das ganze Geheimnis. Nicht in alten Gewohnheiten festgefahren bleiben, sondern jederzeit die Bereitschaft haben, Neues auszuprobieren. Fällt Ihm etwas an mir auf?«

Nein, Goethe war nichts Ungewöhnliches aufgefallen.

»Ich rauche nicht mehr. Manchen Damen ist der Tabakrauch unangenehm, und da habe ich beschlossen …«

»Sehr bewundernswert«, sagte Goethe.

»Er selber ist ja in festen Händen«, sagte der Herzog, »aber vielleicht kann Ihm mein Rezept im Umgang mit der Damenwelt doch irgendwann nützlich sein: In unwichtigen Dingen nachgeben und ab und zu ein kleines Geschenk machen. Da fällt mir ein …«

Was dem Herzog einfiel, war dieses: Die Demoiselle Jagemann – er nannte den Namen nicht, sondern sagte: »eine junge Freundin von mir« – hatte ein Buch gelesen, das ihr sehr gut gefallen hatte, und da war er – »ein bisschen Phantasie muss man bei den Damen schon haben« – auf den Gedanken gekommen, ihr mit einem vom Autor signierten Exemplar eine Freude zu machen. »Er kann mir dabei behilflich sein.«

»Sehr gern. Kenne ich den Schriftsteller?«

»Er kennt ihn sogar sehr gut. Hat jeden Tag mit ihm zu tun. Der Mann ist bei uns in der Bibliothek beschäftigt. Und seine Schwester … Aber das muss ich Ihm ja nicht erklären.«

»Durchlaucht meinen den Vulpius?«

»Er soll seinen Namen in das Buch schreiben, wie man das so macht, und ein paar freundliche Worte dazu. Die Empfängerin muss nicht genannt werden. Man ist ja diskret.«

»So diskret«, dachte Goethe, »dass nur ganz Weimar Bescheid weiß.« Laut sagte er: »Und welches von Vulpius' Werken hat dieser Dame so gut gefallen?«

»Gibt es mehr als eines?«, fragte der Herzog überrascht. »Der *Rinaldini* natürlich.«

Vulpius, das brachte sein Beruf so mit sich, hatte für gewöhnlich eine gut lesbare und überaus ordentliche Schrift. Für die Signatur in dem Buch, das seine Verehrerin mitgebracht hatte, schien ihm das aber nicht angebracht, und so verzierte er seinen Namen mit einem großen Schnörkel. Darunter schrieb er auf Wunsch der Gräfin das lateinische Motto, das Gräff, ganz ohne Rücksprache, dem Roman vorangestellt hatte, *numquam ad liquidum fama perducitur,* und merkte, vom Wein beschwingt, gar nicht, wie gut die Worte zu seiner eigenen Situation passten: *Der Ruhm berichtet die Dinge nie so, wie sie sind.*

Die Gräfin schob den Band andächtig in das samtene Etui zurück, dem sie es entnommen hatte, und sagte: »Und wenn ich hundert Jahre alt werde, wird das immer mein kostbarster Besitz bleiben.«

Als der Herzog das aufwendig gebundene Buch, das er signieren lassen sollte, vor ihn hinlegte, dachte Goethe: »Vulpius, dieser ameisenfleißige Worthandwerker, hat sich doch tatsächlich hingesetzt und auch seinerseits einen *Rinaldini* geschrieben. Das war natürlich sein gutes Recht, denn der Einfall kam ja von ihm – aber es ist doch seltsam, dass er mir nichts davon gesagt hat.«

Ohne wirkliches Interesse – wie Vulpius zu schreiben pflegte, wusste er ja – schlug er die erste Seite auf und stellte überrascht fest, dass ihm die Worte bekannt vorkamen. Mehr als nur bekannt.

»Das ist mein Buch!«, sagte Goethe empört.

»Was meint Er?«

»Ich habe es geschrieben!«

Der Herzog lachte herzlich. »Ich bin wirklich froh, dass es Ihn gibt«, meinte er, »niemand sagt so amüsante Dinge wie Er.« Und dann, weil er guter Laune war und weil an der herzoglichen Tafel, Huschke hin oder her, an den Weinen ebenso wenig gespart worden war wie im ›Elephant‹, zählte er all die Dinge auf, die sein Gast dann ebenfalls geschaffen haben musste, die *Zauberflöte,* die *Mona Lisa,* die *Cheopspyramide.*

»Er hatte noch nie einen wirklichen Humor«, dachte Goethe.

»Aber warum Er gerade dieses jämmerliche Machwerk für sich in Anspruch nehmen will«, schloss der Herzog seine Aufzählung, »das verstehe ich nun wirklich nicht.«

»Ist es denn kein gutes Buch?«

»Ich habe es nicht zu Ende gelesen«, sagte der Herzog. »Man hat Wichtigeres zu tun. Aber manche jungen Damen sind ganz begeistert davon, und nicht nur sie.«

»Der *Rinaldini* ist also ein Erfolg?«, fragte Goethe und wusste, dass ihm keine der möglichen Antworten gefallen würde.

»Fragt Er das im Ernst?«

»Ich war in den letzten Wochen sehr beschäftigt.« Goethe merkte zu spät, dass sein Gastgeber vor gar nicht langer Zeit die exakt selben Worte verwendet hatte. »Das Werk verkauft sich also gut?«

»Seit dem *Werther* war so eine Sensation nicht mehr da. Obwohl man das Buch, wenn es nach den Kritikern ginge, auf dem Scheiterhaufen verbrennen müsste.« Der Herzog begann schon wieder zu lachen. »Wenn ich mir vorstelle, dass ein solches Machwerk aus Seiner Feder stammen soll …«

»Es war ein Scherz«, sagte Goethe.

»Den ich selbstverständlich nicht weitererzählen werde. Nicht dass es am Ende tatsächlich noch jemand glaubt.«

»So dumm wird ja niemand sein«, sagte Goethe, trank sein Weinglas auf einen Zug leer und schenkte sich, ohne auf eine Aufforderung zu warten, das nächste ein.

Die Gräfin hatte darauf bestanden, Vulpius bis vor die Tür des ›Elephant‹ zu begleiten. »Wenn ich meinen Freundinnen erzähle, dass ich einen ganzen Abend mit dem Dichter des *Rinaldini* verbracht habe …«, sagte sie, und man merkte ihr an: Sie konnte es kaum erwarten, all ihren Bekannten von diesem Höhepunkt ihres Lebens zu berichten.

»Ich bedanke mich noch einmal ergebenst für die so großzügige Gastfreundschaft«, sagte Vulpius mit schwerer Zunge.

»*Ich* habe zu danken.« Im römischen Senat konnte Cato seine Aufforderung, Karthago zu zerstören, nicht mit mehr Inbrunst vorgetragen haben. »Aber dass Sie jetzt in dieser Dunkelheit den Weg nach Hause finden müssen …« Es war wirklich sehr spät geworden.

Vulpius versicherte ihr, dass es ihm nur guttun würde, nach diesem reichhaltigen Mahl den Kopf ein bisschen auszulüften, und nachdem er sich noch ein paarmal bedankt und sie seinen Dank noch ein paarmal zurückgewiesen hatte, durfte er sich endlich auf den Heimweg machen.

Außer dem Nachtwächter Döllschütz, der die Kunst beherrschte, seinen vorgeschriebenen Rundgang gewissermaßen mit geschlossenen Augen zu absolvieren, waren zu dieser Stunde nur noch zwei Männer in Weimar unterwegs, beide sehr betrunken. Und wie es in einer so kleinen Stadt nicht anders sein konnte, begegneten sie sich.

*

Was bei dieser Begegnung genau passierte, wusste hinterher keiner der Beteiligten genau zu sagen. Das mochte mit dem Wein zu tun haben, von dem beide im Lauf des Abends eine Menge getrunken hatten, aber vielleicht lag es auch einfach nur daran, dass es bei manchen Dingen besser war, wenn man sie schneller vergaß, als man sie erlebt hatte. Seine Wirkung zeigte das nächtliche Aufeinandertreffen trotzdem. Um es mit Ovid zu formulieren: *Die Tat wird vergessen, doch das Ergebnis bleibt bestehen.*

In diesem Fall war das – aus Christianes Sicht sehr erfreuliche – Ergebnis zwar nicht gerade eine Freundschaft zwischen den beiden Männern, das wäre ein zu großes Wort gewesen, aber doch eine Versöhnung, eine Art unausgesprochener Pakt, der nicht zuletzt darauf beruhte, dass sie ein doppeltes Geheimnis miteinander teilten, von dem die Welt nie etwas erfahren durfte: Goethe hatte seinen Namen unter ein Gedicht von Vulpius gesetzt und Vulpius den seinen unter ein Manuskript von Goethe.

Ihr Friedensschluss beruhte also nicht nur, wie sie sich später gern einredeten, auf Vernunft und Einsicht, sondern auch auf der Tatsache – *si vis pacem, para bellum* –, dass jeder dem andern durch den Bruch seines Schweigens einen großen Schaden hätte zufügen können, wobei für Goethe noch mehr auf dem Spiel stand als für Vulpius. Der hätte, wenn die Sache aufgeflogen wäre, nur den Ruf verloren, ein erfolgreiches Buch geschrieben zu haben. Bei seinen nächsten Werken hätte er nicht mehr auf den Titel setzen lassen können: *vom Ver-*

fasser des Rinaldini und wäre, auch nicht anders als vorher, wieder ein Schreiberling unter vielen gewesen. Goethe hingegen, der seinen Platz immer in der vordersten Reihe gesehen hatte, wäre durch die Autorschaft an einem so trivialen Werk von seinem Denkmalsockel gestoßen worden, wäre in den Literaturgeschichten als einer erschienen, der wie alle anderen sein Talent gegen Geld verkauft hatte, und nicht mehr als Protagonist einer Ära, die manche Leute seinetwegen schon begonnen hatten, »die klassische« zu nennen.

Christiane, der beide Männer am nächsten Tag unabhängig voneinander Bericht erstatteten, musste sich das wirkliche Geschehen aus Bruchstücken zusammensetzen, so wie manche Liebhaber der Antike die Abbildung auf einer griechischen Vase aus ihren Scherben rekonstruierten, selbst wenn das eine oder andere Stück fehlte. Die beiden Männer redeten zwar von denselben Ereignissen, aber sie taten es nicht nur aus verschiedenen Blickwinkeln, sondern es kam einem vor, als ob sie ihr Wissen über das Geschehene aus ganz verschiedenen Büchern bezogen hätten, in denen sie jeweils selber die siegreichen Protagonisten gewesen waren.

Mit Sicherheit wusste Christiane nur, was sie selber miterlebt hatte: dass Goethe mitten in der Nacht an die Haustür gehämmert hatte, weil das

Schlüsselloch, wie er sagte, aus irgendeinem Grund zu klein für den Schlüssel geworden war, dass er dann versucht hatte, auf allen vieren die Treppe zu erklimmen, und sich nach dem Scheitern dieses Versuchs auf die unterste Stufe gesetzt und immer wieder gerufen hatte: »Ich bin Rinaldini!« Sie hatte schließlich Ernestine wecken müssen, die vom Schlaf, aus dem man sie gerissen hatte, ein ganz zerknautschtes Gesicht hatte, die beiden Frauen hatten den Hausherrn unter den Schultern gefasst und ihn mit vereinten Kräften nach oben bugsiert, ein Prozedere, das Goethe anscheinend überhaupt nicht peinlich fand, sondern sogar zu genießen schien. Er hatte dabei die ganze Zeit ein italienisches Lied gesungen, das Christiane noch nie von ihm gehört hatte und von dem sie sich nur noch an das Wort *glorioso* erinnerte. Von dem Gesang war dann auch noch August aufgewacht, der die Erklärung, sein Vater leide an einer seltenen Krankheit, die nur sehr kluge Leute befalle, nicht ganz hatte glauben wollen. »Ich hätte geschworen, er ist nur besoffen«, war sein Kommentar gewesen. Manchmal fragte sich Christiane wirklich, wo der Kleine diese Ausdrücke herhatte. Sie vermutete, dass wohl ihr Bruder dafür verantwortlich war.

Bei Vulpius hingegen hatte zu der späten Stunde niemand etwas entsprechend Auffälliges beobachtet, was aber wohl nur daran lag, dass er allein wohnte. Allerdings hatte er am Morgen feststellen müssen, dass er mit Stiefeln im Bett gelegen und seinen besten Rock, der ihm für das Treffen mit der Gräfin angebracht erschienen war, zusammengerollt als Kopfkissen benutzt hatte. Die Schmerzen, die ihm nach dem mühsamen Aufstehen bei jeder Bewegung wie Messer durch den Kopf fuhren, schrieb er zunächst dem allzu reichlich genossenen Burgunder des Vorabends zu, musste dann aber vor dem Spiegel feststellen, dass sein rechtes Auge blutunterlaufen war, eine ganz andere blaue Blume, als sie in romantischen Romanen vorkam. Er konnte oder wollte sich nicht daran erinnern, wie er dazu gekommen war, und probierte im Gespräch mit seiner Schwester mehrere sich widersprechende Erklärungen dafür aus, als ob er beim Verfassen eines seiner Bücher nach dem richtigen Abenteuer für dessen Helden suchte. Der schwere Wein, sagte er unter anderem, den seine Gastgeberin habe auftischen lassen, sei an allem schuld, der habe ihm so starken Durst gemacht, dass er am Neptunbrunnen habe aus dem Wasserhahn trinken wollen, und dabei … Er beendete den Satz nicht, einerseits weil ihn das Reden in seinem Zustand zu sehr anstrengte, andererseits weil er seiner Schwester ansah, dass sie ihm kein Wort glaubte.

Goethe wiederum wollte von den Ereignissen der Nacht zuerst überhaupt nichts erzählen, sagte nur – in diesem Punkt Vulpius nicht unähnlich –, dass ihn der Herzog immer wieder zum Trinken genötigt habe, und wenn einem der Landesherr zuproste, könne man sein Glas ja nicht stehen lassen. Übrigens, versuchte er vom Thema abzulenken, Christianes Intuition habe sich wieder einmal bewährt, zwischen der Demoiselle Jagemann und dem Herzog scheine sich tatsächlich etwas anzubahnen, Serenissimus habe ihm sogar ein Buch mitgegeben – »ich weiß nur gerade nicht, wo ich es hingelegt habe« –, das er für sie signieren lassen solle. Er gönne dem Herzog ja sein Vergnügen, man werde aber erst noch sehen müssen, ob eine solche Beziehung dem sorgfältig austarierten Gleichgewicht im Theaterensemble nicht schade. Aber sie müssten diese Plauderei ein andermal fortführen, bereitete er seine Flucht vor, er habe jetzt wirklich keine Zeit dafür, sondern müsse sich dringend wieder an seine Arbeit machen, es gebe da eine Szene in Auerbachs Keller, zu der er sich gerade jetzt ganz besonders inspiriert fühle.

Was Christiane dann mit der Zeit doch noch zu hören bekam, waren zwei unterschiedliche Versionen derselben Geschichte, die nur in einem Punkt übereinstimmten: dass die beiden sich nämlich, der eine vom Schloss, der andere vom ›Elephant‹ herkommend, auf dem Marktplatz getroffen hatten und dass es dabei, trotz der nächtlichen Stunde, zu einem Gespräch gekommen war, zu Vorwürfen oder zu einem Streit; es würde wohl, dachte Christiane, von allem etwas dabei gewesen sein. Wie genau es begonnen hatte, blieb unklar, aber es konnte keinen Zweifel daran geben, dass es nicht bei bloßen Worten geblieben war. Die zwei mussten ihre Argumente immer handfester ausgetauscht haben, sonst wäre Goethes guter Mantel nicht so schmutzig gewesen, als ob er sich damit auf der Erde gewälzt hätte.

Vulpius, ein bisschen weinerlich, wie das schon in Kindertagen seine Art gewesen war, wenn er sich ein schlechtes Gewissen nicht anmerken lassen wollte, glaubte sich zu erinnern, dass Goethe ihn einen Verbrecher genannt habe, einfach so, einen Dieb, dem man die Hand abhacken müsse, und zwar die rechte, damit er nie mehr wieder eine Feder würde halten können. Eine solche Beleidigung habe er natürlich nicht auf sich sitzen lassen können, sagte Vulpius, alles dürfe man auch einem Betrunkenen nicht nachsehen. Um diesen gottverdammten *Rinaldini* sei es dabei gegangen und um die Tatsache, dass das Manuskript, auf welchem Weg auch immer, zum Verleger Gräff gelangt sei,

»eine Debatte«, sagte Vulpius, »auf die ich ja eigentlich vorbereitet war«, aber von allen seinen kunstvoll ausgedachten Rechtfertigungsgründen sei ihm in diesem Moment kein einziger in den Sinn gekommen, was natürlich letzten Endes auch wieder die Schuld der Gräfin Plettenberg gewesen sei; wenn man gerade einen Abend lang nur Lob für eine Sache gehört habe, sei man hinterher nicht in der Laune, sich für dieselbe Sache zu entschuldigen. »Außerdem«, fügte er hinzu, »war ich auch selber nicht ganz nüchtern.«

Goethe schilderte die Auseinandersetzung ein wenig anders. Das Wort »Dieb« habe er nie verwendet, habe nur, ganz sachlich, wie es seine Art sei, von nicht gehaltenen Versprechungen und von geistigem Eigentum gesprochen. Er habe seine Vorwürfe auch noch mit einem Seneca-Zitat untermauern wollen, aber das habe ihm einfach nicht einfallen wollen, und vielleicht, wenn er sich die Sache im Rückblick überlege, stamme es auch gar nicht von Seneca. Wie auch immer, Vulpius sei plötzlich handgreiflich geworden, und ihm, Goethe, sei nichts anderes übriggeblieben, als sich seiner Haut zu wehren.

In Vulpius' Bericht hinwiederum war Goethe der Angreifer. »Er ging einfach auf mich los, und du weißt ja, wie er sein kann, wenn er in Rage gerät.«

Wer auch immer angefangen hatte – das würde sich, wie bei zwei Hunden, die sich ineinander verbissen hatten, hinterher nicht mehr feststellen lassen –, es war zu einer Rangelei zwischen den beiden gekommen, vermutlich mehr lächerlicher als gefährlicher Art. »Eine richtige Prügelei kann es nicht gewesen sein«, überlegte Christiane, deren Vater den Wein auch mehr geliebt hatte, als ihm guttat, »so betrunken, wie sie gewesen sind, können sie sich mit ihren Schlägen kaum getroffen haben.« Und vielleicht hatte sich ihr Bruder, wie er es zwischendurch auch einmal erzählt hatte, ja tatsächlich an der Kante des Brunnens gestoßen.

Die beiden, an diesem Punkt kamen ihre Erzählungen zusammen, waren dann mitten im Kampf vom städtischen Nachtwächter Döllschütz überrascht worden, dessen Aufgabe es eigentlich gewesen wäre, solche Ruhestörer in Arrest zu setzen, der aber Argumenten, vor allem wenn sie von klingender Münze begleitet waren, durchaus zugänglich war und ihnen auf ihre Versicherung hin gern glaubte, sie hätten nur deshalb auf dem Boden gelegen, weil der eine gestolpert sei und der andere ihm beim Aufstehen habe helfen wollen.

Nichts verbindet so sehr wie ein gemeinsam überstandenes Abenteuer, und so hatten sich die beiden Betrunkenen gegenseitig die Arme um die

Schultern gelegt, teils aus neugefundener Kameradschaft, teils um sich gegenseitig beim Aufrechterhalten des Gleichgewichts zu unterstützen. Vulpius hatte Goethe sogar noch bis zum Frauenplan begleitet und ihn dort dem Kampf mit dem Schlüsselloch überlassen.

Eigentlich, dachte Christiane, war die Sache ja noch glimpflich ausgegangen, der ganz große Krieg, den sie so sehr gefürchtet hatte, war ausgeblieben, und mit den kleineren Gefechten, die zwischen den beiden durchaus immer wieder aufflammen konnten, würde sie schon fertigwerden.

Für eine letzte Unruhe sorgte dann der Nachtwächter Döllschütz, der plötzlich vor der Tür stand und unbedingt mit ihr reden wollte. Christiane befürchtete schon, er habe sich in einem verspäteten Anfall von Diensteifer doch noch zu einer Anzeige wegen nächtlicher Ruhestörung entschlossen, aber er wollte dann nur ein Buch abgeben, das er auf dem Marktplatz gefunden habe und von dem er sich vorstellen könne – aber gesehen habe er niemanden, wirklich überhaupt niemanden –, dass es vielleicht der Herr Geheimrat bei einem nächtlichen Verdauungsspaziergang verloren habe. Er bekam sein Douceur und in der Küche einen Schnaps und zog im stolzen Bewusstsein eines vorbildlich erledigten Dienstgeschäfts von dannen.

Das Buch, in edles Leder gebunden, war natürlich das für die Jagemann bestimmte Exemplar des *Rinaldo Rinaldini,* des Romans also, von dem die Wissenschaft nie erfahren sollte, dass ihn eigentlich nicht Christian August Vulpius, sondern Johann Wolfgang von Goethe geschrieben hatte.

»Dabei«, flüsterte Goethe Christianen ein paar Tage später hinter dem Bettvorhang ins Ohr, »müssten sie es eigentlich alle merken. Ein Buch, das einen solchen Erfolg hat, kann nur von mir sein.«

Er war so glücklich wie schon lang nicht mehr. Und seine Hämorrhoiden waren auch kaum mehr zu spüren.

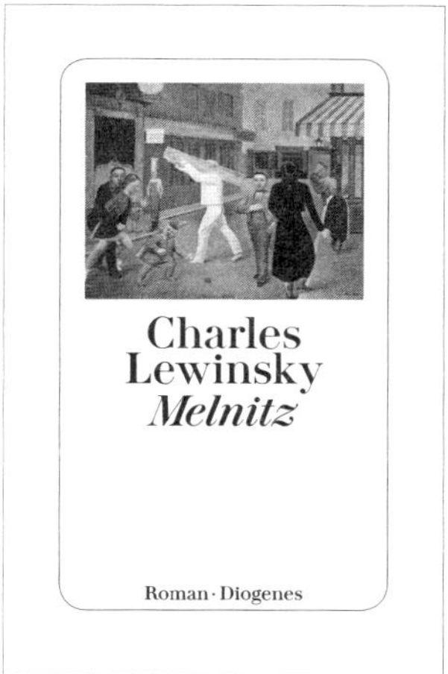

Roman
Mit einem Nachwort des Autors
944 Seiten
Auch erhältlich als eBook

Nachdem man ihnen endlich das volle Bürgerrecht gegeben hat, hoffen die Meijers darauf, gewöhnliche Schweizer werden zu können. Ihr Weg führt sie hinaus aus dem Dorf, erst in die kleine Stadt Baden, dann nach Zürich. Janki versucht sein Glück im Tuchgeschäft, Arthur wird Arzt, bald gibt es sogar einen Landwirt. Aber trotz aller Bemühungen stoßen sie immer wieder gegen eine unsichtbare Wand – so wie es ihnen der unsterbliche Onkel Melnitz vorausgesagt hat.

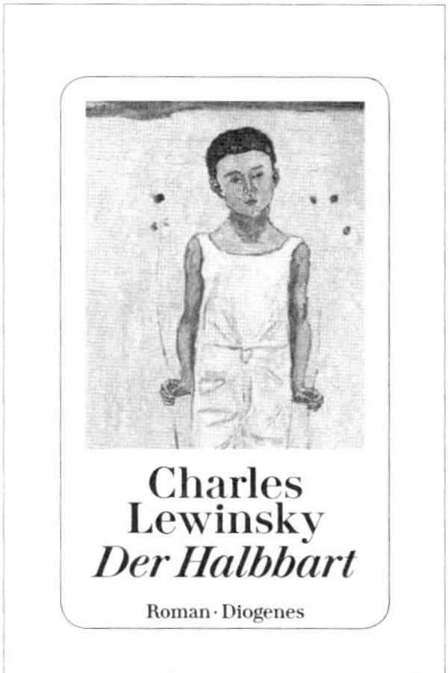

Roman
688 Seiten
Auch erhältlich als eBook
und Hörbuch-Download

Der Sebi ist nicht gemacht für die Feldarbeit oder das Soldatenleben. Viel lieber mag er Geschichten. Im Jahr 1313 hat so einer es nicht leicht in einem Dorf in der Talschaft Schwyz, wo Engel kaum von Teufeln zu unterscheiden sind. Vom Halbbart, einem Fremden von weit her, erfährt er, was die Menschen im Guten wie im Bösen auszeichnet – und wie man auch in rauen Zeiten das Beste aus sich macht.

Roman
368 Seiten
Auch erhältlich als eBook
und Hörbuch-Download

Louis Chabos wächst in einem Kinderheim in Mailand auf. Nachdem er in Napoleons Russlandfeldzug den Krieg kennengelernt hat, möchte er nur noch eins: endlich zu einem menschenwürdigen Leben finden und Teil einer Familie werden. In Graubünden erlangt er ein kleines Stück des erhofften Glücks. Doch das verspielt er, als die Sehnsucht nach dem unbekannten Vater ihn nach Paris ruft und er zwischen Prunk und Schmutz seine Bestimmung sucht.